*

박상률 완역 삼국지 9

*

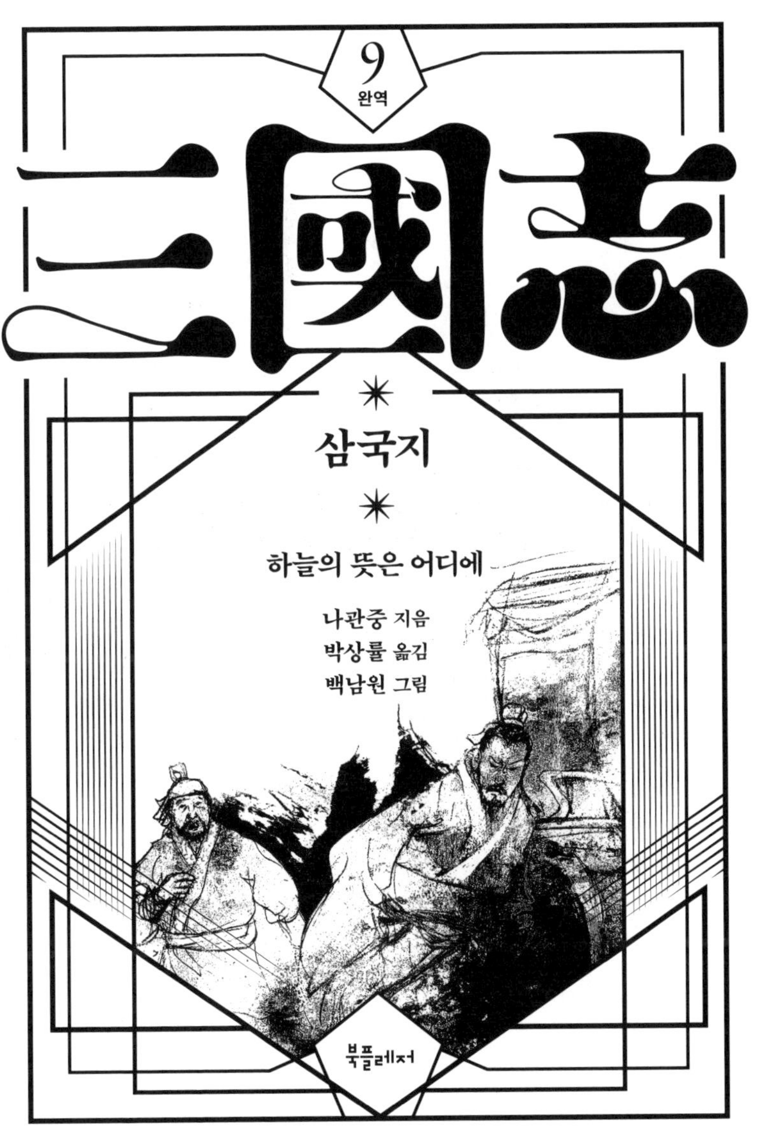

9
완역
三國志
※
삼국지
※
하늘의 뜻은 어디에
나관중 지음
박상률 옮김
백남원 그림
북플레저

마대
마등의 조카로, 마초와 함께 촉나라 장수로 활약했다. 제갈량을 따라 북벌에 나서 군을 이끌었으며, 충직한 성품으로 촉의 전투 현장에서 오랫동안 자리를 지켰다.

제갈각 자는 원손. 제갈근의 맏아들로, 어릴 때부터 총명해 손권의 총애를 받았다. 젊은 나이에 정사를 맡아 오나라의 중심인물로 떠오르지만, 권세가 지나쳐 신하들의 반발을 사게 된다.

왕쌍
자는 자전. 농서 적도 사람으로, 위나라의 장수다. 유성추를 잘 써 이름을 날렸으며, 제갈량의 북벌 때 조진의 휘하로 앞장서 큰 공을 세운다. 후에 제갈량의 매복에 걸려 목숨을 잃는다.

양의
자는 위공. 양양 사람으로, 제갈량을 보좌해 여러 공을 세웠다. 제갈량 사후에는 그의 지시에 따라 위연의 배반을 막았으며, 뛰어난 재주에도 불구하고 성격이 급하고 시기심이 많아 조정 내 갈등을 일으킨다.

장포

장비의 아들로, 어려서부터 무예
에 능하고 기개가 높았다. 관우
의 아들 관흥과 함께 유비와 제
갈량을 따라 여러 전투에 나서
공을 세운다.

관흥

자는 안국. 관우의 아들로, 장
포와 나란히 촉의 젊은 장수
로 활약했다. 관우의 청룡언
월도를 되찾았으며, 아버지
에 견줄 만한 무예로 이름을
알렸다.

조상

자는 소백. 조진의 아들로, 조예 사후 어린 조방을 보좌하며 정
권을 손에 넣는다. 겉으로는 온화했으나 권세를 쥔 뒤 점차 사
치와 독단이 심해졌고, 사마의와 권력을 놓고 다툰다.

제갈량의 제3차 북벌(기산 싸움, 228년)

제갈량은 대군을 이끌고 기산으로 나아가 위군과 맞섰다. 날랜 계책으로 위군을 흔들었으나, 끝내 보급이 끊겨 철군하고 말았다.

제갈량의 제4차 북벌

본문 참고 : 제101회 말 대신 노루를 잡았건만

제갈량의 제4차 북벌(기산 재전투, 231년)
제갈량은 또다시 기산을 향해 진군해 위군과 여러 차례 격돌했다. 양평관 등 험한 길목에서 공방을 벌였으나 큰 공을 세우지 못했다.

제갈량의 제5차 북벌

본문 참고 : 제103회 한숨짓는 제갈량

제갈량의 제5차 북벌(오장원 싸움, 234년)
제갈량은 오장원에서 사마의와 대치했으나, 하늘의 뜻은 달랐다. 병세가 악화되자 이와 함께 촉의 북벌도 막을 내리게 되었다.

* 이 지도는 이해를 돕기 위해 정사 삼국지를 바탕으로 한 것으로, 소설 속 삼국지와 일부 차이가 있을 수 있습니다.

차례

일러두기

1. 옮길 때 바탕으로 삼은 책은 중국의 강소고적출판사江蘇古籍出版社에서
   1999년에 펴낸 《수상삼국연의繡像三國演義》이다.

2. 각 권 및 각 회의 제목은 원문에 없어 옮긴이가 달았다.

3. 본문에 나오는 열두 달의 월은 원문 그대로 따랐다.

4. 황제·왕·임금 따위의 부르거나 가리키는 말은 될 수 있으면 객관적으로 썼다.
   특별히 유비를 선주, 유선을 후주 하는 식으로 따로 대우하지 않았다.

5. 짐朕/고孤·신臣·경卿 등은 나·저·그대 등 우리 시대에 맞는 말투로 바꾸었다.
   굳이 봉건시대에 쓰던 그대로 할 까닭이 없어서였다.

6. 사람 이름은 대화문에서는 자, 호, 벼슬 이름, 고향 이름 등 부르는 사람의
   처지에서 쓰는 대로 했으나, 지문에서는 본디 이름으로 통일하여 썼다.

7. 숫자는 대화문 속에서는 우리말로 소리 나는 그대로 적고, 지문에서는
   아라비아숫자로 적는 것을 기준으로 했다.

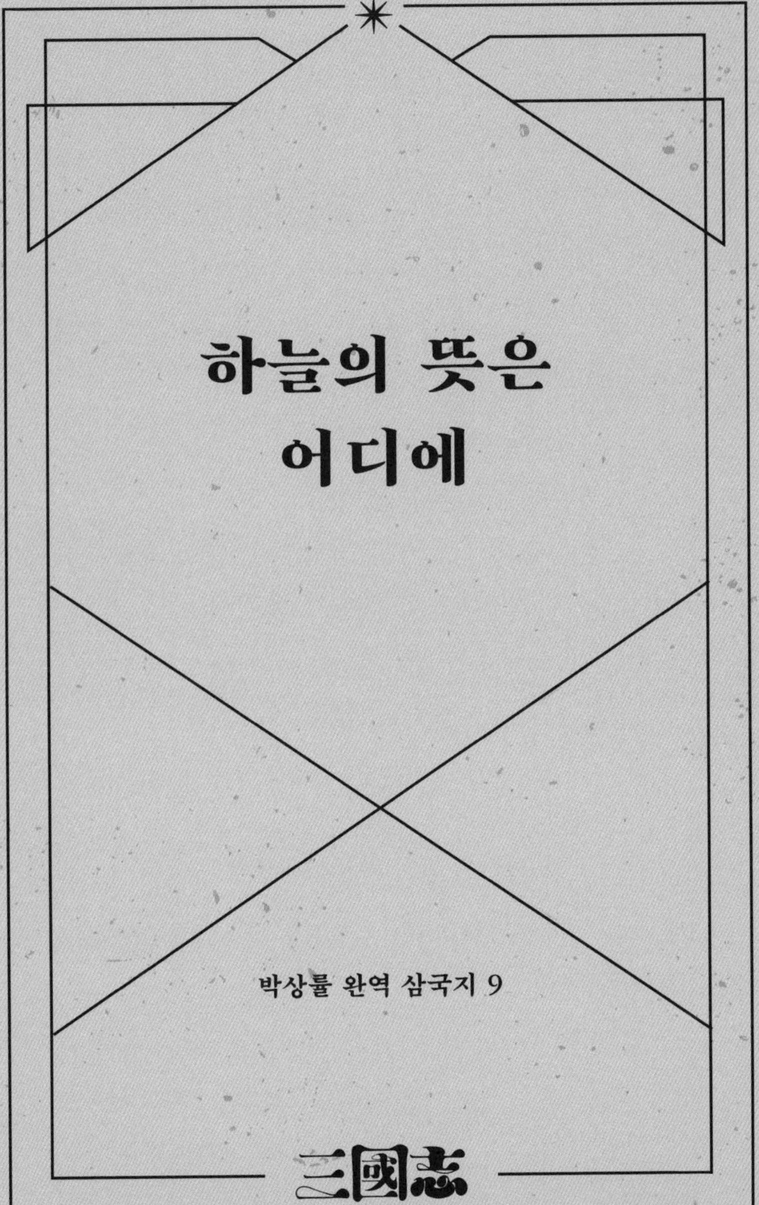

하늘의 뜻은
어디에

박상률 완역 삼국지 9

三國志

다시 올리는 출사표

위나라를 치기 위해 제갈량은 다시 출사표를 올리고
조진의 군사를 깨기 위해 강유는 거짓 항복 편지를 바치다

촉한 건흥 6년 가을 9월, 위 도독 조휴는 석정에서 동오 육손에게 크게 지는 바람에 수레며, 말이며, 군수 물자며, 무기 들을 몽땅 잃고 말았다. 조휴는 몹시 두렵고 기가 막힌 나머지 속이 부글부글 끓는 병이 들어 낙양으로 돌아가자마자 등에 큰 부스럼이 나서 죽고 말았다. 이에 위 임금 조예는 장사를 잘 지내주라 하였다.

사마의가 군사를 이끌고 돌아오자 뭇 장수들이 맞으며 물었다.

"조도독이 싸움에 졌으면 원수께서 뒷마무리를 잘하셔야

할 텐데, 어찌하여 이렇듯 부리나케 돌아오셨습니까?"

사마의가 대답했다.

"우리가 싸움에 진 사실을 제갈량이 알면 틀림없이 빈틈을 노려 장안으로 쳐들어옵니다. 만약에 농서가 위험에 빠지면 누가 구하겠소? 그래서 빨리 돌아왔소."

모두들 사마의가 겁을 먹고 돌아왔거니 싶어 속으로 비웃으며 물러갔다.

한편 동오는 촉으로 편지를 보냈다. 편지에는 군사를 일으켜 위를 쳐달라는 내용과 조휴를 크게 무찌른 얘기가 담겨 있었다. 이는 첫째로는 자기들의 힘을 뽐내는 것이며, 둘째로는 서로 좋은 사이를 다지자는 속셈이었다. 촉 임금 유선은 아주 좋아라 하며 그 편지를 바로 한중의 제갈량에게 보내도록 했다.

이때 제갈량은 군사와 말 모두 씩씩해지고 힘이 넘치는데다 식량과 말먹이를 비롯해 모든 물자들도 넉넉하게 갖추어져 군사를 일으키려던 참이었다. 제갈량은 그 편지를 받자마자 곧바로 잔치를 베풀어 여러 장수들을 모아놓고 군사 일으킬 일을 의논했다. 그때 난데없이 동북쪽으로부터 바람이 한바탕 크게 휘몰아치더니 뜰 앞에 있던 소나무를 부러뜨렸다. 모두들 깜짝 놀랐다. 제갈량이 가만히 점괘를 하나 뽑아보더니 말했다.

"이 바람은 대장 하나를 잃는다는 뜻이오!"

장수들은 그 말을 믿지 않았다. 계속 술을 마시고 있는데 뜻밖에 진남장군 조운의 맏아들인 조통과 둘째 아들인 조광이 승상을 만나러 왔다는 보고가 들어왔다. 제갈량은 소스라치게 놀라며 술잔을 바닥에 내던졌다.

"아! 자룡이 갔구나!"

두 아들이 들어와 절을 하며 울었다.

"저희 아버님께서 어제 한밤중에 병이 깊어지시더니 돌아가셨습니다."

제갈량이 발을 구르며 울었다.

"자룡이 세상을 뜨다니! 나라의 기둥 하나가 무너지고, 내 팔 하나가 부러졌구나!"

뭇 장수들 가운데 울지 않는 이가 없었다. 제갈량은 두 아들에게 성도로 가 임금에게 이 일을 알리도록 했다. 유선은 조운이 죽었다는 말을 듣자 목을 놓아 크게 울었다.

"자룡이 아니었다면 나는 어렸을 때 어지러운 싸움터에서 죽고 말았으리!"

유선은 곧바로 조서를 내려 조운을 대장군으로 높이고 순평후라 이르도록 했다. 이어 성도 금병산 동쪽에 장사 지내게 한 뒤 사당을 세워 계절마다 제사를 지내도록 했다.

훗날 어떤 사람이 남긴 시가 있다.

상산 땅에 범 같은 장수 있었지

슬기와 씩씩함, 관우·장비와 견줄 만했네

한수에 공을 세워 남기고

당양에서 그 이름 떨치었네

두 번씩이나 어린 주인 구해내고

한마음으로 옛 황제 은혜 갚았네

충성스러움과 의로움, 역사에 길이 남아

그 이름 마땅히 오래오래 꽃다우리

유선은 조운이 그동안 세운 공을 생각하여 제사와 장사를 아주 잘 지내게 했다. 이어 조통은 호분중랑으로 삼고 조광은 아문장으로 삼아 묘를 지키도록 했다. 두 사람은 고마움을 나타낸 뒤 물러갔다.

가까이 모시는 신하가 불쑥 말했다.

"제갈승상이 군사들을 살펴 싸움 준비를 마쳐놓고, 곧 위를 치기 위해 떠나려 하고 있습니다."

이에 유선이 조정의 여러 신하들에게 묻자, 많은 신하들이 아직은 가벼이 움직일 때가 아니라고 입을 모았다. 유선은 어찌해야 할지 몰라 결정을 못 내리고 미적미적했다. 그때 갑자기 제갈량이 양의한테 출사표를 들려 보내왔다고 했다. 유선이 들라고 하자 양의가 제갈량의 글을 올렸다. 유선은 글을 책상 위에 펼쳐놓고 읽어내려갔다.

돌아가신 황제께서는 한나라와 역적은 함께할 수 없고, 나라가 한쪽 구석에만 머물러 있을 수만도 없다고 여기시어 저에게 역적을 치라는 부탁을 하셨습니다. 사실 돌아가신 황제께서는 이미 저의 재주를 뚜렷이 헤아려보셨습니다. 제 보잘것없는 재주로 강한 적을 치는 게 쉽지 않다고 말입니다. 그런데도 역적을 치지 않으면 나라가 망할 터이니, 가만히 앉아서 망하기를 기다리기보다는 차라리 치는 게 낫지 않겠습니까? 그래서 저에게 그 일을 맡기시고서는 아무런 의심을 하지 않으셨습니다. 저는 명령을 받은 뒤부터는 잠자리에 들어도 제대로 자지 못하고, 음식을 먹어도 무슨 맛인지 모르고 있습니다. 북쪽을 치려면 남쪽을 먼저 쳐야겠다는 생각이 들었습니다. 그래서 5월에 노수를 건너 거친 땅으로 깊숙이 들어가 하루치 먹을거리로 이틀을 먹으며 견뎠습니다. 이는 제가 제 몸을 아끼지 않아서가 아니라, 나라를 돌아보니 촉에 치우쳐 머물러 있어서만은 안 되겠다고 생각했기 때문입니다. 그래서 위험과 어려움을 무릅쓰고 돌아가신 황제께서 남기신 뜻을 받들고자 했습니다. 그런데 떠들기나 좋아하는 사람들은 이게 좋은 방법이 아니라고 합니다. 지금 역적은 서쪽에서 지쳤고, 또 동쪽에 힘을 쏟았습니다. 싸우는 법에 이르기를, 적이 고달픈 때를 노려 무찌르라 했으니 바로 지금이 나아갈 때입니다. 이에 삼가 몇 가지 일을 말씀드리고자 합니다.

옛날 고조황제께서는 밝음이 해와 달 같으셨고, 꾀를 잘 내는 신하들의 슬기로움 또한 매우 깊었습니다. 그런데도 어렵기 짝이 없는 일을 겪고 상처까지 입으며 위험한 일에서 벗어난 뒤에야 편안해지셨습니다. 지금 폐하께서는 고조황제만큼 되지 못하시는데다, 꾀를 내는 신하들도 옛날의 장량이나 진평 같지 않습니다. 그런데도 가만히 앉아서 이김으로써 천하를 가라앉힐 좋은 방법이 없을까 하고 있는데, 저로선 이해할 수 없는 첫 번째 일입니다.

유요와 왕랑은 저마다 고을을 거느리고 있으면서 안정을 들먹이며 방법을 말할 때 걸핏하면 성인을 끌어다 대는 사람들이었습니다. 그러면서 뱃속에는 의심이 가득하고 가슴엔 뭐든 어렵다는 생각이 그득하여 올해도 싸우지 않고 이듬해에도 치러 가지 않았습니다. 그 틈에 손권은 가만히 앉은 채 힘이 커져 마침내 강동을 모두 차지해버렸습니다. 저로선 이해할 수 없는 두 번째 일입니다.

조조는 슬기와 꾀가 누구보다도 뛰어난 사람이었습니다. 게다가 군사를 쓰는 걸 보면 손자나 오기 못지않았습니다. 그런데도 남양에서 어려움을 겪고, 오소에서 험한 일을 맞고, 기련에서 위험에 빠졌으며, 여양에서 쫓기고, 북산에서 거의 진 거나 마찬가지이고, 동관에서는 거의 죽을 뻔했습니다. 그러고 나서야 거짓으로나마 한때 천하를 가라앉혔습니다. 조조도 그러했는데 하물며 하잘것없는 재주를 가진 저더러 위험 없이 천하를 가라앉히라 하니, 저로선 이해할 수 없는 세 번째 일입니다.

조조는 창패를 다섯 번씩이나 치고도 항복받지 못했고, 소호를 네 번이나 건넜으나 뜻을 이루지 못했고, 이복을 썼으나 이복한테 도리어 배반당하고, 하후연에게 맡겼더니 하후연이 지고 말았습니다. 돌아가신 황제께서 늘 뛰어나다고 말씀하신 조조도 이렇게 실패하였는데, 어찌하여 저처럼 어리석고 느린 사람에게 늘 이기기만 바라는지 모르겠습니다. 저로선 이해할 수 없는 네 번째 일입니다.

제가 한중에 온 지 한 해가 지났을 뿐입니다. 그런데도 조운·양군·마옥·염지·정립·백수·유합·등동 들과 그 아래 장수들을 70명 넘게 잃어 앞장서서 뚫고 나갈 장수가 없습니다. 게다가 남만과 서강족 장수와 씩씩하기 짝이 없는 말 탄 군사들을 1천 명 넘게 잃고 말았습니다. 모두 뛰어난 이들로 수십 년 동안 사방에서 모인 것이지, 한 주에 다 있던 사람들이 아닙니다. 만약에 몇 년이 또 지나면 3분의 2가 줄어들 겁니다. 그러면 그때는 무엇으로 적을 해봐야 할지 모르겠습니다. 저로선 이해할 수 없는 다섯 번째 일입니다.

지금 백성들은 사는 게 팍팍하고 군사들은 지쳐 있습니다. 그렇지만 일을 그만둘 수 없습니다. 어차피 일을 그만둘 수 없다면, 머물러 있든 나아가든 드는 품이나 드는 돈은 똑같으니 빨리 꾀하는 게 낫습니다. 그런데도 한 주의 땅에만 머물러 있으면서 역적과 더불어 질질 끌고 있으려 합니다. 저로선 이해할 수 없는 여섯 번째 일입니다.

뭐라고 잘라 말하기 어려운 게 천하의 일입니다. 옛적에 돌아가신 황제께서 초 땅에서 싸움에 지자 조조는 손뼉을 쳐대며 천하를 이미 다 무찔렀다고 좋아라 했습니다. 그러나 나중에 돌아가신 황제께서 동으로는 오월과 손잡고 서로는 파촉을 차지한 뒤 군사를 일으켜 북쪽을 치자 하후연이 머리를 내놓아야 했습니다. 이는 물론 조조가 실수한 거지만, 이로써 한나라의 일이 이루어지는가 싶었습니다. 그러나 나중에 오가 다시 서로의 다짐을 저버려 관우가 꺾이고 자귀에서 어긋나버리자 조비가 황제라고 제멋대로 일컬었습니다. 모든 일이 이와 같아서 섣불리 뭐라고 말하기 어렵습니다.

이제 저는 죽는 그날까지 몸과 마음을 다하여 나랏일에 이바지하고자 합니다. 일이 이루어질지 어쩔지, 좋을지 나쁠지 저로서는 미리 뚜렷이 알 수 없습니다.

                                        박상률 완역 삼국지 9

제갈량이 다시 출사표를 올리다.

유선은 글을 다 읽고 나자 무척 좋아라 하며 곧바로 제갈량에게 군사를 일으키도록 했다. 제갈량은 명령을 받자 날래고 씩씩한 군사 30만 명을 일으켜 위연이 앞장서서 모두 맡도록 한 뒤 진창길 어귀로 나아가게 했다.

이러한 사실은 일찌감치 염탐꾼을 통해 낙양에 알려졌다. 사마의는 위 임금에게 이 일을 보고했다. 조예는 의논하기 위해 문무 벼슬아치들을 죄다 불러모았다.

대장군 조진이 나서서 말했다.

"제가 지난번 농서를 지킬 때 공은 보잘것없고 죄는 커서 죄스런 마음 누를 길이 없었습니다. 바라건대 제가 대군을 이끌고 가 제갈량을 사로잡도록 해주십시오. 제가 요즘 대장 하나를 얻었습니다. 그 사람은 육십 근짜리 큰 칼을 쓰며, 천릿길을 가볍게 달리는 말을 타고, 두어 사람이 달려들어야 당길 수 있는 쇠활을 씁니다. 또 유성추라는 쇳덩이 세 개를 숨겨가지고 다니는데, 그걸 던지기만 하면 빗나가는 법이 없습니다. 혼자서 만 사람을 해볼 수 있을 정도로 씩씩합니다. 농서 적도 사람으로, 이름은 왕쌍이고 자는 자전입니다. 저는 이 사람을 추천한 뒤 앞장세우고 싶습니다."

조예는 무척 기뻐하며 왕쌍을 불러오라 하였다. 불러서 보니 키는 9자요, 얼굴은 거무튀튀하고 눈동자는 노르스름하며, 곰 허리에 호랑이 등이었다.

조예가 웃으며 말했다.

"내 이런 대장을 얻었으니 무슨 걱정이 있겠는가!"

조예는 왕쌍에게 곧바로 비단 웃옷과 황금 갑옷을 주며 호위장군으로 삼아 앞장서게 했다. 이어 조진은 대도독으로 삼았다. 조진은 고마움을 나타낸 뒤 물러나와 날래고 씩씩한 군사 15만 명을 이끌고 나아가 곽회와 장합의 군사와 합친 다음 여러 길목을 나누어 지키기로 하였다.

한편 촉군 앞부대의 염탐꾼은 진창까지 나아가 살피고 돌아와 제갈량에게 보고했다.

"진창 어귀에 이미 성 하나를 쌓아놓고 대장 학소가 그 안에서 지키고 있습니다. 도랑을 깊이 파고 성벽을 높이 쌓은데다 사슴뿔 모양의 울타리까지 둘러쳐놓고 단단히 지키고 있습니다. 이 성은 내버려두고, 새나 넘나들 수 있을 정도로 험하긴 하지만 태백령 고갯길로 해서 기산으로 나아가는 게 더 나을 성싶습니다."

제갈량이 고개를 저었다.

"진창 바로 북쪽이 가정이다. 그러니 반드시 이 성을 빼앗아야만 군사가 나아갈 수 있다."

제갈량은 위연더러 군사를 이끌고 성 아래로 가 사방에서 성을 치도록 했다. 위연은 며칠 동안 연거푸 성을 쳤으나 깨뜨리지 못했다. 위연이 다시 돌아와 제갈량에게 성을 치기가 무척 어렵다고 보고했다. 그러자 제갈량이 발끈 성을 내며 위연의 목을 베려 하였다. 그때 저 아래쪽에서 한 사람이 나섰다.

"제가 여러 해 동안 승상을 따라다녔지만 아직 이렇다 할 공을 세우지 못했습니다. 제가 비록 재주는 없지만, 진창성 안으로 가서 화살 한 대 쏘지 않고 학소를 달래 항복하도록 해보겠습니다."

모두들 그를 바라보았다. 중간 장수인 근상이었다.

제갈량이 물었다.

"그대가 무슨 말로 달랠 수 있겠소?"

근상이 대답했다.

"학소와 저는 똑같이 농서가 고향으로, 어려서부터 가까이 지냈습니다. 제가 그리 가서 뭐가 좋고 나쁜지를 따져 달래면 틀림없이 와서 항복할 겁니다."

제갈량이 그렇게 하라며 떠나보냈다. 근상은 말을 몰고 성 아래로 가 큰소리로 외쳤다.

"학백도한테 옛적부터 잘 아는 근상이 만나러 왔다고 알려라!"

성 위에 있던 사람이 학소에게 보고했다. 학소는 성 문을 열어 근상을 들어오게 한 뒤 성 위에서 만났다.

학소가 물었다.

"어인 일로 왔소?"

근상이 말했다.

"나는 서촉 공명 밑에서 중요한 군사 일을 맡아보며 귀한 손님 같은 대접을 받고 있네. 이번에 특별히 나더러 자네를 만나 몇 마디 말을 전하라고 해서 이렇게 왔네."

학소의 낯빛이 바뀌었다.

"제갈량은 우리 나라의 원수요! 나는 위를 섬기고 그쪽은 촉을 섬기니 서로 모시는 주인이 다르오. 아무리 옛적에 형제처럼 지냈다 해도 지금은 적이 되어 있소! 굳이 여러 말 말고 바로 성에서 나가주시오!"

근상이 다시 입을 열어 말을 하려 하자 학소는 어느새 적을 살피는 다락집 위로 올라가버렸다. 위군들이 근상에게어서 말을 타라 한 뒤 성 밖으로 내몰았다. 쫓겨나온 근상이 고개를 돌려 바라보니 학소가 날아온 화살이 가슴에 맞지 않도록 가로세로로 질러진 나무살 뒤에 기대어 서 있었다. 근상은 말을 세운 뒤 채찍을 들어 가리키며 말했다.

"백도 아우! 어찌 이리도 쌀쌀맞은가?"

학소가 대답했다.

"위나라의 법이 어떻다는 건 형도 이미 알고 있지 않소? 나는 나라의 은혜를 입었으니 오로지 죽음으로 갚을 뿐이오. 형은 쓸데없이 나를 달래려고 하지 마시오. 어서 돌아가 제갈량더러 성을 치러 오라고 하시오. 나는 두려운 게 없소!"

근상은 돌아가 제갈량에게 보고했다.

"제가 미처 말을 꺼내기도 전에 학소가 저를 쫓아내버렸습니다."

제갈량이 말했다.

"한 번 더 가서 뭐가 좋은지 나쁜지를 들어가며 달래보시오."

근상은 다시 성 아래로 가 학소더러 만나자고 했다. 학소가 적을 살피는 다락집 위로 나왔다. 근상이 말을 세우고 소리쳤다.

"백도 아우! 내 타이르는 말을 좀 들어보게. 자네는 이 외로운 성 하나에 기대어 어찌 수십만 대군을 해보겠는가? 지금 빨리 항복하지 않으면 뉘우쳐도 그땐 이미 늦네! 더군다나 대 한나라를 따르지 않고 간사스런 위나라를 섬기고 있는데, 어찌 그리도 하늘의 뜻을 모른 채 맑고 흐린 것도 가리지 못하는가? 백도는 부디 잘 생각해보게."

학소가 벌컥 화를 내며 활을 들어 화살을 쏠 준비를 한 뒤 근상을 노려보며 꾸짖었다.

"내 앞서 이미 할 말을 다 했으니 굳이 더 떠들지 마시오!

빨리 돌아가시오! 그러면 내 쏘지는 않겠소!"

근상은 돌아와 제갈량에게 학소가 한 말과 짓거리를 그대로 보고했다.

제갈량이 발끈 화를 냈다.

"하잘것없는 놈이 참으로 버르장머리가 없구나! 내게 성을 칠 도구가 없는 줄 알고 그러는 모양이지?"

제갈량이 그곳 토박이를 불러 물었다.

"진창성 안에 군사가 얼마나 있는가?"

토박이가 대답했다.

"자세한 숫자는 알 수 없지만, 어림잡아 삼천 명 정도 있을 겁니다."

제갈량이 웃었다.

"그렇게 작은 성으로 어찌 우리를 막겠는가! 저쪽을 도우러 군사가 오기 전에 빨리 쳐버려야겠다!"

제갈량은 군사들을 시켜 높다란 구름사다리 1백 개를 마련하도록 했다. 사다리마다 여남은 사람씩 올라갈 수 있었다. 사다리 바깥은 널빤지를 둘러치도록 했다. 군사들 모두 저마다 짧은 사다리와 낭창낭창한 밧줄을 지니고 있다가 북소리가 울려퍼지면 한꺼번에 성으로 올라가도록 했다.

학소는 성 위 다락집에서 적을 살피고 있다가 촉군이 구름사다리를 마련한 뒤 사방에서 몰려오자 바로 명령을 내렸다. 군사 3천 명을 시켜 저마다 불화살을 가지고 사방으로 나누어 기다리고 있다가 구름사다리가 성 가까이에 세워지면 한꺼번에 화살을 쏘도록 했다.

제갈량은 성 안에서 아무런 준비가 없으리라 여겼다. 그래서 구름사다리를 많이 만들어 군사들에게 북 치고 아우성치며 몰려가게 했다. 그런데 뜻밖에도 성 위에서 불화살이 쏟아지기 시작하더니 구름사다리에 불이 붙었다. 이 바람에 사다리 위에 있던 군사가 많이 불에 타 죽었다. 성 위에서 화살과 돌이 마치 비 오듯이 쏟아지자 촉군은 모두 물러갈 수밖에 없었다. 제갈량은 화가 머리끝까지 솟았다.

“네놈이 내 구름사다리를 태워버렸으니 이번엔 충거를 써주마!”

이리하여 촉군은 밤 동안 겉에 철판을 씌운 싸움 수레인 충거를 몰고 나갈 준비를 했다.

다음 날 촉군은 또 사방에서 북 치고 아우성치며 나아갔다. 학소는 급히 커다란 돌덩이들을 가져다가 돌에 구멍을 뚫은 뒤 칡덩굴을 꼬아 만든 밧줄에 매달아 충거가 다가오는 대로 내리치게 하였다. 이에 충거는 모두 돌덩이에 맞아 부서지고 말았다.

제갈량은 다시 군사들을 시켜 흙을 옮겨다 성을 둘러싸고 있는 도랑을 메우게 했다. 이어 요화더러 군사 3천 명을 거느리고 밤사이에 가래와 호미 따위로 땅굴을 파고 몰래 성으로 들어가도록 했다. 그러나 학소는 성 안에 또 도랑을 파서 땅속 길을 끊어버렸다.

이렇게 밤낮으로 스무 날을 넘게 싸웠으나 도무지 성을 무너뜨릴 방법이 없었다. 제갈량이 영채 안에서 가슴을 태우고 있는데 뜬금없는 보고가 들어왔다. 동쪽에서 위를 도우러 오는 군사가 있는데, 깃발에는 '위 선봉대장 왕쌍'이라고 쓰여 있다고 했다.

제갈량이 장수들을 둘러보았다.

"누가 나가 맞겠소?"

위연이 썩 나섰다.

"제가 가보겠습니다."

제갈량이 손을 내저었다.

"그대는 우리 군사 앞에 서는 선봉대장이오. 가벼이 나가면 안 되오."

제갈량이 다시 장수들을 둘러보았다.

"누가 나가보겠소?"

비장 사웅이 나섰다. 제갈량은 그에게 군사 3천 명을 주며 나가도록 했다.

제갈량이 또 물었다.

"누가 또 가겠소?"

비장 공기가 나섰다. 제갈량은 공기에게도 군사 3천 명을 주며 떠나보냈다. 제갈량은 혹시라도 성 안에서 학소가 군사를 몰고 뛰쳐나올까봐 군사를 20리 뒤로 물린 뒤 영채를 세웠다.

사웅은 군사를 이끌고 앞으로 나아가다 왕쌍과 맞부딪쳤다. 그러나 채 3합도 싸우지 못하고 왕쌍이 한 번 내리친 칼에 고꾸라지고 말았다. 촉군이 싸움에 지고 달아나자 왕쌍은 그 뒤를 마구 쫓았다. 이번엔 공기가 왕쌍을 맞아 싸웠으나, 두 마리 말이 서로 어우러진 지 3합 만에 그도 왕쌍의 칼에 베이고 말았다.

싸움에 지고 돌아간 군사들이 제갈량에게 보고했다. 제갈량은 소스라치게 놀라 급히 요화·왕평·장의 세 사람더러 나아가 왕쌍을 맞도록 했다. 양쪽이 둥글게 진을 펼치자 장의가 말을 타고 나섰다. 왕평과 요화는 진 양쪽에 버티듯 섰다.

왕쌍이 말을 달려나와 장의에게 달려들었다. 두 마리 말이 서로 어우러져 여러 합을 싸웠으나 이기고 짐이 갈라지지 않았다. 왕쌍이 거짓으로 진 척하며 달아나는데, 장의는 그런 줄 모르고 그 뒤를 쫓았다. 장의가 속임수에 빠진 걸 알아본 왕평이 소리쳤다.

"쫓아가지 마시오!"

장의는 급히 말 머리를 돌렸다. 그러나 왕쌍은 벌써 유성 추를 날려 장의의 등을 맞혔다. 장의는 안장에 엎드린 채 달 아났다. 왕쌍이 말 머리를 돌려 뒤쫓았다. 왕평과 요화가 급히 왕쌍을 막고 장의를 구해 진으로 돌아왔다. 왕쌍이 군사를 몰아 한바탕 휘저은 탓에 촉군 가운데 많은 이가 죽거나 다쳤다. 장의는 여러 차례나 피를 토하고 난 뒤 돌아가 제갈 량에게 보고했다.

"왕쌍은 워낙 뛰어나 해볼 수가 없었습니다. 지금 군사 이만 명을 거느리고 진창성 밖에 영채를 세웠습니다. 사방에 울타리를 둘러치고 겹으로 성을 쌓고 도랑까지 깊게 파서 아주 단단히 지키고 있습니다."

제갈량은 두 장수가 죽은 데 이어 장의까지 다치고 나자 어찌해야 좋을지 몰라 강유를 불러 물었다.

"진창길 어귀로는 갈 수가 없겠네. 달리 좋은 방법이 없겠는가?"

강유가 대답했다.

"진창성은 단단한데다가 학소가 굳게 지키고 있고, 왕쌍까지 돕고 있어 참으로 빼앗기가 힘듭니다. 대장 한 사람더러 산을 등지고 물을 따라 영채를 세우게 한 뒤 단단히 지키도록 하십시오. 이어 뛰어난 장수에게 중요한 길목을 지키도록 하면서 가정 쪽에서 쳐들어오는 걸 막도록 하십시오.

그런 뒤 대군을 이끌고 기산을 덮치는 게 좋겠습니다. 게다가 저도 이러저러한 방법을 생각하고 있으니 그대로 하면 조진을 사로잡을 수 있습니다.”

제갈량은 그의 말을 받아들였다. 곧바로 왕평과 이회에게 군사 한 무리씩을 이끌고 가정으로 가는 작은 길을 지키도록 하고, 위연은 군사 한 무리로 진창 어귀를 지키게 했다. 이어 마대를 앞장세우고 관흥과 장포는 앞뒤에서 돕도록 한 뒤 샛길을 따라 야곡에서 기산을 바라고 나아갔다.

한편 조진은 지난번에 사마의한테 공을 빼앗긴 걸 생각하면 속이 뒤집어졌다. 그래서 낙양에 이르자마자 곽회와 손례를 동서 양쪽으로 보내 지키게 했다. 또 진창성이 위험하다는 보고를 받자 바로 왕쌍을 보내 구하도록 했다. 마침 왕쌍이 적의 장수를 베어 공을 세웠다는 보고가 들어오자 아주 좋아라 했다. 바로 중호군대장 비요에게 앞부대를 대신 맡아 다스리도록 하고, 여러 장수들은 저마다 중요한 길목을 지키게 했다.

그때 산골짜기에서 적의 염탐꾼 하나를 잡아왔다는 보고가 들어왔다. 조진이 끌고 들어오라 하였다. 그 사람이 끌려들어와 막사 앞에 꿇어앉자마자 말했다.

“저는 염탐꾼이 아닙니다. 비밀스런 일이 있어 도독을 뵈러 오다가 길가에 숨어 있던 군사들한테 붙들렸습니다. 곁에 있는 사람들을 물리쳐주십시오.”

조진은 묶인 걸 풀어주라 한 뒤 곁에 있는 이들더러 잠깐 물러가 있으라 했다.

붙잡혀온 사람이 말했다.

“저는 바로 강백약이 마음속으로까지 믿는 사람입니다. 명령을 받들어 비밀 편지를 가지고 왔습니다.”

조진이 물었다.

“편지는 어디 있느냐?”

그 사람이 품속 깊이 감추어두었던 편지를 꺼내 바쳤다. 조진이 얼른 뜯어보았다.

죄 많은 장수 강유가 백 번 절하며 대도독께 글을 바칩니다. 저는 대를 이어 위나라의 녹을 먹으며 멀리 있는 성을 지키는 일을 맡는 두터운 은혜를 입고도 갚을 길이 없었습니다. 지난날에 제갈량의 꾀에 잘못 빠진 탓에 이 몸이 구렁텅이에 떨어지고 말았습니다. 그러나 어찌 제 나라의 은혜를 하루라도 잊었겠습니까! 지금 다행히 촉군이 서쪽으로 나가고, 제갈량은 저를 조금도 의심하지 않습니다. 도독께서는 직접 대군을 이끄시고 쳐들어오시기 바랍니다. 오시는 길에 적을 만나거든 거짓으로 진 척하십시오. 제가 뒤에 있다가 불을 질러 신호를 하고 먼저 촉군의 식량과 말먹이를 태우겠습니다. 그때 도독께서는 대군을 되돌려 몰아치십시오. 그러면 제갈량을 사로잡을 수 있습니다. 이건 제가 공을 세워 나라의 은혜를 갚자는 게 아니라, 참으로 전에 지은 죄를 씻고자 그럽니다. 깊이 살피시어 빨리 명령을 내려주시기 바랍니다.

편지를 읽고 난 조진은 무척 기뻐했다.

"하늘이 나에게 공을 세우라는 뜻이로다!"

조진은 편지를 가지고 온 사람에게 상을 두둑이 내린 뒤 정한 날에 만나자는 답장을 써주며 돌려보냈다.

조진이 비요를 불러 의논했다.

"지금 강유가 몰래 비밀 편지를 보내왔는데, 내가 할 일을 알려주었소."

비요가 말했다.

"제갈량은 꾀가 많은 사람이고, 강유 또한 생각의 폭이 넓은 사람입니다. 혹시 제갈량이 시키지나 않았는지, 속임수가 들어 있지나 않을까 걱정입니다."

조진이 고개를 저었다.

"그 사람은 원래 위나라 사람으로, 어쩔 수 없이 되는 바람에 촉에 항복할 수밖에 없었는데 의심할 게 뭐 있겠소?"

비요가 조심스레 말했다.

"그렇다 하더라도 도독께서는 가벼이 나아가지 마시고 그대로 본부 영채를 지키고 계십시오. 제가 군사 한 무리를 이끌고 나가 강유를 돕도록 하겠습니다. 만약에 성공하면 공은 모두 도독께 돌리고, 혹시라도 속임수에 빠지면 그건 제가 당하겠습니다."

조진은 무척 좋아라 하며 비요에게 군사 5만 명을 이끌고 야곡으로 가도록 했다.

비요는 군사를 이끌고 두세 마장 가서 군사를 머물러놓고 염탐꾼을 보내 살펴보도록 했다. 염탐꾼이 저녁나절에 돌아와 보고했다.

"야곡길로 촉군이 오고 있습니다."

비요가 군사들을 다그쳐 나아갔다. 촉군은 미처 싸워보지도 않고 물러가버렸다. 비요가 군사를 이끌고 그 뒤를 쫓자 촉군이 다시 왔다. 막 진을 치고 싸우려 하자 촉군은 또 물러가버렸다. 이러기를 세 차례나 하고 나자 어느덧 다음 날 저녁나절이 되어버렸다. 위군은 하루 낮과 하루 밤을 촉군이 쳐들어올까봐 잠시도 쉬지 못했다. 겨우 군사를 머물러놓고 밥을 지어 먹으려 하는데 난데없이 사방에서 아우성치는 소리가 크게 일고 북소리, 나팔 소리까지 떠들썩했다. 이어 촉군이 산과 들을 뒤덮으며 몰려왔다. 문기가 열리며 네 바퀴 수레 하나가 나왔다. 수레 위엔 제갈량이 반듯이 앉아서 위군의 주된 장수더러 나와 대답하라고 했다. 비요가 말을 달려 나아갔다. 멀리서 제갈량을 보고 있자니 속으로 들뜨기 시작했다.

비요가 곁에 있는 이들을 돌아보며 말했다.

"촉군이 쳐들어오거든 뒤로 물러나라. 만약에 산 뒤쪽에서 불이 이는 게 보이면 바로 돌아서서 무찔러 나가라. 그러면 우리를 돕는 군사가 있을 거다."

비요는 말을 마친 뒤 말을 몰고 나가며 외쳤다.

"전에 진 장수가 겁도 없이 오늘 어찌 또 나타났느냐!"

제갈량이 대구했다.

"너는 물러가고 조진더러 나와서 대답하라고 해라!"

비요가 말했다.

"조도독께서는 황금 나뭇가지와 옥 이파리처럼 귀하신 분인데 어찌 너 같은 배반한 역적을 만나신단 말이냐!"

제갈량이 화를 벌컥 내며 깃털 부채를 한 번 부쳤다. 그러자 왼쪽에서는 마대가, 오른쪽에서는 장의가 군사를 몰고 나와 양쪽으로 내달았다. 위군은 바로 뒤로 물러났다. 30리를 미처 못 갔을 때 촉군 뒤쪽에서 불길이 치솟는 게 보이고 외침 소리가 그치지 않았다. 비요는 그 불길을 신호로 여기고 곧바로 되돌아서서 무찔렀다. 그러자 촉군이 모두 물러갔다. 비요는 칼을 들고 앞장서서 외침 소리가 나는 곳으로 쫓아갔다. 불길이 치솟는 곳 가까이 이르자 산길에서 또 북소리, 나팔 소리가 하늘에 울려퍼지고 외침 소리가 땅을 뒤흔들었다. 양쪽에서 군사가 몰려나오는데 왼쪽은 관흥, 오른쪽은 장포였다. 산 위에서는 화살과 돌멩이가 마치 비 퍼붓듯 아래로 쏟아졌다. 위군은 크게 지고 말았다.

비요는 그제야 속임수에 빠진 줄을 알았다. 급히 군사를 몰고 산골짜기로 달아났으나 사람과 말 모두 지쳐 헐떡였다. 위군은 서로 밟고 밟히었으며, 시내로 떨어져 죽은 이도 셀 수 없었다. 뒤쪽에서 관흥이 힘이 펄펄 넘치는 군사를 몰고 쳐들어왔다. 비요가 겨우 목숨을 건져 달아나는데 산언덕 어귀에서 사나운 범 같은 군사 한 무리가 뛰쳐나왔다. 강유였다.

비요가 큰소리로 꾸짖었다.

"이 믿을 수 없는 배반한 역적놈아! 내가 운 나쁘게도 네놈의 간사스러운 속임수에 빠지고 말았구나!"

강유가 웃으며 말했다.

"내 조진을 사로잡으려 했는데, 일이 잘못 꼬여 네가 걸려들었다! 빨리 말에서 내려 항복해라!"

비요는 말을 휘몰아 길을 뚫고 산골짜기를 바라고 달아났다. 흘끗 보니 골짜기 어귀에서 불빛이 하늘을 찌르고 뒤쪽에서 쫓아오는 군사가 또 있었다. 마침내 비요는 스스로 목을 찔러 죽고 말았다. 이에 남은 무리는 죄다 항복했다.

제갈량은 밤새 군사를 몰고 기산 앞으로 나가 영채를 세운 뒤 군사를 거두어 머무르며 강유에게 상을 듬뿍 내렸다.

강유가 아쉬워했다.

"조진을 죽이지 못한 게 한스럽습니다!"

제갈량 역시 못내 아쉬움을 떨치지 못했다.

"큰 꾀를 작게 써버린 게 아쉽구먼."

한편 조진은 비요가 죽었다는 소식을 듣자 무척 안타까웠지만 이미 늦은 일이었다. 조진은 곽회와 함께 군사를 물릴 방법을 의논했다. 이어 글을 갖추어 손례와 신비더러 밤을 도와 위 임금에게 가서 알리게 했다. 두 사람은 촉군이 기산으로 다시 나와 조진은 군사를 많이 잃고 장수도 죽어 돌아가는 꼴이 몹시 위험하다고 알렸다.

조예는 소스라치게 놀라 곧바로 사마의를 안으로 불러들여 물었다.

"조진이 군사를 잃고 장수도 거의 죽었다 하오. 촉군은 또 기산으로 나왔다 하는데, 그대는 촉군을 물리칠 방법이 있소?"

사마의가 말했다.

"저는 이미 제갈량을 물리칠 계획을 세워놓고 있습니다.

우리 군사가 움직여 애써 씩씩함을 보여줄 필요도 없습니
다. 촉군이 저절로 물러가게 하겠습니다."

**이미 조자단에겐 이길 방법이 없다는 걸 알았으니
오로지 사마중달의 좋은 꾀에 매달릴 수밖에 없구나**

과연 사마의는 어떤 계획을 세워놓았는지…….

물러서지 않는 제갈량

왕쌍은 촉군을 쫓다 죽고
제갈량은 진창을 덮쳐 이기다

사마의가 조예에게 말했다.

"저는 일찍이 폐하께 말씀드리기를, 제갈량이 틀림없이 진창으로 나오리라고 했습니다. 그래서 학소를 시켜 지키게 했지요. 지금 보니 과연 그대로 되었습니다. 적들이 진창으로 해서 쳐들어오면 식량 옮기기가 쉬워집니다. 그러나 지금 다행스럽게도 학소와 왕쌍이 그곳을 지키고 있어 그 길로 식량을 실어나르지는 못할 겁니다. 다른 작은 길들은 식량 옮기기가 매우 어렵습니다. 제가 헤아려보니 촉군이 가지고 온 식량으로는 한 달을 넘기기 어렵습니다. 그러니 저쪽에서는 빨리 싸우는 게 좋고 우리로선 오래 지키고 있는 게 좋습니다. 폐하께서 조서를 내리시어 조진더러 여러 길목의 중요한 자리를 단단히 지키며 굳이 나가 싸우지 말라고 이르십시오. 그러면 한 달이 채 못 되어 촉군은 스스로 물러갑니다. 그때에 빈틈을 노려 치면 제갈량을 사로잡을 수 있습니다."

조예가 아주 기뻐했다.

"그대는 참으로 앞일을 잘 내다보는구려. 그런데 왜 스스로 군사 한 무리를 이끌고 나가 칠 생각은 하지 않소?"

"제가 몸을 아끼고 목숨을 아깝게 여겨 그러는 게 아닙니다. 사실을 얘기하자면, 군사를 남겨두었다가 동오의 육손이 쳐들어오면 그걸 막기 위해서입니다. 손권은 머지않아 틀림없이 제멋대로 황제라 일컬을 겁니다. 그런데 그렇게 황제라 했을 때 폐하께서 자기들을 가만두지 않고 칠까봐 두려워 되레 먼저 쳐들어올 겁니다. 그래서 저는 군사를 눌러놓고 기다리고 있습니다."

그런 얘기를 나누고 있는데 가까이 모시는 신하가 불쑥 들어와 보고를 했다.

"조도독이 군사 사정이 어떻게 돌아가는지 알리기 위해 사람을 보내왔습니다."

사마의가 조예를 올려다보며 말했다.

"폐하께서는 곧장 사람을 보내 조진더러 조심하라고 이르십시오. 촉군을 쫓을 때에는 반드시 빈 자리, 찬 자리를 헤아려야 하며, 함부로 깊숙한 곳까지 들어갔다가 제갈량의 꾀에 말려드는 일이 없도록 하라고 하십시오."

조예는 곧바로 조서를 내려 태상경 한기를 시켜 황제의 믿음을 나타내는 기를 가지고 조진에게 가 조심하라 이르도록 했다.

"절대로 나가 싸우지 말고 지키는 일에만 더욱 힘쓰다가 촉군이 물러가거든 그때 덮치도록 하라."

사마의는 한기를 성 밖까지 따라가 배웅하며 부탁했다.

"나는 이번 공을 모두 조자단에게 안겨주고 싶소. 공이 가서 자단을 만나면 이번 일이 내가 낸 생각이라 말하지 마시오. 다만 천자께서 조서를 내리시며 '오로지 굳게 지키는 게 가장 좋은 일이고, 적을 뒤쫓을 때는 아주 꼼꼼한 사람을 써야지 성질 급한 사람을 보내 뒤쫓게 하지 말라'고 하셨다 하시오."

마침내 한기가 사마의와 헤어져 떠나갔다.

조진이 막사에서 의논을 하고 있는데 뜻밖에 태상경 한기가 천자의 조서를 가지고 왔다는 보고가 들어왔다. 조진이 영채를 나가 그를 맞은 뒤 조서를 받아 들었다. 뒤이어 곽회와 손례와 함께 의논했다.

곽회가 웃으며 말했다.

"이건 사마중달의 생각입니다."

조진이 물었다.

"이 생각이 어떻소?"

곽회가 대답했다.

"그 말은 제갈량이 군사 쓰는 법을 깊이 알고 한 말입니다. 나중에 촉군을 막을 이는 틀림없이 중달입니다."

조진이 다시 물었다.

"만약 촉군이 물러가지 않으면 그땐 또 어찌해야 하오?"

곽회가 대답했다.

"몰래 왕쌍에게 사람을 보내 군사를 이끌고 작은 길을 살펴 지키도록 하십시오. 그러면 촉군은 섣불리 식량을 나르지 못합니다. 그쪽에 식량이 떨어져 군사 물릴 때를 기다려 기운을 몰아 들이치면 완전히 이길 수 있습니다."

손례가 말했다.

"제가 기산으로 가서 거짓으로 식량을 옮기는 척해보겠습니다. 수레에 마른 나무와 풀 따위를 가득 실은 다음 불붙기 쉬운 유황이며 염초를 뿌려놓고, 농서에서 군사들 식량이 왔다고 헛소문을 낼까 합니다. 만약에 촉군들이 먹을거리가 떨어졌으면 틀림없이 빼앗으러 옵니다. 안으로 들어오기를 기다렸다가 수레에 불을 지르고 숨어 있던 군사들이 덮치면 반드시 이깁니다."

조진이 좋아라 했다.

"그것 참 기가 막힌 방법이군!"

조진은 손례에게 곧장 군사를 이끌고 가 계획대로 하라고 했다. 이어 왕쌍은 군사를 이끌고 작은 길을 살펴 오가도록 했다. 곽회는 군사를 이끌고 가서 기곡과 가정을 도맡은 뒤 그쪽의 군사들에게 험한 길목을 잘 지키도록 했다. 조진은 또 장료의 아들인 장호를 앞장세우고, 악진의 아들인 악침은 바로 그 뒤를 맡도록 하여 앞쪽 영채를 잘 지키도록 한 뒤 나가 싸우지는 않도록 했다.

한편 제갈량은 기산 영채 안에 있으면서 날마다 사람을 보내 싸움을 걸었다. 그러나 위군은 굳게 지키기만 할 뿐 나오지를 않았다. 이에 제갈량은 강유 등을 불러 의논했다.

"위군이 굳게 지키기만 할 뿐 나오지 않는데, 그건 우리 군 안에 식량이 떨어져간다고 여기기 때문이오. 지금 진창으로 가는 길은 막혔고, 다른 샛길들은 식량을 나르기는 어려운 길이오. 내 보기에 지금 남은 먹을거리며 말먹이로는 앞으로 한 달을 버티기가 어렵소. 이를 어찌해야 하오?"

모두들 이러저러한 말을 늘어놓는데 갑자기 보고가 들어왔다.

"농서에서 위군이 식량을 수레 수천 대에 싣고 기산 서쪽으로 옮기고 있는데, 식량 옮기는 일을 맡은 이는 손례라 합니다."

제갈량이 물었다.

"손례는 어떤 사람이오?"

위에서 항복해온 사람이 대답했다.

"그 사람이 전에 위 임금을 따라 대석산으로 사냥을 간 일이 있는데, 갑자기 놀란 호랑이 한 마리가 임금 앞으로 뛰어들자 바로 말에서 뛰어내려 호랑이를 베어버렸답니다. 그 일로 상장군이 되었고, 조진이 마음 깊이 아끼는 부하입니다."

제갈량이 웃었다.

"이건 위군 장수들이 우리한테 먹을거리가 없는 걸 알고 꾸며낸 꾀요. 수레에 실은 건 틀림없이 마른 풀 따위에다 불 잘 붙는 물건들일 거요. 내가 평생토록 잘 쓴 게 불로 공격하는 일이었는데, 제놈들이 나를 그런 꾀로 속여보겠다고? 우리 군이 식량 실은 듯이 꾸민 수레를 덮치러 가면 틀림없이 그 사이에 우리 영채를 덮치러 올 거요. 음, 그 꾀를 거꾸로 이용해서 써먹어야겠소."

제갈량이 마대를 불렀다.

"그대는 군사 삼천 명을 이끌고 위군이 식량을 쌓아놓은 곳으로 가시오. 하지만 영채로는 들어가지 말고 바람 부는 방향에다 불을 놓으시오. 만약에 수레에 불이 붙으면 위군은 반드시 우리 영채를 에워싸게 되오."

또 마충과 장의는 군사 5천 명씩 이끌고 가 밖에 있다가 안팎으로 함께 치도록 했다. 제갈량은 세 사람이 모두 저마다 할일을 맡아 떠나자 다시 관흥과 장포를 불렀다.

"위군의 앞쪽 영채는 사방으로 통하는 길과 맞닿아 있다. 오늘 밤 서쪽 산에서 불길이 일면 위군은 틀림없이 우리 영채를 덮치러 온다. 그대 두 사람은 위군 영채 왼쪽·오른쪽에 숨어 있다가 그쪽 군사들이 영채에서 나오면 바로 들이치도록 하라."

이어 오반과 오의를 불러 일렀다.

"그대 두 사람은 군사 한 무리씩 이끌고 가 영채 밖에 숨어 있다가 위군이 오거든 돌아갈 길을 끊어버리시오."

제갈량은 저마다 할일을 다 이르고 나자 기산 위 높은 곳으로 올라가 앉았다. 위군은 촉군이 식량과 말먹이를 덮치러 온다는 사실을 알아내 재빠르게 손례에게 보고했다. 이에 손례는 사람을 시켜 나는 듯이 조진에게 보고했다. 조진은 앞쪽 영채로 사람을 보내 장호와 악침에게 명령을 전하도록 했다.

"오늘 밤 서쪽 산에서 불길이 일면 반드시 촉군이 도우러 온다. 그때 군사를 이끌고 나가 이른 대로 하라.”

두 장수는 조진이 이른 방법을 잘 새겨들은 뒤, 망 보는 곳으로 군사를 올려보내 신호불이 오르는지 살피도록 했다.

그때 손례는 군사를 산 서쪽에 숨겨두고 촉군이 오기만을 기다리고 있었다.

밤이 제법 이슥해졌을 때 마대는 군사 3천 명을 이끌고 갔다. 군사들은 모두 떠들지 못하도록 입에 나무막대기를 물고 있고, 말에는 재갈을 물렸다. 산 서쪽에 이르러 보니 수많은 수레가 겹겹으로 늘어서서 영채를 이루고 있었다. 수레마다 눈을 속이기 위한 깃발들이 잔뜩 꽂혀 있었다. 바로 그때 서남쪽에서 바람이 불어왔다. 마대는 군사들에게 영채 남쪽으로 가서 불을 놓도록 했다. 그러자 수레마다 죄다 불이 붙어 불길이 하늘을 찌를 듯했다.

손례는 촉군이 왔다고 위군 영채 안에서 신호로 올리는 불인 줄 알고 부리나케 군사를 이끌고 한꺼번에 덮쳐들었다. 뒤쪽에서 북소리, 나팔 소리가 하늘 높이 울려퍼지며 군사들이 두 갈래로 나뉘어 들이닥쳤다. 마충과 장의가 이끄는 군사들이었다. 그들은 위군을 가운데로 몰아넣었다. 손례는 까무러치게 놀랐다. 위군들이 아우성치는 소리가 들리더니 사나운 범 같은 군사 한 무리가 불빛 속에서 뛰쳐나왔다. 마대의 군사였다. 안팎에서 들이치는 바람에 위군은 크게 지고 말았다. 불은 더욱 타오르고, 바람 또한 더욱 거세어졌다. 군사고 말이고 구멍 찾는 쥐처럼 어지러이 날뛰었다. 죽어 나자빠지는 이가 셀 수 없었다. 손례는 다친 군사들을 이끌고 가까스로 불길을 뚫고 달아났다.

이때 영채 안에 있던 장호는 불길이 이는 게 보이자 영채 문을 활짝 열었다. 이어 악침과 함께 군사들을 모두 이끌고 촉군 영채로 쳐들어갔다. 그런데 가서 보니 영채 안에 사람이 하나도 없었다. 급히 군사를 거두어 돌아가려 하는데 오반과 오의가 두 길로 나누어 뛰쳐나와 돌아갈 길을 끊고 말았다. 장호와 악침 두 장수는 가까스로 에워싼 곳을 뚫고 본부 영채 있는 데로 돌아왔다. 그러나 이르러 보니 흙으로 쌓은 성 위에서 화살이 마치 메뚜기 떼 날듯이 쏟아졌다. 관흥과 장포가 이미 영채를 들이쳐 차지해버렸다.

위군은 크게 지고, 모두들 조진의 영채를 바라고 달려갔다. 영채 안으로 막 들어가려 하는데 싸움에 진 군사 한 무리가 허둥지둥 달려왔다. 손례의 군사였다. 그들은 함께 영채로 들어가 조진에게 저마다 적의 꾀에 넘어간 일을 털어놓았다. 조진은 말을 다 듣고 나자 본부 영채를 단단히 지킬 뿐 다시 나가 싸우려 하지 않았다.

촉군은 크게 이기고 제갈량에게 돌아가 보고했다. 제갈량은 몰래 위연에게 사람을 보내 할일을 일렀다. 이어 영채를 거두어 떠날 준비를 하라고 했다.

양의가 물었다.

"지금 크게 이겨 위군의 기운이 꺾였는데 어찌하여 되레 군사를 거두려 하십니까?"

제갈량이 대답했다.

"우리한텐 식량이 없어 빨리 싸워 끝장을 내야 좋소. 그런데 저쪽이 굳게 지키기만 할 뿐 나오지 않으니 속만 끓이며 있을 수는 없소. 위군은 지금은 비록 싸움에서 졌지만 반드시 중원에서 도와주러 오는 군사가 있소. 만약에 저쪽이 가볍게 무장한 군사들로 재빨리 우리 식량길을 끊어버리면 우리는 돌아가고 싶어도 돌아갈 수가 없소. 지금 위군이 져서 우리 촉군을 제대로 쳐다보지도 못하는 틈을 타, 그들이 미처 생각지도 못하고 있을 때 물러가야 하오. 걱정거리 하나는 위연의 군사 한 무리가 진창길 어귀에서 왕쌍을 막고 있어 재빨리 몸을 뺄 수 없다는 거요. 내 이미 사람을 보내 비밀스런 방법을 일러주긴 했소. 왕쌍을 베면 두려워 뒤쫓지는 못할 테지요. 이제 뒤쪽 부대가 앞장서서 떠나도록 하시오."

그날 밤 제갈량은 징과 북을 치는 군사만 영채에 남아 있으면서 시각마다 징과 북을 울리게 하였다. 마침내 하룻밤 사이에 군사들은 모두 물러가고 빈 영채만 남았다.

한편 조진은 영채 안에서 걱정거리에 휩싸여 어찌해야 좋을지 몰라 끙끙댔다. 그때 좌장군 장합이 군사를 이끌고 도착했다는 보고가 들어왔다.

장합이 말에서 내려 막사 안으로 들어와 조진에게 말했다.

"황제 폐하의 뜻을 받들어 특별히 일 돌아가는 걸 살펴보러 왔습니다."

조진이 물었다.

"떠날 때 중달을 만나고 왔소?"

장합이 대답했다.

"중달이 말씀하시기를, '우리 군이 이기면 촉군은 틀림없이 물러가지 않을 테지만, 우리 군이 지면 촉군은 반드시 물러간다'고 하시더군요. 우리 군사가 싸움에서 좋지 않은 뒤로 도독께서는 촉군이 어쩌고 있는지 알아보셨는지요?"

"아직 알아보지 못했소."

조진은 그제야 사람을 보내 알아보게 했다. 과연 영채는 텅 비어 있었다. 깃발만 수십 개 꽂힌 채 바람에 나부끼고 있었다. 군사가 물러간 지 벌써 이틀이 지난 뒤였다. 조진은 가슴을 쳤으나 어쩔 수 없는 일이었다.

한편 위연은 제갈량이 몰래 이른 방법대로 그날 밤이 제법 깊어졌을 때 영채를 거두어 급히 한중을 바라고 떠났다. 염탐꾼은 이 일을 어느새 왕쌍에게 알렸다. 왕쌍은 군사를 마구 휘몰아 촉군의 뒤를 힘껏 쫓았다. 20리 남짓을 뒤쫓아 가자 위연의 깃발이 앞에 보였다.

왕쌍이 크게 소리 질렀다.

"위연은 게 섰거라!"

그러나 촉군들은 뒤도 돌아보지 않았다. 왕쌍은 더욱 말을 빨리 몰았다. 뒤쪽에서 위군이 외치는 소리가 들렸다.

"성 밖 영채 안에서 불길이 치솟고 있습니다. 적의 간사스런 꾀에 빠졌습니다."

왕쌍이 부리나케 말 머리를 돌려 바라보았다. 아닌 게 아니라 한 줄기 불길이 하늘 높이 치솟고 있었다. 급히 군사를 물리라는 명령을 내리지 않을 수 없었다. 산언덕 왼쪽에 이르렀을 때 갑자기 숲속에서 말 탄 장수 하나가 뛰쳐나오며 크게 외쳤다.

"위연이 여기 있다!"

왕쌍은 소스라치게 놀랐다. 미처 손 한 번 제대로 써보지도 못하고 위연이 한 번 휘두른 칼을 맞고 말 아래로 고꾸라졌다. 위군들은 적군이 숨어 있는 줄 알고 사방으로 흩어져 달아났다. 그때 위연은 겨우 말 탄 군사 30명 남짓밖에 거느리고 있지 않았다. 그들은 한중을 바라고 천천히 나아갔다.

나중에 어떤 사람이 이 일을 기리는 시를 읊었다.

공명의 기가 막힌 헤아림

그 옛날 손빈이나 방연보다 뛰어나네

밝은 별이 번쩍 빛나며 한쪽 땅을 밝게 비추는 듯한데

군사들 나아가고 물러가게 하는 일 귀신도 모르리

진창길 어귀에서 목이 날아간 왕쌍이여

위연은 제갈량으로부터 몰래 방법을 일러 받자 먼저 말 탄 군사 30명을 왕쌍의 영채 가까이 숨겨두었었다. 왕쌍이 군사를 이끌고 촉군의 뒤를 쫓아가기를 기다렸다가 영채 안에 불을 질러 왕쌍이 다시 영채로 돌아오게 하기 위해서였다. 그런 뒤 왕쌍이 아무 생각 없이 왔다 갔다 하자 그 틈을 놓치지 않고 뛰쳐나가 베어버렸다.

위연은 왕쌍을 죽인 뒤 한중으로 돌아가 제갈량에게 군사를 넘겨주었다. 제갈량이 잔치를 크게 베풀어 군사들을 배불리 먹이며 다독거렸다.

그때 장합은 촉군의 뒤를 쫓다가 그만두고 영채로 돌아왔다. 갑자기 진창성의 학소가 사람을 보내 왕쌍이 죽었다고 알려왔다. 그 말을 듣자 조진은 마음이 부글부글 끓다 못해 끝내 병이 들고 말았다. 그래서 곽회와 손례·장합에게 장안으로 이어지는 여러 길목을 잘 지키라 이른 뒤 자신은 낙양으로 돌아가버렸다.

오왕 손권이 조회를 하고 있는데 염탐꾼이 와서 보고했다.

"촉의 제갈승상이 두 차례나 군사를 일으켜 위 도독 조진의 군사와 장수들을 많이 죽였습니다."

이에 신하들은 모두 오 임금더러 군사를 일으켜 위를 치고 중원을 꾀하라고 부추겼다. 그러나 손권은 미적미적했다.

장소가 나서서 말했다.

"요새 들으니 무창 동쪽 산에 봉황이 날아들고, 대강에는 누런 용이 여러 번 나타났다고 합니다. 이는 주공의 덕스러움이 요 임금이나 순 임금과 짝이 되실 만하고, 밝으심이 문왕이나 무왕과 나란히 하실 만하기에 그럽니다. 그러니 먼저 황제 자리에 오르신 뒤 나중에 군사를 일으키십시오."

많은 벼슬아치들이 거들었다.

"장자포의 말씀이 옳습니다."

마침내 여름 4월 병인날을 황제 자리에 오르는 날로 하고 무창 남쪽 바깥에 단을 쌓았다. 그날 신하들은 손권을 단 위로 오르게 한 뒤 황제 자리에 오르도록 하였다. 그리고 황무 8년을 황룡 첫해로 바꾸었다. 또 손권의 아버지 손견은 무열황제로 하고, 어머니 오씨는 무열황후로 했으며, 형 손책은 장사환왕으로 하였다. 나아가 아들 손등을 황태자로 세웠다. 또 제갈근의 맏아들인 제갈각을 태자좌보로 삼고, 장소의 둘째 아들인 장휴를 태자우필로 삼았다.

제갈각의 자는 원손으로, 키가 7자에 무척 똑똑하고 말솜씨가 좋았다. 그래서 손권이 아주 사랑했다. 그가 6살 때 동오에 잔치가 있어 아버지를 따라가 잔치 자리에 앉아 있었다. 손권은 제갈근의 얼굴이 길쭉한 걸 놀리느라 나귀 한 마리를 끌고 오라 하여 나귀 얼굴에 분필로 '제갈자유(諸葛子瑜)'라고 썼다. 모두들 크게 웃고 떠들었다. 그러는 사이에 제갈각이 앞으로 달려나가 분필을 들고 아버지의 자 '자유' 다음에 두 글자를 더 적어 '제갈자유지려(諸葛子瑜之驢)'라고 해놓았다. '제갈자유의 나귀'로 바꿔버린 것이다. 이에 자리에 있던 사람들 가운데 놀라지 않는 이가 없었다. 손권도 아주 좋아라 하며 그 나귀를 제갈근에게 주었다.

나중에 또 벼슬아치들을 가득 모아놓고 잔치를 크게 연 일이 있었다. 그때 손권은 제갈각에게 술잔을 돌리게 하였다. 술잔이 장소 앞에 이르자, 장소가 못 마시겠다고 하며 손을 내저었다.

"이건 늙은이를 받드는 예의가 아니다."

이걸 본 손권이 제갈각에게 말했다.

"네가 어떻게 하든 자포께서 술을 드시게 할 수 있느냐?"

그 말에 제갈각이 장소를 보고 말했다.

"옛적에 강태공이라 알려진 강상보는 나이 아흔에도 군사를 다스릴 수 있는 소꼬리기와 금색 도끼를 지닌 대장으

손권이 어린 제갈각의 뛰어난 능력을 사랑하다.

로 나서 군사를 거느리면서도 늙었다는 말을 하지 않았답니다. 그런데 오늘 우리는 싸움에 나설 땐 선생을 뒤로 모시고 술을 마실 땐 선생을 앞에 모십니다. 그런데 어찌하여 노인을 받드는 예의가 아니라고 하십니까?”

장소는 무어라 대꾸할 말이 없어 억지로 술을 마셨다. 이에 손권은 제갈각을 더욱 사랑하게 되어 그를 태자좌보로 삼아 태자를 돕게 하였다. 또 장소는 오왕을 도와 삼공 윗자리에 있기 때문에 그의 아들 장휴를 태자우필로 삼았다. 손권은 또 고옹을 승상으로 삼고, 육손은 상장군으로 삼아 태자를 도와 무창을 지키도록 했다.

손권은 다시 건업으로 돌아가 여러 신하들과 함께 위를 무찌를 방법을 의논했다.

장소가 먼저 말했다.

“폐하께서 황제 자리에 오르신 지 얼마 되지 않으므로 아직 군사를 움직일 때가 아닙니다. 우선 군사 일을 멈추어 세상이 들썩거리지 않게 하고, 문화적인 제도를 가다듬어 배움터도 더 늘리면서 백성들 마음을 편안하게 해야 합니다. 또 서천에 사람을 보내 촉과 천하를 똑같이 나누자며 사이를 더 굳게 맺어놓고 천천히 꾀하시는 게 좋겠습니다.”

손권은 그 말을 받아들여 곧장 밤을 도와 서천으로 사람을 보냈다. 손권이 보낸 사람이 유선을 만나 인사를 마친 다

　　　　　　　　　　　　박상률 완역 삼국지 9

음 이번 일을 자세히 밝혔다. 유선은 말을 다 듣고 나자 신하들을 불러모아 의논했다. 모두들 손권이 제멋대로 황제라 했으니 사이좋게 지낼 필요가 없다고 떠들어댔다. 이에 장완이 나서서 끝맺음을 했다.

"승상께 사람을 보내 물어봅시다."

유선은 곧바로 한중의 제갈량에게 사람을 보내 물었다.

제갈량이 말했다.

"오로 사람과 예물을 보내 축하하십시오. 그러면서 육손더러 군사를 일으켜 위를 치도록 하십시오. 그러면 위는 반드시 사마의에게 막으라 할 겁니다. 사마의가 만약에 동오를 막으러 남으로 내려오면 저는 다시 기산으로 나가 장안을 노리겠습니다."

유선은 그 말에 따라 태위 진진을 시켜 좋은 말과 옥으로 만든 띠와 금은보석 등을 가지고 동오로 들어가 축하하게 했다. 진진이 동오에 이르러 손권을 만나 나라 편지를 올렸다. 손권은 무척 좋아라 하며 잔치를 베풀어 대접한 뒤 촉으로 돌려보냈다. 이어 손권은 육손을 불러 군사를 일으켜 위를 치기로 촉과 약속했다고 말했다.

육손이 말했다.

"이건 바로 공명이 사마의가 두렵기 때문에 낸 꾀입니다. 그러나 우리가 이미 서로 사이좋게 지내자고 했으니 지키지 않을 수 없습니다. 겉으로는 군사를 일으켜 촉을 돕는 척하면서, 공명이 위를 쳐 위가 다급해지기를 기다려야겠습니다. 그랬다가 빈틈이 보일 때 들이치면 중원을 차지할 수 있습니다.”

육손은 형주와 양양 여러 곳에서 군사를 훈련시키라는 명령을 바로 내린 뒤 날을 잡아 군사를 일으키기로 했다.

한편 한중으로 간 진진은 제갈량을 만나 보고했다. 그러나 제갈량은 진창으로 섣불리 나아가기를 꺼리며 먼저 사람을 보내 살펴보도록 했다.

염탐꾼이 돌아와 보고했다.

“진창성의 학소가 병이 단단히 들었답니다.”

제갈량이 말했다.

“음, 큰일을 이룰 수 있겠구나.”

그러면서 바로 위연과 강유를 불러 명령했다.

“두 사람은 군사를 오천 명씩 이끌고 밤을 도와 진창성 아래로 달려가시오. 불길이 치솟거든 힘껏 성을 치시오.”

두 사람은 어리둥절하여 고개를 갸우뚱하며 물었다.

“언제 떠나면 됩니까?”

“사흘 안에 모든 준비를 마치시오. 나한테 떠나는 인사를 하러 오지 말고 바로 떠나시오.”

제갈량은 두 사람이 명령을 받고 떠나자, 다시 관흥과 장포를 불러 목소리를 죽여 가만가만 일렀다. 두 사람은 비밀스런 방법을 받아들고 떠났다.

한편 곽회는 학소의 병이 깊다는 소식을 듣자 장합과 함께 의논했다.

"학소의 병이 깊다 하니 그대가 서둘러 가서 성을 대신 지켜야겠소. 나는 글을 써서 조정에 알리고 따로 알아서 하겠소."

장합은 군사 3천 명을 이끌고 급히 학소를 대신하러 갔다. 학소는 시간이 흐를수록 병이 더 깊어갔다. 그날 밤도 끙끙 소리를 내며 앓고 있는데 느닷없이 촉군이 성 아래에 이르렀다는 보고가 들어왔다. 학소는 급히 군사들을 성 위로 올라가 지키도록 했다. 그러나 바로 그때 각 성 문 위에서 불이 일며 성 안이 발칵 뒤집혀 큰 어지러움에 휩싸이고 말았다. 학소는 그 소식을 듣자마자 그대로 숨이 멎어버렸다. 이어 촉군들이 단숨에 성 안으로 밀고 들어왔다.

위연과 강유가 군사를 이끌고 진창성 아래에 이르러 보니 성 위에는 깃발 하나 보이지 않고 시각을 알리는 군사 하나 보이지 않았다. 두 사람은 뭔가 꺼림칙해서 곧바로 성을 칠 수가 없었다.

그때 성 위에서 쾅 소리가 한 번 울리더니 사방에서 깃발이 한꺼번에 일어섰다. 이어 윤건을 쓰고 깃털 부채를 들고 학창의를 입은 사람 하나가 나타나 외쳤다.

"그대 두 사람은 늦었구먼!"

위연과 강유가 성 위를 쳐다보았다. 제갈량이었다. 두 사람은 허둥지둥 말에서 내려 땅바닥에 엎드렸다.

"승상께서는 참으로 귀신같은 꾀를 쓰셨군요!"

제갈량은 두 사람을 성으로 불러들인 뒤 말했다.

"학소의 병이 깊다는 걸 안 뒤 내 그대들에게 사흘 안에 군사를 이끌고 가 성을 빼앗으라 한 건 바로 군사들의 마음을 안정시키기 위해서였소. 그런 뒤 나는 관흥과 장포에게 군사를 살펴 몰래 한중을 떠나도록 했소. 나 역시 군사들 속에 섞여 밤낮없이 배로 빨리 달려 성 아래에 이르렀소. 적들에게 군사를 준비시킬 틈을 주지 않기 위해서 그랬소. 나는 미리 성 안으로 들여보낸 염탐꾼더러 불을 지르고 아우성을 치며 돕게 함으로써 위군이 놀라 허둥대게 만들었소. 군사란 주된 장수가 없으면 반드시 저절로 어지러움에 빠지게 마련이오. 그렇게 해놓았기에 성을 손바닥 뒤집듯이 쉽게 빼앗을 수 있었소. 군사 쓰는 법에 이르기를, '적이 생각지도 못할 때 나아가고, 준비가 없을 때 치라'고 했소. 바로 그렇게 하였소."

위연과 강유가 엎드려 절을 했다. 제갈량은 학소의 죽음

　　　　　　　　박상률 완역 삼국지 9

을 가엾이 여기고 나아가 그의 충성스러움을 높이 사, 그의 아내와 자식들을 시켜 학소의 관을 위로 옮겨가게 했다.

제갈량이 위연과 강유에게 명령했다.

"그대 두 사람은 갑옷을 벗지 말고 바로 군사를 이끌고 가 산관을 덮치시오. 관을 지키는 이들은 우리 군사가 온 줄 알면 틀림없이 놀라 달아나오. 만약에 늦으면 위군이 먼저 관에 도착하오. 그러면 치기 어렵소."

위연과 강유는 명령을 받자마자 군사를 이끌고 산관으로 갔다. 과연 관을 지키고 있던 이들은 모두 달아나버렸다. 두 사람이 관으로 올라가 막 갑옷을 벗으려는데 관 밖 저 멀리 먼지가 뿌옇게 일며 위군이 오고 있었다.

두 사람은 서로 마주보았다.

"승상의 귀신같은 헤아림은 도무지 짐작도 할 수 없군요!"

두 사람은 서둘러 성 위 다락집으로 올라가 살펴보았다. 오고 있는 위의 장수는 장합이었다. 두 사람은 군사를 나누어 험한 길목을 지켰다. 장합은 촉군이 길목을 지키고 있자 군사들더러 물러나라고 명령했다. 그러나 위연이 그 뒤를 쫓아 한바탕 무찌르는 바람에 위군은 셀 수 없이 많이 죽었다. 마침내 장합은 크게 지고 돌아갔다. 위연은 군사를 거두어 관으로 올라간 뒤 제갈량에게 사람을 보내 보고했다.

제갈량은 직접 앞장서서 군사를 이끌고 진창 야곡을 나

가 건위를 빼앗았다. 촉군은 계속 앞으로 나아갔다. 유선은 또 대장 진식을 보내 돕도록 했다. 제갈량은 대군을 몰고 다시 기산으로 나가 영채를 세웠다.

제갈량이 장수들을 불러모았다.

“내가 두 번씩이나 기산으로 나왔으면서도 재미를 보지 못하고 지금 또 왔소. 내 생각에 위군은 틀림없이 지난번에 싸우던 곳에 터를 잡고 우리를 맞으려 할 거요. 또 내가 옹성과 미성 두 곳을 칠 거라 여기고 반드시 거기에 군사를 두어 지키고 있을 거요. 내 보니 음평과 무도 두 군은 우리 땅과 붙어 있어 이 성들을 얻기만 하면 위군의 힘을 흩어버릴 수 있겠소. 누가 어려움을 무릅쓰고 가서 무찌르겠소?”

강유가 썩 나섰다.

“제가 가겠습니다.”

왕평도 나섰다.

“저도 가겠습니다.”

제갈량은 무척 기뻐하며 강유더러 군사 1만 명을 이끌고 가 무도를 빼앗으라 하고, 왕평에게도 군사 1만 명을 내주며 음평을 빼앗으라 하였다. 이에 두 사람은 군사를 이끌고 떠나갔다.

한편 장합은 장안으로 돌아가 곽회와 손례를 만났다.

“진창은 이미 잃었고, 학소도 죽었으며, 산관도 촉군한테 빼앗기고 말았소. 지금 제갈량은 다시 기산으로 나와 길을 나누어 쳐들어오고 있소.”

곽회가 소스라치게 놀랐다.

“그렇다면 반드시 옹성과 미성을 빼앗으려 들 텐데!”

곽회는 장합에게 장안을 지키도록 하고, 손례는 옹성을 지키게 했다. 곽회 자신은 군사를 이끌고 밤을 도와 미성으로 가서 지키기로 하는 한편, 낙양으로 글을 보내 다급한 사정을 알렸다.

위 임금 조예가 조회를 열고 있는데 가까이 모시는 이가 보고했다.

“진창성은 이미 잃었고, 학소는 죽었다 합니다. 그리고 제갈량은 다시 기산으로 나왔으며, 산관 역시 촉군이 빼앗아 버렸답니다.”

조예가 소스라치게 놀라는데, 만총 등이 보낸 글이 왔다는 보고가 들어왔다.

“동오 손권이 제멋대로 황제라 일컬으며 촉과 사이좋게 지내기로 약속했답니다. 지금 육손이 무창에서 군사를 훈련시키며 명령이 내려지기만을 기다린답니다. 머지않아 틀림없이 쳐들어온다고 합니다.”

조예는 두 곳 다 다급하다는 보고를 받자 안절부절못했다.

이때 조진은 병이 아직 낫지 않았다. 그래서 사마의를 불러 의논했다.

사마의가 말했다.

"제 어리석은 생각을 말씀드리자면, 동오는 틀림없이 군사를 일으키지 않습니다."

조예가 물었다.

"그대는 어떻게 그걸 아시오?"

"제갈량은 늘 효정의 원수 갚을 일을 잊지 않고 있습니다. 동오를 삼킬 생각이 없는 게 아닙니다. 다만 우리가 그 빈틈을 노리고 쳐들어갈까봐 동오를 치지 못하고 되레 손을 잡자고 할 뿐입니다. 육손 역시 그 속내를 알고 있기에 겉으로만 군사를 일으키는 척하고 있습니다. 사실은 가만히 앉아서 이기고 짐이 어떻게 되는지 살펴보고 있습니다. 그러니 폐하께서는 굳이 동오를 막을 걱정을 안 하셔도 됩니다. 오로지 촉만 막으면 됩니다."

조예가 고개를 끄덕였다.

"그대는 참으로 뛰어나시오!"

조예는 사마의를 대도독으로 삼아 농서의 여러 갈래 군사를 모두 맡도록 했다. 이어 가까이 모시는 이더러 조진에게 가서 모든 군사를 다스릴 수 있는 장수 도장을 가져오라 했다.

사마의가 말했다.

"제가 직접 가서 받아오겠습니다."

사마의는 조예에게 인사를 한 뒤 조정에서 나와 조진에게 갔다. 사마의는 먼저 자신이 왔다는 걸 알리게 한 뒤 들어가 조진을 만났다. 병이 어떠한지 묻고 나서 사마의가 말했다.

"동오와 서촉이 서로 손을 잡고 군사를 일으켜 우리 땅을 쳐들어오려 하고 있습니다. 지금 제갈량은 다시 기산을 나와 영채를 세워놓고 있습니다. 명공께서는 아시는지요?"

조진이 놀라며 어리둥절한 표정을 지었다.

"내 병이 깊어 집안 사람들이 알려주지 않았나보구려. 나라가 이토록 위태로운데 어찌하여 중달을 도독으로 삼아 촉군을 물리치려 하지 않는단 말이오?"

"나는 재주가 보잘것없고 아는 게 얕아 그런 자리를 맡을 수 없습니다."

조진이 곁에 있는 이에게 말했다.

"도장을 가져다 중달께 드려라."

사마의가 말렸다.

"도독께서는 너무 걱정하지 마십시오. 나는 오로지 한 팔의 힘이나마 다해 돕고자 할 뿐입니다. 이 도장은 받을 수 없습니다."

조진이 자리에서 벌떡 일어났다.

"중달이 이 일을 맡지 않으면 중국은 틀림없이 위험에 빠지고 맙니다! 내 병든 몸이지만 황제를 찾아뵙고 직접 추천하겠소!"

사마의가 손을 내저었다.

"천자께선 이미 그렇게 하라고 하셨지만 나는 섣불리 받을 수 없습니다."

조진이 크게 기뻐했다.

"중달이 이제 이 일을 맡았으니 촉군은 거뜬히 물리칠 수 있게 되었소."

사마의는 조진이 거듭 권하자 마침내 도장을 받았다. 다시 궁으로 들어간 사마의는 조예에게 떠나는 인사를 한 뒤 군사를 거느리고 제갈량과 싸우러 장안으로 갔다.

옛 도독이 차던 도장, 새 도독이 차고 나니

두 길로 따로 온 군사, 한 길 위에서 마주치겠네

과연 이기고 짐은 어떻게 갈라질는지…….

제갈량과 사마의의 머리싸움

제갈량은 위군을 크게 깨뜨리고
사마의는 서촉으로 쳐들어가다

촉한 건흥 7년 여름 4월, 제갈량은 기산에서 군사를 나누어 영채 셋을 세우고 위군이 오기를 기다리고 있었다.

한편 사마의가 군사를 이끌고 장안에 다다르자 장합이 나와 맞으며 지난 일을 자세히 보고했다. 사마의는 장합을 앞장세운 뒤 대릉을 부장으로 삼아 군사 10만 명을 이끌고 기산으로 가 위수 남쪽에 영채를 세웠다.

곽회와 손례가 영채로 와서 인사하자 사마의가 물었다.

"그대들은 그동안 촉군과 싸워본 적이 있소?"

두 사람이 대답했다.

“아직 없습니다.”

사마의가 말했다.

“촉군은 천 리 먼 길을 왔으니 빨리 싸우는 게 자기네들한테 더 나은 일인데, 아직 싸우러 오지 않았다면 뭔가 다른 속셈이 있는 게 틀림없소. 농서 여러 곳에선 별다른 소식이 없소?”

곽회가 대답했다.

“염탐꾼을 보내 알아보았더니 여러 군 모두 조심히 하며 밤낮으로 아주 잘 지키고 있었습니다. 다른 일은 없습니다. 다만 무도와 음평 두 곳은 아직 보고가 없습니다.”

사마의가 말했다.

“내 직접 사람을 보내 공명과 싸우도록 하겠소. 그대 두 사람은 서둘러 샛길로 해서 두 군을 구하시오. 촉군의 뒤를 덮치면 촉군은 틀림없이 저절로 어지러움에 빠지고 마오.”

두 사람은 명령을 받자 물러나와 군사 5천 명을 이끌고 사마의가 이른 대로 농서의 샛길을 잡아 나섰다. 촉군의 뒤를 덮쳐 무도와 음평을 구하기 위해서였다.

가는 길에 곽회가 손례에게 물었다.

“중달을 공명과 대보면 어떻다고 생각하오?”

손례가 대답했다.

“공명이 중달보다 훨씬 낫겠지요.”

곽회가 말했다.

"공명이 더 뛰어나기는 하지만, 이번 일만 두고 보면 중달이 더 나은 꾀를 쓰는 듯싶소. 촉군들이 두 군을 치고 있는데, 우리가 뒤에서 덮친다면 촉군이 어찌 어지러움에 빠지지 않을 수 있겠소?"

그런 말을 나누고 가는데 갑자기 염탐꾼이 달려와 보고했다.

"음평은 이미 왕평이 무너뜨렸고, 무도 역시 강유가 깨뜨렸습니다. 앞쪽 멀지 않은 곳에 촉군이 있습니다."

손례가 말했다.

"촉군이 이미 성을 쳐서 차지했다면 무엇 때문에 군사를 밖에 두고 있겠소? 틀림없이 속임수가 있소. 빨리 물러나는 게 좋겠소."

곽회는 그 말에 따라 군사들을 뒤로 물리는 명령을 내렸다. 바로 그때였다. 갑자기 쾅 소리가 한 방 크게 나더니 산 뒤쪽에서 군사 한 무리가 뛰쳐나왔다. 깃발엔 큰 글씨로 '한 승상 제갈량'이라고 쓰여 있었다. 가운데 쪽을 보니 제갈량이 네 바퀴 수레 위에 반듯이 앉아 있었다. 아울러 왼쪽에는 관흥이, 오른쪽엔 장포가 있었다. 손례와 곽회 두 사람은 소스라치게 놀랐다.

제갈량이 껄껄 웃으며 말했다.

"곽회와 손례는 달아나지 말라! 사마의의 꾀에 어찌 내가 속아넘어가겠느냐? 사마의가 앞으로는 날마다 사람을 보내 싸움을 걸면서 너희들한테는 우리 뒤를 덮치라 했구나. 무도와 음평은 이미 내가 차지했다. 너희 둘은 어찌하여 빨리 항복하지 않고 군사를 몰아 나랑 겨뤄보려 하느냐?"

곽회와 손례는 어찌할 줄을 모르고 쩔쩔맸다. 그때 갑자기 뒤쪽에서 아우성치는 소리가 하늘을 찌를 듯이 일더니 왕평과 강유가 뒤에서 군사를 몰아쳤다. 또 관흥과 장포 두 장수는 앞쪽에서 들이쳤다. 앞뒤로 공격을 받자 위군은 크게 지지 않을 수 없었다. 곽회와 손례는 말을 버리고 산으로 기어올라 달아났다. 이를 본 장포가 말을 몰아 그 뒤를 쫓았다. 그러나 뜻밖에도 발을 헛디뎌 사람과 말이 함께 골짜기로 처박히고 말았다. 뒤쪽 군사들이 급히 쫓아가 장포를 붙들어 일으켰으나 이미 머리가 깨어져 있었다. 제갈량은 장포를 성도로 보내 치료받도록 했다.

곽회와 손례는 가까스로 도망쳐 사마의에게 돌아갔다.

"무도와 음평 두 군은 이미 잃었습니다. 공명이 길목에 군사를 숨겨두었다가 앞뒤로 치는 바람에 크게 지고 말았습니다. 이에 말을 버리고 걸어서 겨우 도망쳐왔습니다."

사마의가 말했다.

"이는 그대들 잘못이 아니오. 공명의 슬기가 나보다 앞선 탓이오. 두 사람은 다시 군사를 이끌고 가서 옹성과 미성 두 성을 맡아 지키되 절대로 나가 싸우지 마시오. 나한테 적을 깨부술 방법이 있소.”

두 사람은 절을 한 뒤 떠나갔다. 사마의는 장합과 대릉을 불러 명령했다.

“공명은 지금 무도와 음평을 빼앗았으니 틀림없이 백성들 마음을 어루만지느라 영채에 없소. 두 사람은 오늘 밤 날랜 군사 만 명씩을 이끌고 촉군 영채 뒤로 가서 씩씩함을 한껏 떨치어 들이치도록 하시오. 나는 따로 군사를 거느리고 앞쪽에서 진을 치고 있다가 촉군이 어지러이 갈팡질팡하면 군사를 크게 몰아 쳐들어가겠소. 우리가 양쪽에서 힘을 모으면 촉군 영채를 빼앗을 수 있소. 만약에 그 땅을 얻어 그 산에 기대면 적을 깨뜨리는 게 뭐 어렵겠소?”

두 사람은 명령을 받자마자 군사를 이끌고 떠나갔다. 대릉은 왼쪽에서, 장합은 오른쪽에서 저마다 샛길을 따라 촉군 뒤쪽으로 깊숙이 들어갔다. 양쪽 군사는 한밤중에 큰길에서 만나 함께 촉군 뒤쪽으로 덮쳐 들어갔다. 그렇게 30리도 채 못 갔을 때, 무슨 일인지 앞쪽 군사들이 더 나아가지를 못했다. 장합과 대릉 두 사람이 직접 말을 몰아 달려가보니 말먹이를 실은 수레 수백 대가 길을 가로막고 있었다.

장합이 말했다.

"이건 틀림없이 미리 준비하고 있다는 뜻이오. 얼른 길을 잡아 군사를 되돌려야 합니다."

군사들더러 물러가라는 명령을 막 내리는데 산 가득히 불길이 일며 밝아지더니 북소리, 나팔 소리가 크게 울려퍼졌다. 이어 사방에서 숨어 있던 군사들이 뛰쳐나와 두 사람을 에워싸버렸다.

제갈량이 기산 위에서 큰소리로 외쳤다.

"대릉과 장합은 내 말을 듣거라. 사마의는 내가 무도와 음평으로 백성들을 다독거리러 가서 영채에 없을 거라 생각하고 너희 둘을 시켜 우리 영채를 덮치라 했겠지. 그러나 너희들은 되레 내 계획에 말려들고 말았다. 너희 둘은 이름도 없는 하잘것없는 장수들이라 내 죽이지는 않을 테니 빨리 말에서 내려 항복하라!"

장합은 화가 치밀어올라 제갈량에게 삿대질을 하며 욕을 퍼부었다.

"산골 구석에 살던 촌놈이 우리 큰 나라를 쳐들어와놓고 겁도 없이 그따위 말을 지껄이고 있느냐! 내 만약에 너를 잡으면 네 몸을 갈기갈기 찢어 죽이고 말겠다!"

장합은 말을 마치자 창을 꼬나들고 말을 몰아 산 위로 무찔러 올라갔다. 그러자 산 위에서 화살과 돌이 마치 비 오듯 쏟아졌다. 장합은 산 위로 올라갈 수 없게 되자 창을 휘두르며 말을 내달려 겹겹이 둘러싼 군사들을 뚫고 나갔다. 누구도 그 앞을 쉽게 막지 못했다.

이때 대릉은 촉군들에 에워싸여 가운데에 갇혀 있었다. 장합이 지나온 길까지 빠져나와 보니 대릉이 보이지 않았다. 장합은 다시 몸을 돌려 겹겹이 에워싼 곳으로 힘껏 뛰어들어가 대릉을 구해 빠져나왔다. 제갈량이 산 위에서 보니, 장합이 홀로 군사들 1만 명 속을 마구 휘젓고 다니는데 갈수록 더 힘이 솟아 씩씩함을 마음껏 떨치는 성싶었다.

제갈량이 곁에 있는 이들을 돌아보았다.

"일찍이 장익덕이 장합과 크게 싸울 때 사람들이 모두 놀랐다는 얘기를 들었소. 오늘 보니 얼마나 씩씩한지 알겠소. 저 사람을 그대로 놔두었다간 반드시 촉의 골칫거리가 되겠소. 내 마땅히 없애버려야겠소."

제갈량은 군사를 거두어 영채로 돌아갔다.

한편 사마의는 군사를 이끌고 나가 진을 쳐놓고 촉군이 어지러워지기를 기다렸다가 한꺼번에 들이치려 하고 있었다. 그런데 느닷없이 장합이 싸움에 지고 돌아왔다.

"공명이 미리 알고 막는 바람에 크게 지고 돌아오는 길입니다."

사마의는 소스라치게 놀랐다.

"공명은 참으로 귀신같은 사람이구나! 서둘러 물러가는

게 낫겠다.”

사마의는 곧바로 대군에게 명령을 내려 모두 영채로 돌아가도록 한 뒤, 단단히 지키면서 꼼짝도 하지 않았다.

제갈량은 싸움에 크게 이겨 무기며 말을 이루 헤아릴 수 없을 만큼 많이 빼앗았다. 대군을 이끌고 영채로 돌아온 제갈량은 날마다 위연을 내보내 싸움을 걸었다. 그러나 위군은 꼼짝도 하지 않았다. 그렇게 보름이 지났으나 싸움은 없었다. 제갈량은 막사 안에서 생각에 생각을 거듭하고 있었다. 그때 뜻밖에 시중 비의가 천자의 조서를 가지고 왔다. 제갈량이 그를 영채 안으로 맞아들여 향을 피우고 인사를 나눈 뒤 조서를 받았다.

가정 싸움의 잘못은 마속에 있는데도 그대는 자신의 잘못으로 여겨 벼슬자리를 스스로 낮추었소. 그대의 뜻을 꺾을 수 없어 하는 수 없이 그리하라 했소. 지난해에는 우리 군의 힘을 떨쳐 왕쌍을 베고, 올해에도 무찌르러 나서 곽회를 달아나게 하고, 저족과 강족의 항복을 받고, 두 개 군을 되찾는 등 사나운 무리에게 우리의 씩씩함을 떨친 공, 참으로 빛난다오. 지금 천하는 시끄럽고 악의 머리는 아직 베지 못했소. 이러한 때 그대는 큰 일을 맡은 나라의 중요한 사람으로 오랫동안 자신을 낮추고 있는데, 이는 크나큰 공을 빛나게 하는 게 아니오. 이제 다시 그대 제갈량은 조서의 내용을 다 듣고 나자 비의에게 말했다.

"나는 나랏일을 아직 이루지 못했소. 그러니 어찌 다시 승상 자리를 맡을 수 있겠소?"

그러면서 기어코 받지 않으려 했다.

비의가 말했다.

"승상께서 자리를 받지 않으시면 바로 천자의 뜻을 거스르는 꼴이 됩니다. 게다가 장수와 군사들의 마음을 저버리는 일이기도 하고요. 일단 받으시는 게 마땅합니다."

제갈량은 더는 물러서지 못하고 절을 한 뒤 받았다. 이에 비의는 떠나는 인사를 한 뒤 돌아갔다.

제갈량은 사마의가 끝끝내 싸우러 나오지 않자 마침내 한 방법을 쓰기로 하고, 곧장 여러 곳의 영채를 모두 거두라는 명령을 내렸다. 이러한 일은 염탐꾼을 통해 곧바로 사마의한테 알려졌다. 제갈량이 군사를 거두어 돌아갔다는 보고를 받자 사마의가 말했다.

"공명이 큰 꾀를 쓰는 게 틀림없소. 절대로 가벼이 움직이지 마시오."

장합이 말했다.

"틀림없이 먹을거리가 바닥나 돌아갔을 텐데 어찌하여
뒤쫓지 않으십니까?"

사마의가 고개를 저었다.

"나는 그렇게 여기지 않소. 공명은 지난해에 농작물을 많
이 거두어들였고, 지금도 보리가 잘 익어 식량이고 말먹이
고 할 것 없이 먹을거리는 넉넉할 거요. 비록 옮겨오기는 좀
힘들더라도 반년은 너끈히 버틸 수 있을 텐데 어찌 쉽게 물
러가겠소? 아무래도 우리가 계속 싸우러 나가지 않으니까
우리를 꾀어내기 위해 뭔가 꾀를 쓰고 있소. 염탐꾼을 보내
멀리 살펴보도록 해야겠소."

염탐꾼이 살펴보고 와서 보고했다.

"공명은 여기서 삼십 리 밖에다 영채를 세워놓고 있습
니다."

사마의가 말했다.

"내 짐작대로 공명은 달아난 게 아니었소. 일단 영채를 굳
게 지키고, 가벼이 나가지 않도록 하시오."

열흘이 지나도록 아무 소식이 없고, 촉의 장수가 싸움을
걸러 오지도 않았다. 사마의는 다시 염탐꾼을 보내 살펴보
도록 했다.

염탐꾼이 다녀와서 보고했다.

"촉군은 이미 영채를 거두어 떠나고 없습니다."

사마의는 믿을 수가 없어 옷을 갈아입고 군사들 속에 섞여 직접 가서 살펴보았다. 과연 촉군은 또 30리 밖으로 물러가서 영채를 세워놓고 있었다.

사마의가 영채로 돌아와 장합에게 일렀다.

"이건 공명의 꾀라오. 뒤쫓아서는 안 되오."

다시 열흘이 지났다. 염탐꾼을 보내 알아보게 했더니 돌아와 보고했다.

"촉군은 또 삼십 리를 물러나 영채를 세웠습니다."

장합이 말했다.

"공명은 이른바 질질 끄는 방법을 써서 한중으로 조금씩 물러가려고 그럽니다. 그런데 도독께서는 뭐가 께름칙하셔서 빨리 뒤를 쫓으려 하지 않으십니까? 제가 가서 한바탕 무찔러버리겠습니다!"

사마의가 말했다.

"공명은 워낙 꾀가 많아, 만약에 잘못되면 우리 군사들의 기운이 꺾이고 마오. 그러니 가벼이 나가면 안 되오."

"제가 나가서 진다면 마땅히 군법에 따라 벌을 달게 받겠습니다."

"그대가 기어이 가고 싶으면 군사를 두 갈래로 나누어, 한 무리를 그대가 끌고 먼저 가 죽기로 힘껏 싸우시오. 나는 뒤따라가 도우면서 숨어 있는 군사를 막겠소. 그대는 내일 먼저 떠나되 중간쯤 가다 머물러 쉬시오. 다음 날 싸울 때 군사들이 지치지 않도록 말이오.”

그리하여 군사를 둘로 나누었다.

다음 날 장합과 대릉은 부장 수십 명과 날래고 씩씩한 군사 3만 명을 이끌고 힘찬 모습으로 먼저 나아가 중간쯤 이르러 영채를 세웠다. 사마의는 군사를 많이 남겨두어 영채를 지키도록 하고, 날래고 씩씩한 군사 5천 명만 이끌고 뒤따라 떠났다.

제갈량은 이미 염탐꾼을 몰래 보내 살피도록 했기에 위군이 중간쯤 오다가 쉬는 걸 알고 있었다.

그날 밤 제갈량은 장수들을 불러 의논했다.

“이제 위군이 들이닥쳐 죽기로 싸우려 할 거요. 여러분들은 모두 혼자서 열을 해볼 수 있어야 하오. 나는 군사를 숨겨두었다가 적의 뒤를 끊으려 하오. 슬기와 씩씩함을 지닌 장수가 아니면 그 일을 맡을 수 없소.”

제갈량은 말을 마치자 위연을 슬쩍 바라보았다. 위연은 고개를 숙인 채 아무런 말을 하지 않았다. 그때 왕평이 나섰다.

“제가 맡아서 해보겠습니다.”

제갈량이 말했다.

“만약에라도 실수를 하면 어떡하겠소?”

왕평이 대답했다.

“마땅히 군법에 따르겠습니다.”

제갈량이 한숨을 내쉬었다.

“왕평이 몸을 던져 직접 화살과 돌을 무릅쓰려 하니 참으로 충신이오! 그러나 그렇다 하더라도 위군은 두 갈래로 나누어 앞뒤로 와서 숨어 있는 우리 군사를 가운데에 두고 덮치려 할 것이오. 그러니 아무리 슬기와 씩씩함이 뛰어나다 하더라도 한쪽만 맡을 수 있을 뿐이오. 몸을 둘로 쪼개 양쪽을 다 맡을 수는 없지 않겠소? 그러니 장수 하나가 더 가야 하는데, 우리 군 안에 목숨을 걸고 마땅히 앞에 나설 사람이 없으니 어찌해야 하오!”

말이 채 끝나기 전에 장수 하나가 나섰다.

“제가 가겠습니다!”

제갈량이 그를 바라보았다. 장익이었다.

“장합은 위의 이름난 장수로, 혼자서 만 명을 해볼 수 있는 용기와 씩씩함을 지닌 사람이오. 그대는 아무래도 그 사람을 해보기 힘드오.”

장익이 말했다.

“만약에 일을 그르치면 저 아래에 목을 내걸겠습니다.”

제갈량이 말했다.

“그대가 위험을 무릅쓰고 가겠다니, 왕평과 함께 날래고 씩씩한 군사 만 명씩을 거느리고 가 산속에 숨어 있도록 하시오. 위군이 쫓아오거든 그대로 모두 지나가도록 한 뒤 숨어 있던 군사를 몰고 나와 뒤를 들이치도록 하시오. 만약에 사마의가 뒤따라 쫓아오거든 군사를 두 갈래로 나누되, 장익은 한 무리를 이끌고 뒤쪽 군사를 맡고, 왕평은 한 무리를 이끌고 앞쪽 군사를 맡아 모두들 죽기로 싸우시오. 내 따로 방법을 마련하여 돕겠소.”

두 사람은 자신들이 할 일을 맡아 떠나갔다. 제갈량은 강유와 요화를 불러 일렀다.

“그대 두 사람한테 비단주머니 하나를 줄 테니, 날래고 씩씩한 군사 삼천 명을 이끌고 앞산 위로 가 숨어 있으시오. 깃발도 눕히고 북소리도 내지 말아야 하오. 위군이 와서 왕평과 장익을 에워싸 몹시 다급해지더라도 나가 도우려 하지 말고 비단주머니를 끌러보시오. 그 안에 위험을 풀 방법이 들어 있소.”

두 사람이 명령을 받고 가자 제갈량은 이번엔 오반·오의·마충·장의 등 네 장수를 불러 귓속말로 가만히 일렀다.

“내일 위군이 오면 기운이 꽤나 날카롭고 드셀 거요. 그러니 바로 맞아 싸우면 안 되고, 싸우다 달아나다 해야 하오. 관흥이 군사를 이끌고 와서 덮치거든 여러분은 그때 돌아서서 들이치시오. 내가 또 도와주겠소.”

네 장수가 명령을 받고 가자 관흥을 불렀다.

제갈량이 강유와 요화에게 비단주머니 하나를 주다.

"그대는 날래고 씩씩한 군사 오천 명을 이끌고 산골짜기에 숨어 있다가 산 위에서 붉은 깃발을 흔드는 게 보이거든 군사를 끌고 나가 덮치도록 하라."

관흥도 명령을 받자 군사를 이끌고 떠나갔다.

한편 장합과 대릉은 마치 비바람 치듯 군사를 몰고 앞서 나아갔다. 마충·장의·오의·오반 네 장수가 말을 타고 나와 맞았다. 장합이 발끈하여 군사를 휘몰아쳤다. 촉군은 싸우다 달아나다 했다. 위군은 그 뒤를 쫓아 거의 20리나 따라갔다. 마침 6월이라 날씨가 어찌해볼 수 없을 정도로 더워 사람이고 말이고 땀이 샘물 솟듯이 했다. 50리쯤 쫓아가고 나자 위군은 모두 기운이 빠질 대로 빠져 헐떡헐떡했다.

제갈량이 산 위에서 붉은 깃발을 한 번 흔들었다. 관흥이 이를 보고 군사를 몰고 나가 덮쳤다. 마충을 비롯한 네 장수들도 한꺼번에 군사를 되돌려 들이쳤다. 장합과 대릉은 죽기로 싸우며 물러서지 않았다. 그때 갑자기 아우성치는 소리가 땅을 울리며 두 갈래로 군사가 덮쳐들었다. 왕평과 장익의 군사였다. 그들은 저마다 씩씩함을 떨치며 위군의 뒤를 쫓아 돌아갈 길을 끊었다.

장합이 큰소리로 장수들을 다그쳤다.

"자, 모두들 여기까지 왔소! 죽기로 한 번 싸우지 않고 언제 또 때를 기다리겠소!"

위군은 있는 힘을 다해 이리 뛰고 저리 뛰었으나 빠져나갈 수가 없었다. 이때 갑자기 뒤에서 북소리, 나팔 소리가 하늘을 뚫는 듯하더니 사마의가 직접 날래고 씩씩한 군사를 이끌고 들이쳤다. 사마의는 부하 장수들을 이리저리 부려 왕평과 장익을 가운데로 몰아넣고 에워싸버렸다.

장익이 큰소리로 외쳤다.

"승상께서는 참으로 귀신같은 분이시다! 이렇게 될 줄 미리 다 알고 계셨으니 반드시 좋은 방법이 마련되어 있다. 우리 모두 죽기로 한바탕 싸우자!"

장익은 곧바로 군사를 두 갈래로 나누었다. 한 무리는 왕평이 이끌고 장합과 대릉과 맞서 싸우고, 다른 한 무리는 장익이 이끌고 사마의와 맞서 힘껏 싸웠다. 양쪽에서 다 죽기로 싸우니 군사들마다 내지르는 외마디 소리가 하늘에 가닿았다.

강유와 요화는 산 위에서 싸움을 지켜보고 있었다. 위군의 기운이 워낙 세서 촉군이 점점 밀리고 있었다.

강유가 요화를 돌아보았다.

"저렇게 다급해졌으니 비단주머니를 끌러 무슨 방법이 들어 있는지 알아봅시다."

두 사람은 서둘러 비단주머니를 끌러보았다.

만약에 사마의가 군사를 끌고 와 왕평과 장익을 에워싸 다급해지면, 그대 두 사람은 군사를 두 갈래로 나누어 사마의의 영채를 덮치도록 하라. 사마의는 반드시 급히 물러간다. 그때 두 사람은 어지러운 틈을 타 무찌르도록 하라. 영채를 비록 빼앗지 못하더라도 크게 이길 수 있으리라.

두 사람은 크게 기뻐하며 곧장 군사를 두 갈래로 나누어 사마의의 영채를 덮치러 갔다.

사마의는 제갈량의 꾀에 말려들까봐 길목마다 염탐꾼을 두어 계속 소식을 보고하도록 해두었다. 사마의가 한창 싸움을 다그치고 있는데 갑자기 염탐꾼이 나는 듯이 달려와 보고했다. 촉군이 두 갈래로 나누어 영채를 빼앗으러 갔다고 했다. 사마의는 크게 놀라 얼굴빛이 바뀌며 장수들을 둘러보았다.

"내가 제갈량의 속임수라고 했건만, 여러분은 믿지 않고 억지를 쓰며 뒤쫓더니 큰일을 다 그르치고 마는구나!"

사마의는 부리나케 군사를 돌렸다. 군사들은 벌써 싸울 마음이 꺾여 어지러이 달아나기에 바빴다. 장익이 그 뒤를 마구 몰아치자 위군은 크게 지고 말았다. 장합과 대릉 역시 어찌해볼 수가 없게 되자 외진 샛길을 바라고 달아났다. 이에 촉군은 크게 이겼다. 뒤쪽에서 관흥이 군사를 이끌고 나와 여러 갈래 군사들을 도왔다. 사마의는 한바탕 크게 지고 영채로 달려들어갔다. 촉군은 이미 돌아가고 없었다. 사마의는 싸움에 진 군사들을 거둔 다음 장수들을 꾸짖었다.

"여러분은 싸우는 법도 모르면서 그저 피 솟구치는 대로 앞뒤 없는 씩씩함만 믿고 고집을 부리며 나가 싸우더니 이렇게 지고 말았소. 앞으로는 함부로 설치는 건 절대로 있을 수 없소. 명령을 따르지 않는 이는 군법으로 다스리겠소!"

장수들은 모두들 낯부끄러워하며 물러갔다. 이 싸움 한 번에 위군은 엄청나게 많이 죽고, 말이며 무기도 셀 수 없이 많이 잃었다.

제갈량은 싸움에 이긴 군사들을 거두어 영채로 들어갔다. 다시 군사를 일으키려 하는데, 성도에서 갑작스레 사람이 왔다는 보고가 들어왔다. 장포가 죽었다고 했다. 제갈량은 그 말을 듣자 목을 놓아 울며 피를 토하다 정신을 잃고 바닥에 쓰러지고 말았다. 모두들 달려들어 구해서 겨우 깨어나기는 했으나, 제갈량은 이때부터 병을 얻어 자리에 누워 일어나지 못했다. 제갈량의 이런 모습을 본 장수들 가운데에 마음속 깊이 뜨거움을 느끼지 않는 이가 없었다.

나중에 어떤 사람이 아쉬움에 젖은 시를 읊었다.

거침없고 씩씩하던 장포, 공을 세우고자 했는데

안타깝게도 하늘이 영웅을 돕지 않는구나

무후는 서쪽 바람에 눈물 실어 흩뿌리며

나라 위해 몸과 마음 다 바칠 사람 없음을 걱정하네

열흘 뒤 제갈량은 동궐과 번건 등을 막사 안으로 불러들여 일렀다.

"내가 정신이 어지러워 일을 제대로 볼 수가 없소. 한중으로 돌아가 병을 다스린 뒤 다시 좋은 계획을 세워봐야겠소. 여러분은 이러한 사실을 새나가게 해서는 안 되오. 만약에 사마의가 알면 반드시 치러 올 거요."

바로 명령을 내려 그날 밤 몰래 영채를 거두어 모두 한중으로 돌아갔다. 사마의는 제갈량이 돌아간 지 닷새가 지나서야 이러한 사실을 알고 한숨을 길게 내쉬었다.

"공명은 참으로 귀신처럼 마음대로 나타났다 사라졌다 하는 재주를 부리는구먼. 나는 도무지 따라갈 수가 없다!"

사마의는 여러 장수들을 영채에 남겨두고 군사를 나누어 여러 길목을 지키게 한 뒤 자신은 군사를 이끌고 돌아갔다.

제갈량은 대군을 한중에 머물러 있게 한 뒤 병을 다스리러 성도로 돌아갔다. 문무 벼슬아치들이 모두 성 밖에까지 나와 제갈량을 승상부로 맞아들였다. 유선은 임금 수레를 타고 직접 와서 제갈량을 문병한 뒤 임금의 병을 돌보는 의원에게 치료하도록 했다. 제갈량의 병은 나날이 나아갔다.

건흥 8년 가을 7월, 위 도독 조진은 병이 낫자 글을 올렸다.

촉군이 여러 차례에 걸쳐 우리 땅으로 넘어와 중원을 들쑤셨습니다. 이대로 두고 쓸어버리지 않으면 반드시 뒤탈이 생깁니다. 지금은 마침 가을이라 날씨도 서늘하고, 군사와 말도 쉴 만큼 쉬어 기운이 넘치니 치러 나가기 딱 좋을 때입니다. 저는 사마의와 더불어 대군을 몰고 한중으로 가 간사스런 무리들을 싹 쓸어내 변두리 땅의 골칫거리를 없애고자 합니다.

위 임금이 크게 기뻐하며 시중 유엽을 불러 물었다.
"조자단이 내게 촉을 치자고 하는데 어떡하면 좋겠소?"
유엽이 대답했다.
"대장군 말이 옳습니다. 지금 쓸어 없애지 않으면 나중에 반드시 큰 탈이 납니다. 폐하께서는 바로 그렇게 하십시오."
조예가 머리를 끄덕였다. 유엽이 궁에서 나와 집으로 돌아가 있자 여러 높은 자리 벼슬아치들이 찾아와 물었다.
"듣자니 천자께서 공과 더불어 군사를 일으켜 촉을 칠 일을 의논하셨다는데, 어찌 된 일입니까?"
유엽이 대답했다.

"그런 일 없었소. 촉은 산과 내가 모두 험해서 쉽게 해볼 수가 없소. 괜히 군사와 말만 헛수고할 뿐 나라에 아무런 도움이 되지 않소."

유엽의 말에 벼슬아치들은 모두 아무 말 없이 돌아갔다.

양기가 궁으로 들어가 위 임금에게 말했다.

"어제 들으니 유엽이 폐하께 촉을 치시라고 했다던데, 오늘 신하들과 의논할 땐 치면 안 된다고 말했답니다. 이는 폐하를 속이는 짓입니다. 폐하께서는 어찌하여 불러서 따져보지 않으십니까?"

조예가 바로 유엽을 궁으로 불러 물었다.

"그대는 내게 촉을 치라고 했소. 그래놓고 또 안 된다고 말을 바꾸었다니 어찌 된 일이오?"

유엽이 대답했다.

"제가 깊이 따져 생각해보았더니 아무래도 촉을 치는 일은 어렵겠습니다."

조예는 어이없어 너털웃음을 터뜨렸다. 조금 지나 양기가 나가자 유엽이 다시 말했다.

"제가 어제 폐하께 촉을 치시라고 한 건 바로 나라의 큰일입니다. 그러니 어찌 사람들에게 가벼이 떠벌릴 수 있겠습니까? 무릇 군사 일은 속임수를 써야 합니다. 일을 벌이기 전에는 꼭꼭 숨기며 비밀로 해야 합니다."

그 말에 조예는 크게 깨달았다.

"그대 말이 옳소."

이때부터 조예는 유엽을 더욱 존경하며 귀하게 여겼다.

열흘이 되자 사마의가 들어왔다. 위 임금은 조진이 글을 올린 일을 낱낱이 말했다.

다 듣고 나서 사마의가 말했다.

"제가 보기에 동오는 아직 군사를 움직이지 못합니다. 그러니 이런 틈을 타 촉을 치는 게 좋겠습니다."

조예는 곧바로 조진을 대사마 정서대도독으로 삼고, 사마의는 대장군 정서부도독으로 삼았으며, 유엽은 군사로 삼았다.

세 사람은 위 임금에게 떠나는 인사를 한 뒤 40만 대군을 일으켜 장안으로 갔다. 그들은 거기서 바로 검각으로 가 한중을 빼앗기로 했다. 그 밖에 곽회·손례 등도 저마다 길을 잡아 떠났다.

한중에서는 이러한 사실을 재빨리 성도로 알렸다. 그때는 제갈량의 병도 나은 지 오래된 때였다. 제갈량은 날마다 군사들을 훈련시키며 팔진법을 가르쳐 모두 다 익혔다. 그래서 중원을 치려고 하던 참이었는데 그런 소식이 들어왔다.

제갈량은 장의와 왕평을 불러 일렀다.

"두 사람은 먼저 군사 천 명을 이끌고 진창 옛길로 나가 위군을 지키시오. 그러면 내가 대군을 이끌고 가 돕겠소."

두 사람이 어이없어하며 말했다.

"사람들이 말하기를, 위군은 사십만 명인데 팔십만 명이라고 부풀려대며 기운이 펄펄 넘친다 합니다. 그런데 어떻게 겨우 천 명만 주시면서 길목을 지키라 하십니까? 위군이 엄청나게 밀려오기라도 하면 어떻게 막을 수 있겠습니까?"

제갈량이 덤덤하게 말했다.

"나도 군사를 많이 주고 싶지만, 군사들이 괜스레 고생을 할까봐 그러오."

장의와 왕평은 어안이 벙벙하여 서로 바라만 본 채 섣불리 떠날 생각을 못 했다.

제갈량이 말했다.

"만약에 잘못되더라도 그건 그대들 죄가 아니오. 그러니 여러 말 말고 어서 가시오."

두 사람이 애처로운 목소리로 말했다.

"승상께서 저희 두 사람을 죽이시려거든 바로 이 자리에서 죽여주십시오. 아무리 생각해도 갈 수가 없습니다."

제갈량이 빙그레 웃었다.

"어찌 그리도 꽉꽉 막혔는고! 내 그대들을 보내는 건 다 그럴 만한 까닭이 있어서요. 지난밤에 하늘을 살펴보니 서쪽의 다섯째 별자리인 필성이 달 있는 쪽에 걸쳐 있었소. 그건 이달 안에 반드시 큰비가 내린다는 뜻이오. 위군이 아무리 사십만 명이라 하더라도 어찌 쉽게 산속 험한 데까지 깊숙이 들어올 수 있겠소? 그러기에 군사를 많이 쓸 필요가 없소. 해도 입지 않을 거요. 나는 대군 모두 한중에서 한 달 동안 편히 쉬게 하겠소. 그런 뒤 위군이 물러가면 그때 대군을 몰아 들이치겠소. 편히 앉아 지치기를 기다리면 우리 십만 군사로 위군 사십만을 너끈히 이길 수 있소.”

그 말을 듣고 나자 그제야 두 사람은 크게 기뻐하며 절을 하고 떠나갔다.

제갈량은 바로 대군을 이끌고 한중으로 나가 각 길목마다 명령을 전했다. 한 달 동안 군사와 말이 쓸 마른 나무며 말먹이며 식량 따위를 마련하게 하여 가을장마를 겪을 준비를 하도록 했다. 그런 뒤 모든 군사들에게 한 달 동안 쓸 옷이며 먹을거리 따위를 미리 나누어준 뒤 싸우러 나갈 날을 기다리게 했다.

한편 조진과 사마의는 함께 대군을 이끌고 진창성에 이르렀다. 성 안에 들어갔더니 집이 한 채도 없었다. 토박이들을 찾아 물어보니 모두들 제갈량이 돌아갈 때 불을 놓아 죄다 태워버려서 그렇다고 대답했다.

조진이 진창길을 따라 나아가려 하자 사마의가 말렸다.

"가벼이 나아가서는 안 됩니다. 밤에 하늘을 살펴보았더니 필성이 달 있는 곳으로 뻗어 들어왔습니다. 이달 안에 틀림없이 큰비가 내립니다. 중요한 곳으로 깊이 들어갔다가 이기면 괜찮지만, 혹시라도 잘못되면 사람과 말 모두 고생을 하고 물러나기도 쉽지 않습니다. 일단 성 안에 비를 피할 수 있는 막이나 쳐놓고 머물면서 장마를 넘기는 게 좋겠습니다."

조진은 그 말을 따랐다.

미처 보름이 되기도 전에 큰비가 내리기 시작하더니 그치지 않고 계속 내렸다. 진창성 밖 반반한 곳에 석 자 깊이로 물이 고였다. 이에 무기도 젖고 군사들은 잠을 못 이루며 밤이고 낮이고 불안에 떨었다. 장마가 30일 동안 계속되자 말을 먹일 풀이 없어 죽어 나자빠지는 말이 셀 수 없을 정도로 늘어나고, 군사들의 원망하는 소리도 그치지 않았다.

이러한 소식이 낙양에도 알려지자 위 임금은 단을 쌓아놓고 날이 맑아지기를 빌었다. 그러나 비는 그치지 않았다. 이때 황문시랑 왕숙이 임금에게 글을 올렸다.

옛 역사책을 보면 '1천 리 밖에서 먹을거리를 가져다 먹이면 군사들 얼굴에 배고픈 빛이 뚜렷하고, 나무를 베고 풀을 뜯어

밥을 지으면 군사들은 늘 배가 차지 않는다'고 했습니다. 그나마 이 말은 반반한 곳을 지나는 군사들 얘기입니다. 더욱이 험한 곳 깊숙이 들어가 길을 내면서까지 나아가자면, 그 고생스러움이 1백 배도 더 될 게 뻔한 일입니다. 게다가 또 장마까지져 산비탈은 더욱 험하고 미끄러울 테니 군사들을 다그쳐도 나아가기 힘듭니다. 식량을 멀리서 가져와야 하는 건 군사가 나아갈 때 아주 꺼리는 일입니다.

듣자니 조진의 군사가 떠난 지 한 달이 넘었으면서도 아직 골짜기의 반도 못 지나갔다고 합니다. 길을 닦는 일은 힘든 일인데 싸워야 할 군사들이 모두 그 일을 떠맡고 있다 합니다. 적들은 편히 앉아 쉬면서 우리 군사들이 지쳐 떨어지기를 기다리고 있는 꼴로, 이 역시 싸움에 나갔을 때 아주 꺼리는 바입니다.

옛일을 살펴보면 무왕이 주를 치기 위해 관을 나갔다가 다시 돌아온 적이 있고, 가까이는 우리 위나라의 무제와 문제께서도 손권을 치러 나가셨다가 강을 건너지 않은 적이 있으십니다. 이는 바로 하늘의 뜻에 따라 때를 알고 그때그때 맞추어 움직인 게 아니겠습니까?

부디 폐하께서는 장마 속에서 허우적거리는 군사들을 생각하시어 그들을 쉬게 하십시오. 나중에 다시 바뀌는 틈을 살펴 때를 잡도록 하십시오. 그렇게 하시면 이른바 '기꺼이 어려움을 무릅쓰고, 백성들이 죽음도 마다하지 않는다'라는 말대로 됩니다.

위 임금은 글을 다 읽고도 망설였다. 뒤를 이어 양부와 화흠도 글을 올려 말렸다. 위 임금은 곧바로 조서를 내려 조진과 사마의를 돌아오도록 했다.

한편 조진은 사마의와 함께 의논하고 있었다.

"지금 장마가 삼십 일이나 계속되고, 군사들은 싸울 마음 없이 모두들 돌아갈 생각만 하고 있는데 어찌하면 좋겠소?"

사마의가 대답했다.

"돌아가는 게 낫겠습니다."

조진이 걱정스레 말했다.

"만약에 공명이 뒤쫓아오면 어떻게 물리쳐야 하오?"

사마의가 대답했다.

"먼저 군사를 양쪽에 숨겨두었다가 뒤를 끊으면 돌아갈 수 있습니다."

그렇게 의논을 하고 있는데 돌아오라는 조서가 왔다. 마침내 두 사람은 대군의 앞부대를 뒷부대로 삼고, 뒷부대를 앞부대로 삼아 서서히 물러갔다.

한편 제갈량은 가을장마가 한 달이나 계속 이어지면서 날씨가 쉽게 갤 성싶지 않자 직접 군사 한 무리를 이끌고 성도로 가 머물렀다. 이어 대군은 적파에 모여 머물도록 했다.

제갈량이 장수들을 불러모은 뒤 윗자리로 올라가 말했다.

"내 보니 위군은 반드시 달아나오. 위 임금이 틀림없이 조진과 사마의에게 군사를 거두어 돌아오라는 조서를 내렸소. 우리가 만약에 뒤를 쫓으면 어찌할지도 미리 준비해놓았을 거요. 그러니 그냥 가도록 내버려두었다가 나중에 다시 꾀하는 게 좋겠소."

그때 갑자기 왕평이 보낸 사람이 와서 보고했다. 위군이 이미 돌아가기 시작했다고 했다. 제갈량은 왕평에게 이를 말을 그 사람에게 했다.

"뒤를 덮치지 말라고 하라. 내 따로 위군을 깨뜨릴 방법이 있다고 하라."

위군이 아주 잘 숨어 있으면 무엇하나
한승상은 처음부터 뒤쫓을 생각이 없었는데

과연 제갈량은 어떻게 위군을 깨뜨릴는지…….

제갈량을 못 해보는 사마의

촉군은 영채를 덮쳐 조진을 깨뜨리고
제갈량은 진법으로 사마의를 욕보이다

제갈량이 위군의 뒤를 쫓지 못하게 하자 여러 장수들이 막사로 들어가 물었다.

"위군이 마침내 장마를 견디지 못해 더는 머물지 못하고 돌아가니 뒤쫓기에 아주 좋습니다. 그런데 승상께서는 어찌하여 쫓지 못하게 하시는지요?"

제갈량이 대답했다.

"사마의는 군사를 아주 잘 쓰는 사람이라 지금 물러가면서도 틀림없이 군사를 숨겨두었을 거요. 우리가 만약에 뒤를 쫓으면 그쪽 꾀에 말려들고 마오. 그러니 차라리 멀리 가게 내버려두어 아무런 준비도 하지 않도록 하는 게 좋소. 그런 뒤 군사를 나누어 야곡으로 나가 기산을 빼앗으면 위군은 막지 못하오."

뭇 장수들이 다시 물었다.

"장안 땅을 빼앗자면 따로 길이 여럿 있는데 승상께서는 어찌하여 꼭 기산만 빼앗으려 하십니까?"

제갈량이 대답했다.

"기산은 장안의 머리라 할 수 있소. 농서 여러 군에서 장안으로 오는 군사는 반드시 그 길을 거쳐야 하오. 또 거기는 앞으로는 위수가 지나고 뒤로는 야곡이 버티고 있소. 그러니 왼쪽으로 나가 오른쪽으로 들어올 수 있어 군사가 숨어 있기 좋은 곳이라 군사를 쓰기에 아주 좋은 땅이오. 내 거기를 먼저 빼앗으려 하는 건 바로 그 땅이 그런 좋은 점을 가지고 있기 때문이오."

장수들은 모두 엎드려 절을 했다.

제갈량은 위연·장의·두경·진식을 시켜 기곡으로 나아가라 하였다. 마대·왕평·장익·마충 등은 야곡으로 나아가라 한 뒤 모두 기산에서 모이도록 했다. 군사가 나아갈 길을 다 정해준 뒤 제갈량은 관흥과 요화를 앞장세우고 직접 대군을 이끌고 나아갔다.

한편 조진과 사마의 두 사람은 뒤에서 군사와 말을 살폈다. 군사 한 무리를 진창 옛길로 보내 살펴보았더니 촉군은 오지 않았다. 다시 열흘쯤 더 갔다. 뒤쪽에 숨어 있던 장수들이 모두 돌아와 촉군이 오는 낌새가 전혀 없더라고 입을 모았다.

조진이 말했다.

"가을비가 쉬지 않고 내려 벼랑에 달아맨 길도 다 끊어졌을 텐데 우리가 물러가는 걸 촉군이 어찌 알겠소?"

사마의가 말했다.

"촉군은 곧 따라올 겁니다."

조진이 물었다.

"그걸 어떻게 아시오?"

사마의가 대답했다.

"요새 날이 맑은데도 촉군이 뒤쫓지 않는 건 우리가 군사를 숨겨두었을지 모른다고 여겨 그럽니다. 우리 군사가 멀리 가기를 기다렸다가 그때 기산을 빼앗으려 들겠지요."

조진은 그 말을 믿으려 하지 않았다.

사마의가 말했다.

"자단께서는 어찌하여 믿지 않으십니까? 나는 공명이 틀림없이 야곡과 기곡으로 올 거라 생각합니다. 그러니 우리 둘이 한 곳씩 맡아 지킵시다. 열흘 안에 촉군이 오지 않으면 나는 여자들처럼 얼굴에 붉은 분을 바르고 치마를 입고서 영채 안으로 들어와 죄를 받겠습니다.”

조진도 지지 않았다.

“만약에 촉군이 오면 나는 천자께서 내리신 옥띠 한 개와 말 한 마리를 그대에게 주겠소.”

두 사람은 곧바로 군사를 두 갈래로 나누었다. 조진은 기산 서쪽 야곡 어귀로 군사를 이끌고 가서 머무르고, 사마의는 기산 동쪽 기곡 어귀로 군사를 이끌고 가 머무르며 저마다 영채를 세웠다.

사마의는 먼저 군사 한 무리를 산골짜기 안에 숨겨두고 나머지 군사들은 중요한 길목마다 보내 영채를 세우고 지키도록 했다. 그런 뒤 군사들과 똑같은 옷으로 바꿔 입고는 군사들 속에 섞여 영채들을 두루 살펴보았다.

한 영채에 이르러 보니 중간 장수 하나가 하늘을 우러르며 원망 어린 말을 뱉고 있었다.

“많은 날을 큰비가 그렇게 퍼부어대도 돌아갈 생각을 하지 않더니, 이제는 또 여기에 주저앉아 내기 놀음이나 하려드니 군사들만 고달프구나!”

사마의는 그 말을 듣자마자 영채로 돌아가 장수들을 불러들였다. 모두 들어오자 아까 그 장수를 불러내 꾸짖었다.

“나라에서 천 일을 두고 오랫동안 군사를 기르는 건 한때 잘 쓰기 위해서이다. 그런데 너는 어찌하여 생각도 없이 원망 어린 말을 함부로 내뱉어 군사들 마음을 어지럽히느냐?”

그 장수는 그런 일 없다고 잡아뗐다. 그러자 사마의가 같이 있던 사람을 불러 마주 대하도록 했다. 그러자 그 장수는 어쩌지 못하고 고개를 떨구었다.

사마의가 말했다.

“나는 내기를 하는 게 아니다. 촉군을 이겨 모두들 공을 세우게 하여 조정으로 돌아가게 해주고 싶을 뿐이다. 그런데 너는 원망 어린 말을 함부로 내뱉어 스스로 죄를 짓고 말았다!”

사마의가 무사들더러 그를 끌어내 목을 베라 하였다. 조금 뒤 무사들이 그의 머리를 바쳤다. 모두들 두려움에 떨며 몸을 움츠렸다.

사마의가 장수들을 둘러보았다.

“장수들은 모두 마음을 다 바쳐 촉군을 막아내야 하오. 중군에서 쾅 소리가 일거든 사방으로 모두 뛰쳐나가도록 하시오.”

장수들은 명령을 받고 물러갔다.

한편 위연·장의·두경·진식 네 장수는 군사 2만 명을 이끌고 기곡으로 나아갔다. 한창 가고 있는데 문득 뜻밖에 참

모 등지가 왔다는 보고가 들어왔다. 네 장수가 무슨 일로 왔는지 묻자 등지가 대답했다.

"승상의 명령을 가지고 왔소. 기곡으로 나가면 위군이 숨어 있을 테니 조심하면서 가벼이 나아가지 말라 하셨소."

진식이 투덜거렸다.

"승상께서는 군사를 쓰실 때 왜 그리도 의심이 많으신 겁니까? 내가 보기에 위군들은 그동안 계속 내린 큰비 때문에 옷이고 갑옷이고 모두 망쳐 틀림없이 부리나케 돌아갔소. 그런데 숨어 있는 군사가 어디 또 있단 말이오? 지금 우리 군사는 배로 빨리 가야 크게 이길 수 있을 텐데 어째서 또 나가지 말라 하시는 거요?"

등지가 손을 내저었다.

"지금까지 승상의 계획은 모두 들어맞았고, 일을 꾀해 이루지 못한 게 없었소. 그런데 그대는 어찌하여 명령을 가벼이 여기고 어기려 하오?"

진식이 피식 웃었다.

"승상이 그렇게 꾀가 많으시다면 가정에서 지지 않았겠지요!"

그 말에 위연 역시 비웃으며 거들었다. 지난날 제갈량이 자신이 낸 방법을 들어주지 않은 게 떠올랐다.

"만약에 승상이 내 말을 들으셔서 자오곡으로 나갔으면

이제쯤 장안은 물론 낙양도 얻었소! 지금 끝까지 고집스럽게 기산으로만 나아가라 하시는데 좋은 게 뭐가 있단 말이오? 이미 나아가라는 명령을 내려놓고 이제 다시 나가지 말라 하니 무슨 명령이 이렇게 흐릿하오?”

진식이 말했다.

“나는 내가 거느리고 있는 군사 오천 명을 끌고 기곡으로 나가 먼저 기산에 가서 영채를 세우겠소. 승상이 부끄러워하게 되나 안 되나 두고보시오!”

등지가 그러지 말라고 거듭 말렸으나 진식은 끝내 듣지 않고 군사 5천 명을 이끌고 기곡으로 나가버렸다. 등지는 급히 달려가 제갈량에게 이러한 사실을 보고했다.

진식이 군사를 이끌고 몇 리 가지 않았을 때였다. 느닷없이 쾅 소리 한 방이 나더니 사방에서 숨어 있던 군사들이 쏟아져나왔다. 진식이 급히 물러가려 했으나 위군은 벌써 골짜기 어귀를 꽉 틀어막고 마치 쇠로 만든 통처럼 빈틈없이 에워싸고 말았다. 진식은 이리 치고 저리 쳤으나 벗어날 수가 없었다.

그때 난데없이 외침 소리가 크게 울리며 사나운 범 같은 군사 한 무리가 들이쳤다. 위연이 이끄는 군사였다. 그들이 진식을 구해 골짜기 안으로 돌아가보니 5천 명 가운데 살아남은 이는 겨우 4, 5백 명밖에 되지 않았다. 그나마 거의 다친 군사들이었다. 뒤쪽에서 위군들이 쫓아왔다. 두경과 장의가 군사를 이끌고 나가 위군들을 물리쳤다. 진식과 위연 두 사람은 비로소 제갈량이 귀신처럼 앞을 내다보는 걸 깨닫고 뉘우쳤으나 이미 어쩔 수 없었다.

등지는 제갈량에게 돌아가 위연과 진식이 제멋대로 굴더라고 보고했다.

제갈량이 고개를 끄덕이며 웃었다.

"내 이미 위연의 얼굴이 배반할 생김새인 줄 알고 있소. 그 사람이 늘 못마땅하여 투덜대는 줄 알면서도 계속 쓰는 건 씩씩함이 아까워서요. 그러나 나중에 언젠가는 틀림없이 큰 탈을 불러일으키고 마오."

그런 얘기를 나누고 있는데 갑자기 염탐꾼이 나는 듯이 달려왔다. 진식이 군사 4천 명을 잃고 다친 군사 겨우 4, 5백 명만 데리고 골짜기 안에 있다고 했다. 제갈량은 등지더러 다시 기곡으로 가 진식을 다독거려 탈이 생기지 않도록 하라고 했다.

제갈량은 바로 마대와 왕평을 불러 일렀다.

"야곡을 지키는 위군이 있거든, 그대 두 사람은 본부군을 이끌고 산 고개를 넘어가시오. 그런 뒤 낮에는 숨고 밤에만 움직여 기산 왼쪽으로 나가 불을 올려 신호하시오."

또 마충과 장익을 불렀다.

"그대들 역시 외진 산길로 해서 가되 낮에는 숨고 밤에만 움직여 기산 오른쪽으로 나가 불을 질러 신호하시오. 그런 다음 마대·왕평과 만나 함께 조진의 영채를 덮치시오. 나도 골짜기를 따라 나가 치겠소. 세 군데서 한꺼번에 몰아치면 위군을 깰 수 있소."

네 사람은 명령을 받자 저마다 군사를 이끌고 떠나갔다. 제갈량은 이번엔 관흥과 요화를 불러 이러저러하라고 일렀다. 비밀 명령을 받은 두 사람 역시 군사를 이끌고 떠났다. 제갈량 자신도 날래고 씩씩한 군사를 이끌고 보통 때보다 배나 빠르게 길을 갔다. 그렇게 가다가 오반과 오의에게 비밀스레 해야 할 일을 일러주며 군사를 이끌고 앞서가도록 했다.

이때 조진은 속으로 촉군이 오지 않으리라 믿고 마음이 풀어진 채 군사들도 편히 쉬게 내버려두었다. 열흘만 아무런 일 없이 넘어가면 사마의를 부끄럽게 해줄 수 있을 거라 여겼다. 그럭저럭 이레가 지났다. 그런데 갑자기 골짜기 안에 촉군이 몇 명 나타났다는 보고가 들어왔다. 조진은 부장 진량더러 군사 5천 명을 이끌고 가 살펴보게 하면서 촉군이 가까이 오지 못하게 하라고 일렀다. 진량은 명령을 받자 군사를 이끌고 골짜기 어귀로 나갔다. 앞을 살펴보니 촉군이 물러가고 있었다. 진량은 급히 군사를 몰고 뒤쫓았다. 그런데 5, 60리를 쫓아가자 촉군이 보이지 않았다. 진량은 마음

속으로 꽤나 께름칙했지만, 일단 군사들을 말에서 내려 쉬게 했다. 조금 있자 염탐꾼이 와서 보고했다.

"앞쪽에 촉군이 숨어 있습니다."

진량이 말에 올라 살펴보니 산속에서 흙먼지가 뿌옇게 일었다. 급히 군사들 모두 막을 준비를 하도록 했다. 조금 있자 사방에서 아우성치는 소리가 크게 일었다. 곧이어 앞쪽에서는 오반과 오의가 군사를 이끌고 들이치고, 뒤쪽에서는 관흥과 요화가 군사를 이끌고 들이쳤다. 왼쪽·오른쪽이 모두 산이어서 어디에고 달아날 길이 없었다.

산 위에서 촉군들이 외쳤다.

"말에서 내려 항복한 사람은 살려주겠다!"

위군의 절반 넘는 수가 항복했다. 진량은 죽기로 싸웠으나 요화가 한 번 내리친 칼을 맞고 말 아래로 고꾸라졌다.

제갈량은 항복한 군사들을 뒷부대 쪽에 붙들어둔 다음, 위군의 옷과 갑옷을 촉군 5천 명에게 입혀 위군으로 꾸몄다. 이어 관흥·요화·오반·오의 네 장수를 시켜 그들을 거느리고 조진의 영채로 가도록 했다.

먼저 영채로 들어간 염탐꾼이 조진에게 보고했다.

"몇 안 되는 촉군이 있었는데 지금은 모두 쫓아냈습니다."

조진은 무척 좋아라 했다. 그때 뜻밖에 사마의가 속 깊이 믿는 사람을 보내왔다는 보고가 들어왔다. 조진이 그를 불러들여 묻자 그 사람이 대답했다.

"지금 사마도독께서 군사를 숨겨두는 꾀를 써서 촉군을 사천 명 남짓 죽였습니다. 사마도독께서 말씀하시기를, 장군께서는 내기한 일 따위는 생각지도 마시고 오로지 막는 일에만 마음을 쓰시라 하셨습니다."

조진이 말했다.

"이쪽엔 촉군이 하나도 없으니 걱정 말라고 해라."

그 사람을 돌려보내고 나자 또 보고가 들어왔다. 진량이 군사를 이끌고 돌아온다고 했다. 조진은 직접 맞기 위해 막사 밖으로 나갔다. 거의 영채 앞까지 갔을 때, 앞뒤 두 곳에서 불길이 인다고 알려왔다. 조진이 급히 영채 뒤로 가서 살펴보니 관흥·요화·오반·오의 네 장수가 촉군을 거느리고 영채 앞쪽으로 쳐들어오고 있었다. 게다가 마대와 왕평은 뒤쪽에서 들이치고 있었다. 마충과 장익 또한 군사를 이끌고 쳐들어오고 있었다. 위군은 미처 손을 써보지도 못하고 저마다 달아나기에 바빴다.

조진은 여러 장수들의 보호를 받으며 동쪽으로 달아났다. 뒤쪽에서는 계속 촉군이 쫓아왔다. 조진이 그렇게 마구 달아나는데 외침 소리가 크게 일며 사나운 범 같은 군사 한 무리가 뛰쳐나왔다. 조진은 까무러치게 놀랐다. 그런데 자세히 보니 사마의가 몰고 온 군사였다. 사마의가 한바탕 크게 싸워 촉군을 물리쳤다. 그 바람에 조진은 가까스로 위기를 벗어날 수 있었지만 부끄러워 견딜 수 없었다.

사마의가 말했다.

"제갈량한테 기산 땅의 중요한 자리를 빼앗겨버려서 우리는 여기 오래 머물러 있을 수 없습니다. 위수 가로 가서 영채를 세운 뒤 다시 좋은 방법을 마련해야겠습니다."

조진이 말했다.

"중달은 내가 이렇게 크게 질 줄 어떻게 알았소?"

사마의가 대답했다.

"저번에 자단께 보냈던 사람이 다녀와서 하는 말이, 자단께서 촉군이 한 명도 없다고 하셨다기에 '그렇다면 공명이 몰래 영채를 덮치러 오는구나'라고 생각했습니다. 그래서 도우러 와보았더니 과연 짐작대로 적의 꾀에 빠져 있었습니다. 이제 우리가 내기한 일 따위는 다 털어버리고 마음을 합쳐 나라의 은혜를 갚도록 힘써야겠습니다."

조진은 몹시 주눅이 들어 속을 끓이다 끝내 병이 나 자리에 눕고 말았다. 위수 가에 군사를 머물러놓은 채 사마의는 군사들 마음이 어지러워질까봐 차마 조진에게 군사를 이끌고 물러가라고는 하지 못했다.

한편 제갈량은 군사를 크게 휘몰고 다시 기산으로 나갔

다. 군사들을 다독거리고 나자 위연·진식·두경·장의가 막 사로 들어와 엎드려 절을 하며 죄를 물어달라고 했다.

제갈량이 물었다.

"누구 때문에 군사를 잃고 돌아왔소?"

위연이 대답했다.

"진식이 명령을 듣지 않고 골짜기 어귀로 들어간 탓에 그 렇게 크게 지고 말았습니다."

진식이 둘러댔다.

"위연이 시켜서 저는 그대로 따랐을 뿐입니다."

제갈량이 화를 벌컥 냈다.

"위연은 너를 구해주었다. 그런데도 너는 되레 위연을 끌 고 들어가느냐! 너는 이미 명령을 어겼다. 여러 말 마라!"

제갈량은 곧바로 무사들에게 진식을 끌어내 목을 베라 하였다. 조금 뒤 진식의 목을 막사 앞에 내걸고 뭇 장수들이 보게 했다. 제갈량이 위연을 죽이지 않은 건 아직 그대로 두 었다가 나중에 쓰기 위해서였다.

제갈량이 진식을 베고 나서 군사가 나아갈 일을 의논하 고 있는데 갑자기 염탐꾼이 와서 보고했다. 조진이 병이 나 드러누워 일어나지 못한 채 지금 영채 안에서 치료받고 있 다고 했다.

제갈량이 무척 기뻐하며 장수들을 둘러보았다.

"조진의 병이 가볍다면 반드시 장안으로 돌아갔소. 지금 위군이 물러가지 않는 걸 보니 병이 무거운 게 틀림없소. 그러기에 군 안에 머무름으로써 군사들 마음이 흐트러지지 않도록 하고 있소. 내 바로 편지 한 통을 써서 항복한 진량의 군사들을 시켜 조진에게 가져다주도록 하겠소. 조진이 그걸 보면 틀림없이 죽고 마오!"

제갈량이 항복한 군사들을 불러들이라 하여 부드럽게 말했다.

"너희들은 모두 위나라 군사들이라 부모와 아내며 자식들이 거의 다 중원에 있다. 그러니 촉나라에 오래 있는 게 마땅치 않으리라. 내 이제 너희들을 집으로 돌려보내려 하는데 어떻느냐?"

군사들 모두 눈물 흘리며 고마운 뜻으로 절을 했다.

제갈량이 말을 이었다.

"조자단과 나는 약속한 게 있다. 내 편지 한 통을 써서 너희들한테 줄 테니 잘 가지고 돌아가 자단에게 주어라. 반드시 상을 푸짐하게 내리리라!"

위군들은 편지를 받자마자 자기들 영채로 바삐 달려갔다. 그들은 영채로 들어가자 제갈량의 편지를 조진에게 갖다주었다. 조진은 아픈 몸을 일으켜 편지를 뜯어 읽어내려 갔다.

한 승상 무향후 제갈량이 대사마 조자단에게 편지를 보내노라.

딱 부러지게 말하자면, 장수라고 하는 사람은 움직임과 머무름이 뚜렷해야 하고, 부드러움과 굳셈을 아울러 갖추어야 하고, 나가고 물러남을 잘 살펴야 하고, 약하고 드센 것을 가를 줄 알아야 한다. 또 움직이지 않을 땐 높은 산 같아야 하고, 가늠하기 어렵기는 음과 양 같아야 하고, 끝이 없기로는 하늘과 땅 같아야 하고, 가득하기로는 나라의 창고 같아야 하고, 넓고 아득하기로는 끝 모를 바다와 같고, 밝게 빛나는 바로는 해와 달과 별 같아야 한다. 그리하여 하늘을 살펴 가뭄과 장마를 미리 알아야 하고, 땅 생김새를 살펴 어디가 좋은지를 알아야 하고, 진이 어떻게 펼쳐져 있는지 살펴 싸울 때를 알아야 하고, 적의 나은 점과 모자란 점을 헤아릴 줄 알아야 한다.

아, 너는 배운 것도 없이 뒤따라오며 위로는 하늘의 뜻을 거스른 채 나라를 빼앗은 역적들을 도와 낙양에서 제멋대로 황제라 일컫도록 하였으며, 야곡에서는 싸움에 크게 져 달아나고, 진창에서는 큰 장마를 만나 물과 뭍에서 어려움에 빠져 사람이고 말이고 모두 미쳐 날뛰지 않았더냐. 그 바람에 내버린 창이며 갑옷이 들에 가득하고 땅바닥엔 칼이 널려 있었다. 도독이라는 이는 가슴이 무너져 간덩이가 오그라졌으며, 장군이라는 이는 허둥대며 쥐구멍을 찾아 달아나듯 했다! 그래가지고 관중의 나이 많은 어른들을 어떤 얼굴로 볼 것이며, 무슨 낯짝으로 승상부에 들어가겠는가!

역사를 다루는 벼슬아치들은 붓을 들어 적을 테고, 백성들은 입을 모아 옮겨 널리 퍼뜨리리라. 중달은 싸움이 벌어졌다는 말을 들으면 두려워 벌벌 떨었고, 자단은 바람결에 소문만 들려도 어쩔 줄 몰라 하며 쩔쩔맸다고 말이다! 우리 군사는 씩씩하고 말도 튼튼하며, 대장은 범처럼 힘이 넘치고 용처럼 뻗쳐 오르니, 진천을 휩쓸어 뭉개버리고 위나라를 싹 쓸어 허물어버리리라!

조진은 편지를 읽고 나자 속이 부글부글 끓어오르며 화가 치밀어올라 그날 밤 영채 안에서 죽고 말았다. 사마의는 조진의 관을 싸움 수레에 실어 낙양으로 보내 장사 지내도록 했다.

위 임금은 조진이 죽었다는 보고를 받자 사마의에게 바로 나가 싸우라는 조서를 내렸다. 사마의는 제갈량과 싸우기 위해 대군을 이끌고 가 싸움 하루 전에 싸우자는 편지를 보냈다.

제갈량이 여러 장수들을 둘러보았다.

"조진이 죽은 게 틀림없소."

제갈량은 편지를 가져온 이에게 '내일 싸우자'는 답장을 들려 보냈다.

밤이 되자 제갈량은 강유를 불러 이런저런 비밀스런 방법을 일렀다. 이어 관흥에게도 이러저러하라고 일렀다.

이튿날 제갈량은 기산에 있는 군사를 모두 일으켜 위수가로 나아갔다. 한쪽은 강이요, 한쪽은 산이며, 가운데에는 너른 들이 펼쳐져 있어 싸움터로 딱 알맞았다.

양쪽 군사는 서로 마주하자 활을 쏘아 거리를 잰 뒤 진을 칠 자리를 잡았다. 북소리가 세 차례 울리자 위군 진의 문기가 열리며 사마의가 말을 타고 나왔다. 그 뒤로 여러 장수들이 따랐다. 제갈량은 네 바퀴 수레 위에 반듯이 앉아 깃털 부채를 부치고 있었다.

사마의가 먼저 말했다.

"우리 위의 임금은 옛적에 요 임금이 순 임금에게 자리를 물려준 것처럼 두 황제에 걸쳐 자리를 이어받으시어 중원을 잘 다스리고 계신다. 너희 촉과 오 두 나라를 그대로 놔두고 있는데, 그건 우리 임금께서 너그럽고 어지시어 백성들이 다칠까봐 걱정하시기 때문이다. 너는 남양에서 밭이나 갈던 보잘것없는 촌사람으로, 하늘의 운수도 모르면서 마구 쳐들어가기나 좋아하니 싹 짓이겨버려야 마땅하다! 너는 빨리 잘못을 깨닫고 마음을 고쳐먹어 곧장 군사를 물려라. 그런 뒤 자기 땅이나 지켜 세 나라가 솥의 세 발처럼 서 있게 하여 백성들이 구렁텅이에 빠지지 않도록 하라. 그러면 너희들도 모두 목숨은 건질 수 있으리라!"

제갈량이 웃어넘겼다.

"나는 돌아가신 황제로부터 어린 임금을 돌봐달라는 중요한 부탁을 받았다. 그러니 어찌 마음을 기울이고 힘을 다하여 역적을 치지 않을 수 있겠느냐! 너희 조씨들은 머지않아 우리 한나라가 싹 쓸어버릴 테다. 네 할아비들은 모두 한나라 신하로, 대대로 한나라 녹을 먹었다. 그런데도 은혜를 갚을 생각은 않고 되레 역적을 돕고 있다. 그러고도 부끄럽지 않으냐?"

사마의가 얼굴 가득 부끄러운 빛을 띤 채 말했다.

"내 너랑 누가 더 나은지 한판 겨루겠다! 만약에 네가 이기면 내 다짐컨대 대장 노릇을 하지 않겠다! 네가 지면 너는 빨리 고향으로 돌아가라. 그러면 나는 너를 해치지 않겠다."

제갈량이 말했다.

"너는 장수로 싸우겠느냐? 군사로 싸우겠느냐? 진법으로 싸우겠느냐?"

사마의가 대답했다.

"먼저 진법으로 싸우겠다."

제갈량이 말했다.

"그럼 네가 먼저 진을 펼쳐 내게 보여라."

사마의는 중군 막사로 들어가더니 노란 기를 들고 나와

흔들었다. 깃발의 움직임에 따라 왼쪽·오른쪽의 군사들이 움직이더니 진을 하나 펼쳐 보였다.

사마의가 다시 말을 타고 나와 물었다.

"너는 내가 펼친 진을 알겠느냐?"

제갈량이 웃었다.

"그 정도는 우리 군에선 끄트머리 장수도 쉽게 펼칠 수 있다. 혼원일기진이구나."

사마의가 말했다.

"그럼 이번에는 네가 진을 펼쳐 내게 보여주도록 하라."

제갈량은 진으로 들어가 깃털 부채를 한 번 흔든 뒤 다시 진 앞으로 나와 물었다.

"내 진을 알겠느냐?"

사마의가 대답했다.

"팔괘진 정도를 내 어찌 모르겠느냐!"

제갈량이 말했다.

"알기는 한다마는, 내 진을 깰 수 있겠느냐?"

사마의가 자신 넘치는 목소리로 대답했다.

"내 이미 알고 있는데 어찌 깨지 못하겠느냐!"

제갈량이 말했다.

"그럼 와서 깨보아라."

사마의는 자기 진으로 돌아가 대릉·장호·악침 세 장수를 불러 일렀다.

"지금 공명이 펼쳐놓은 진은 휴·생·상·두·경·사·경·개 여덟 문으로 이루어져 있소. 그대 세 사람은 똑바로 동쪽의 생문으로 쳐들어갔다 서남쪽의 휴문으로 무찔러 나오시오. 그런 뒤 다시 똑바로 북쪽의 개문으로 쳐들어가면 저 진은 깰 수 있소. 모두들 마음을 놓지 말고 조심하시오!"

마침내 대릉은 가운데에서, 장호는 앞쪽에서, 악침은 뒤쪽에서 저마다 말 탄 군사 30명씩을 이끌고 생문으로 쳐들어갔다. 양쪽 군사들이 아우성을 쳐 도왔다. 세 사람이 촉진으로 무찔러 들어가보니 진이 마치 성을 이어놓은 듯해 이리 치고 저리 쳐도 나아갈 수가 없었다. 세 사람은 부리나케 군사들을 이끌고 진 아래쪽을 돌아 서남쪽으로 뚫고 나갔다. 그러나 촉군이 화살을 퍼부어대는 바람에 뚫고 나갈 수가 없었다. 진 안은 겹겹이 포개진 모양으로 온통 문이어서 동서남북을 가늠할 수조차 없었다. 세 장수는 서로 돌아보지도 못하고 그저 마구 들이칠 수밖에 없었다.

을씨년스러운 구름과 자욱한 안개가 눈앞을 가리는데 어디선가 외침 소리가 일었다. 위군은 하나하나 묶인 채 모두 중군으로 끌려가고 말았다. 제갈량이 막사 안에 앉아 있는데 장호·대릉·악침을 비롯해 90명이 모두 묶인 채 끌려들어왔다.

제갈량이 웃으며 말했다.

"내가 너희를 사로잡았다 해서 그게 뭐 신기하겠느냐? 너희들을 놓아줄 테니 돌아가 사마의한테 싸우는 법을 적은 책을 다시 읽어 싸우는 방법을 더 익힌 뒤 와서 누가 더 나은지 한판 겨루어도 늦지 않을 거라고 하여라. 너희들 목숨은 살려주지만 무기며 말은 두고 가라."

그들은 모두 옷이 벗기고 얼굴에 검은 먹칠을 당한 채 걸어서 진을 나갔다. 이를 본 사마의는 화가 치밀 대로 치밀어 올라 장수들을 돌아보았다.

"이런 꼴로 날카로운 기운이 꺾였으니 무슨 낯으로 돌아가 중원의 대신들을 만난단 말인가!"

사마의는 곧장 모든 군사들을 몰아 죽기로 진을 빼앗으려 들었다. 사마의는 직접 칼을 빼어 들고 날쌘 장수 1백 명 남짓을 이끌고 다그치며 쳐들어갔다. 양쪽 군사들이 마주쳤을 때 갑자기 진 뒤쪽에서 북소리, 나팔 소리에 아우성치는 소리가 크게 울려퍼졌다. 이어 사나운 범 같은 군사 한 무리가 서남쪽에서 뛰쳐나왔다. 관흥의 군사들이었다. 사마의는 뒤쪽 군사들을 나누어 막도록 하고 계속 군사들을 다그쳐 앞으로 무찔러나갔다.

그때 또 위군이 흐트러지기 시작했다. 강유가 이끄는 사나운 범 같은 군사 한 무리가 몰래 쳐들어와 촉군이 세 갈래로 들이쳤기 때문이다. 사마의는 소스라치게 놀라 급히 군사를 물리려 했으나 촉군이 재빨리 에워싼 채 무찌르기 시작했다. 사마의는 군사들을 이끌고 죽을힘을 다해 뚫고 나가 남쪽으로 갔다. 위군은 열에 예닐곱이 다쳤다. 사마의는 위수 남쪽 언덕에 영채를 세운 뒤 굳게 지키기만 할 뿐 나가지 않았다.

제갈량은 싸움에 이긴 군사들을 거두어 기산으로 돌아갔다. 그때 영안성의 이엄이 도위 구안을 시켜 식량을 보내왔다. 그런데 구안은 워낙 술을 좋아해서 오는 길에 게으름을 피우느라 열흘이나 늦게 도착했다.

제갈량이 화를 크게 내며 꾸짖었다.

"우리 군에서 먹을거리는 다른 무엇보다도 큰일이다. 그래서 사흘만 늦게 가져와도 목을 베게 되어 있다! 그런데 너는 열흘이나 늦었으니 할 말이 뭐 있겠느냐?"

제갈량이 바로 목을 베라고 이르는데 장사 양의가 말렸다.

"구안은 바로 이엄이 부리는 사람입니다. 돈이며 먹을거리가 서천에서 많이 나오는데, 만약에 이 사람을 죽이면 그다음부턴 식량을 보내올 사람이 없습니다."

제갈량은 그 말을 받아들여 무사들에게 구안의 몸에 묶인 줄을 풀고 매 80대만 때리고서 풀어주게 하였다. 구안은 매를 맞자 속으로 원한을 품고 그날 밤 자신 밑에 있는 군사

제갈량이 위군들을 사로잡아 욕보이고 돌려보내다.

대여섯 사람을 데리고 위군 영채로 달아나 항복했다. 사마의가 불러들이자 그는 절을 한 뒤 있었던 일을 털어놓았다.

사마의가 말했다.

"네 말이 제법 그럴싸하기는 하다만, 공명은 꾀가 많아 네 말을 곧이곧대로 믿기 어렵다. 네가 나를 위해 큰 공을 하나 세워준다면 너를 천자께 아뢰어 으뜸 장수로 삼아주마."

구안이 다짐했다.

"무슨 일이든 힘껏 하겠습니다!"

사마의가 말했다.

"너는 성도로 돌아가 뜬소문을 퍼뜨리도록 하라. 공명이 임금을 못마땅하게 여기고 있어 머지않아 스스로 황제라 일컬을 거라고 말이다. 그렇게 해서 너희 임금이 공명을 불러들이기만 하면 너는 바로 공을 이루게 된다."

구안은 그러기로 하고 곧바로 성도로 돌아가 환관들 사이에 헛소문을 퍼뜨리기 시작했다. 제갈량이 큰 공을 세운 걸 믿고 머지않아 반드시 나라를 빼앗을 거라 했다. 그 말을 들은 환관들은 깜짝 놀라 바로 안으로 들어가 황제에게 이 일을 자세히 보고했다.

유선이 소스라치게 놀라며 뜬금없어했다.

"그렇다면 이 일을 어찌해야 하는가?"

환관이 대답했다.

"성도로 돌아오라는 조서를 내리시어 군사를 다스릴 수 있는 힘을 빼앗아야 배반을 하지 못합니다."

유선은 제갈량더러 군사를 거두어 돌아오라는 조서를 내렸다.

그러자 장완이 나서서 말했다.

"승상은 군사를 이끌고 싸우러 나간 뒤 여러 차례에 걸쳐 큰 공을 세웠습니다. 그런데 어쩐 일로 돌아오라 하십니까?"

유선이 대답했다.

"내 비밀스러운 일이 있어 꼭 승상과 의논해야 하기 때문이오."

유선은 곧바로 심부름 갈 사람을 뽑아 밤을 도와 제갈량에게 조서를 가지고 가도록 했다. 조서를 가지고 간 사람이 기산의 영채에 다다랐다. 제갈량은 그 사람을 맞아들인 뒤 조서를 받은 다음 하늘을 우러러 긴 한숨을 내쉬었다.

"임금께서 어리셔서 간사스런 신하들이 곁에서 설치는 게 틀림없구나! 내 이제 공을 세우려 하는데 어찌하여 돌아오라 하시는고? 내가 돌아가지 않으면 임금을 업신여기는 꼴이 될 테고, 명령을 받들어 물러가면 다시는 이런 기회를 얻기 어렵다."

강유가 물었다.

"만약에 대군이 물러가면 사마의가 기운을 몰아 덮칠 텐데 어떻게 해야 합니까?"

제갈량이 대답했다.

"군사를 물리려면 다섯 길로 나누어 해야 하오. 오늘은 먼저 본부 영채를 물러가게 하시오. 그런데 영채 안 군사가 천 명이면 밥 짓는 아궁이는 이천 개를 파고, 내일은 삼천 개, 그다음 날은 사천 개를 파도록 하시오. 날마다 물러가면서 그때마다 아궁이 수를 늘리며 가야 하오."

양의가 어리둥절해했다.

"옛적에 손빈이 방연을 잡을 때는 군사는 늘리면서 아궁이 수는 줄이는 방법을 썼습니다. 그런데 승상께서는 어찌하여 군사를 물리면서 아궁이 수를 늘리라 하십니까?"

제갈량이 대답했다.

"사마의는 군사 쓰는 법이 뛰어나오. 우리가 군사를 물리는 줄 알면 반드시 뒤쫓소. 그러나 우리가 군사를 숨겨두지 않았을까 꺼림칙하게 여겨 우리가 떠난 자리의 아궁이 수를 세어볼 사람이오. 날마다 밥 지어 먹은 아궁이 수가 늘어난 걸 보면 군사가 물러갔는지 안 물러갔는지 헷갈려 섣불리 뒤를 쫓지 못하오. 그 사이에 우리는 천천히 물러가면 되고 군사를 잃을 걱정도 없소."

마침내 제갈량은 군사를 물리라는 명령을 내렸다.

한편 사마의는 구안이 서로 짠 대로 잘했으리라 믿고, 촉군이 물러가는 때를 맞춰 한바탕 몰아칠 생각을 하고 있었다. 그렇다고 바로 나아갈 수 없어 머뭇거리고 있는데, 갑자기 촉군 영채가 텅 빈 채 군사가 모두 가고 없다는 보고가 들어왔다. 그러나 사마의는 제갈량이 꾀가 많은 줄 알기에 섣불리 뒤를 쫓을 수 없었다. 그래서 말 탄 군사 1백 명 남짓을 이끌고 직접 촉군 영채 안으로 들어가 두루 살펴보며 군사들더러 아궁이 수를 헤아려보도록 한 뒤 영채로 돌아왔다. 다음 날 사마의는 또 군사를 시켜 촉의 다음 영채가 있던 자리로 가 아궁이 수를 헤아려보도록 했다. 갔다 온 군사가 보고했다.

"이번 영채 안의 아궁이 자리가 지난번보다 배나 늘었습니다."

사마의가 장수들을 둘러보았다.

"나는 공명이 꾀가 많은 사람이라고 생각하고 있었는데, 과연 군사를 늘린 까닭에 아궁이 수가 늘어났구려. 만약 뒤를 쫓으면 틀림없이 그쪽 계획에 말려들고 마오. 일단 물러나 다시 좋은 계획을 짜는 게 좋겠소."

마침내 사마의는 뒤를 쫓지 않고 군사를 이끌고 돌아가 버렸다.

이리하여 제갈량은 군사 하나 잃지 않은 채 성도를 바라고 갈 수 있었다.

나중에 서천 어귀에 사는 토박이가 와서 사마의에게 보고했다. 제갈량이 물러갈 때 군사가 늘어나는 건 보지 못했고 아궁이 자리 늘어나는 것만 보았다고 했다.

사마의는 하늘을 우러러 긴 한숨을 뱉어냈다.

"공명이 그 옛날 우후가 강족들을 몰아낼 때 아궁이 수를 늘려 군사가 많은 듯이 한 방법을 본떠 나를 속였구나! 나는 그 꾀를 따라갈 수가 없다!"

사마의는 대군을 이끌고 낙양으로 돌아갔다.

바둑 둘 때 서로 어슷비슷한 사람을 만나면 쉽게 이기기 어렵고 장수는 뛰어난 재주를 지닌 사람을 만나면 섣불리 뻐길 수가 없다

과연 제갈량은 성도로 돌아가면 어찌 될는지…….

말 대신 노루를 잡았건만

제갈량은 농상으로 나가 귀신이 나타난 것처럼 하고
장합은 검각으로 달리다 속임수에 빠지다

제갈량은 군사는 줄이고 아궁이 수는 늘리는 방법을 써서 군사를 물려 한중으로 돌아갔다. 사마의는 군사가 숨어 있을지 몰라 섣불리 뒤를 쫓지 못하고, 그 역시 군사를 거두어 장안으로 돌아갔다. 이에 촉군은 한 사람도 잃지 않았다.

제갈량은 모든 군사들에게 큰 상을 내린 뒤 성도로 돌아가 유선을 만났다.

"이 늙은 신하가 기산으로 나가 장안을 빼앗으려 하는 참이었는데, 갑자기 폐하께서 조서를 내려 부르시기에 돌아왔습니다. 무슨 큰일이 있으신지요?"

유선은 아무 대답을 못 하다가 한참 뒤에야 입을 열었다.

"내가 승상의 얼굴을 오랫동안 뵙지 못해 그리운 마음이 깊어 특별히 불렀지, 다른 일은 없소."

제갈량이 말했다.

"이건 폐하의 본마음에서 우러나 하신 일이 아닙니다. 틀림없이 간사스런 신하들이 옆에서 제가 딴 뜻을 품고 있다고 속닥거렸을 겁니다."

유선은 듣고만 있을 뿐 입을 다문 채 가만히 있었다.

제갈량이 다시 입을 열었다.

"이 늙은 신하는 돌아가신 황제의 두터우신 은혜를 입었기에 죽기로 갚으리라 다짐했습니다. 지금 안에 간사스런 신하들이 있다면 제가 어찌 마음 놓고 역적들을 칠 수 있겠습니까?"

유선이 겨우 입을 열었다.

"내가 환관이 하는 말을 잠깐 잘못 듣고 승상을 불렀소. 오늘에야 막혔던 게 뚫리듯 깨달았는데, 이미 뉘우쳐도 어쩔 수 없이 되어버렸소!"

제갈량은 곧바로 환관들을 죄다 불러 따져 물었다. 구안이 헛소문을 퍼뜨렸다고 밝혀졌다. 급히 사람을 보내 잡아들이라 했으나 구안은 이미 위나라로 달아나고 없었다. 제갈량은 헛소문을 임금에게 일러바친 환관을 잡아 죽이고 나머지는 모두 궁 밖으로 쫓아버렸다. 이어 장완과 비의를 불러 간사스런 이들이 어떤 짓을 하는지 살피지 못하고 천자를 바른말로 모시지 못했다고 꾸짖었다. 두 사람은 제갈량의 꾸지람을 고분고분 들으며 잘못을 받아들였다.

제갈량은 유선에게 절을 한 뒤 다시 한중으로 떠났다. 이엄에게 글을 띄워 지금까지 하던 대로 식량과 말먹이를 군사들이 있는 곳까지 옮겨오도록 하였다. 그러는 한편 싸우러 나갈 일을 다시 의논했다.

양의가 말했다.

"지금까지 군사를 여러 차례 일으킨 까닭에 군사들이 힘이 빠져 지쳐 있습니다. 게다가 먹을거리도 제때 오지 않고 있습니다. 그러니 지금부턴 군사를 두 반으로 나누어 석 달씩 번갈아 내보내도록 하면 좋겠습니다. 군사가 이십만 명이라면 십만 명만 이끌고 기산으로 나갔다가 석 달이 지나면 들여보내고 나머지 십만 명을 나오게 하면 됩니다. 이렇게 하면 군사들도 지치지 않습니다. 그런 다음 천천히 나아가면 중원도 꾀할 수 있습니다."

제갈량이 고개를 끄덕였다.

"그대 말이 바로 내 생각과 딱 들어맞소. 중원을 치는 게 하루 아침이나 하루 저녁에 되는 일이 아니니 그처럼 오래 버틸 계획을 세우는 게 마땅할 듯하오."

제갈량은 군사를 두 반으로 나누도록 했다. 이어 1백 일씩 돌아가며 갈마들도록 하고, 날짜를 어기는 이는 군법으로 다스리도록 했다.

때는 건흥 9년 봄 2월이었다. 제갈량은 다시 위를 치기 위해 군사를 일으켰다. 위나라로 보면 태화 5년이었다. 위나라 임금 조예는 제갈량이 다시 중원을 치러 온다는 보고를 받자 급히 사마의를 불러 의논했다.

사마의가 말했다.

"이제 자단이 세상을 뜨고 없으니, 저 혼자서라도 있는 힘을 다해 도적들을 쓸어 없애 폐하의 은혜를 갚겠습니다."

조예는 무척 좋아라 하며 잔치를 베풀어 대접했다.

다음 날 촉군이 급히 몰아쳐오고 있다는 보고가 들어왔다. 조예는 곧바로 사마의더러 군사를 이끌고 나가 적을 막도록 했다. 조예는 직접 임금 수레를 타고 성 밖까지 나가 배웅했다. 사마의는 임금에게 떠나는 인사를 한 뒤 장안으로 갔다. 거기서 여러 갈래의 군사들을 모아놓고 촉군을 깰 방법을 의논했다.

장합이 먼저 나섰다.

"저는 군사 한 무리를 이끌고 가 옹성과 미성을 지키면서 촉군을 막겠습니다."

사마의가 말했다.

"우리 앞쪽 군사가 공명의 군사를 해보지 못하고 있는데 또 군사를 앞뒤로 나누어서는 이기기 힘드오. 차라리 군사를 남겨 상규를 지키게 하고 나머지는 모두 기산으로 가면 좋겠소. 공이 앞장서줄 수 있겠소?"

장합이 아주 좋아라 했다.

"내 본디 충성스러움과 의로움을 품고 있어 마음을 다해 나라의 은혜를 갚고자 했으나 아쉽게도 나를 알아주는 사람을 만나지 못했습니다. 이제 도독께서 중요한 자리를 맡기시니 만 번 죽더라도 마다하지 않겠습니다!"

사마의는 장합을 시켜 앞장서서 대군을 모두 다스리도록 했다. 이어 곽회더러 농서의 여러 고을을 지키게 하고, 나머지 장수들은 저마다 길을 나누어 나아가도록 했다.

앞쪽 부대의 염탐꾼이 와서 보고했다.

"공명이 대군을 이끌고 기산을 바라고 길을 떠났습니다. 앞쪽을 맡은 왕평과 장의는 곧바로 진창으로 나와 검각을 지난 뒤 산관을 거쳐 야곡으로 오고 있습니다."

사마의가 장합에게 말했다.

"지금 공명이 대군을 휘몰아쳐 오고 있는데, 틀림없이 농서의 밀을 베어 군사들 먹을거리로 삼으려 할 것이오. 그대는 기산에 영채를 세우고 지키시오. 나는 곽회와 함께 천수의 여러 고을을 돌며 촉군이 밀을 베지 못하게 막겠소."

마침내 장합은 군사 4만 명을 거느리고 기산을 지키기로 했다. 사마의는 대군을 이끌고 농서를 바라고 떠나갔다.

한편 제갈량은 군사를 거느리고 기산으로 가 영채를 세웠다. 위수 가를 보니 위군들이 막을 준비를 하고 있었다.

제갈량이 장수들을 둘러보았다.

"저건 틀림없이 사마의의 군사들이오. 그런데 지금 영채 안에 먹을거리가 떨어져, 그동안 여러 차례 이엄에게 사람을 보내 식량을 보내오라고 재촉했건만 아직도 오지 않소. 농상의 밀이 익었을 테니 몰래 군사를 이끌고 가서 베어와야겠소."

제갈량은 왕평·장의·오반·오의 네 장수더러 기산의 영채를 지키게 하고 자신은 강유·위연 등 여러 장수들과 함께 노성으로 갔다.

노성 태수는 제갈량이 어떤 사람인지 잘 알고 있었기에 부리나케 성 문을 열고 나와 항복했다.

제갈량이 그를 다독거리고 나서 물었다.

"지금 어디 밀이 잘 익었는가?"

태수가 대답했다.

"농상의 밀이 잘 익었습니다."

제갈량은 장익과 마충에게 노성을 지키게 하고, 직접 여러 장수와 군사들을 거느리고 농상으로 갔다.

앞부대 쪽에서 군사 하나가 달려와 보고했다.

"사마의가 군사를 끌고 와 있습니다."

제갈량이 깜짝 놀랐다.

"내가 밀을 베러 올 줄 그 사람이 미리 알고 있었구나!"

제갈량은 곧장 목욕을 하고 옷을 갈아입었다. 그런 뒤 똑같이 생긴 네 바퀴 수레 세 대를 끌고 오게 했다. 그 수레들은 모양은 물론 꾸며 붙인 장식물들까지 똑같았는데, 제갈량이 촉에 있을 때 미리 만들어두었다.

제갈량은 강유에게 수레를 보호하며 따를 군사 1천 명과 북을 칠 5백 명을 거느리고 상규 뒤쪽에 가 숨어 있도록 했다. 이어 마대는 왼쪽에, 위연은 오른쪽에서 또 저마다 수레를 맡을 군사 1천 명과 북을 칠 5백 명을 거느리게 했다. 수레마다 군사 24명을 왼쪽·오른쪽에 붙여 수레를 밀고 나아가게 했다. 그들은 모두 검은 옷을 입고, 맨발에 머리를 풀고 칼과 북두칠성이 수놓아진 검은 깃발을 들고 있었다.

세 사람은 저마다 명령을 받은 대로 군사를 이끌고 수레를 몰고 나아갔다. 제갈량은 3만 군사 모두 밀을 베어 가져올 수 있게 낫과 새끼줄 따위를 준비하도록 하였다. 이어 씩씩한 군사 24명을 뽑아 모두 검은 옷을 입히고, 머리를 풀고 맨발 차림을 하게 한 뒤 칼을 들고 제갈량 자신이 타고 있는 수레를 밀게 했다. 또 관흥은 하늘의 장수 신처럼 꾸민 다음 손에 북두칠성이 수놓아진 검은 깃발을 들고 수레 앞에서 걸어가도록 했다. 마침내 제갈량은 수레 위에 반듯이 앉아 위군 영채를 바라고 나아갔다.

위군 염탐꾼은 이러한 모습을 보자 소스라치게 놀랐다. 도대체 사람인지 귀신인지 알 수 없어 부리나케 사마의에게 달려가 보고했다. 사마의는 직접 영채를 나와 살펴보았다. 머리에 관을 쓰고 학창의 차림을 한 제갈량이 손에 깃털 부채를 들고 부치며 네 바퀴 수레 위에 반듯이 앉아 있었다. 왼쪽·오른쪽으로는 24명이 머리를 풀어헤치고 손에 칼을 들고 있었는데, 앞에 선 사람은 마치 하늘의 신처럼 북두칠 성기를 들고 있었다.

사마의가 어이없어했다.

"공명이 또 괴상한 짓을 하는구나!"

사마의는 곧바로 군사 2천 명을 내보내며 소리쳤다.

"너희들은 빨리 달려가서 수레고 사람이고 가리지 말고 몽땅 잡아끌고 오너라!"

명령을 받은 위군들이 모두 뛰쳐나갔다.

제갈량은 위군들이 몰려오자 수레를 돌리게 한 뒤 멀리 촉군의 영채를 바라고 천천히 갔다. 위군들은 모두 말을 휘몰아 그 뒤를 쫓았다. 그때 갑자기 으스스한 바람이 일며 차

가운 안개가 밀려왔다. 모두들 있는 힘을 다해 한 마장을 쫓았으나 거리가 좁혀지지 않아 따라잡을 수가 없었다. 군사들은 저마다 크게 놀라 말을 멈춰 세운 뒤 숨을 거칠게 내뱉으며 서로를 바라보았다.

"이상야릇한 일이 다 있구먼! 우리가 부리나케 삼십 리를 뒤쫓아와 바로 눈앞에 있는데도 따라잡을 수 없다니, 도대체 어찌 된 일인가?"

제갈량은 위군들이 쫓아오는 게 보이지 않자 다시 수레를 돌리라 하여 위군들 앞에 와서 멈추었다. 위군들은 한동안 머뭇거리다가 다시 말을 달려 뒤쫓았다. 제갈량은 다시 수레를 돌려 천천히 갔다. 위군들은 그 뒤를 쫓아 다시 20리를 갔다. 바로 눈앞에 있는데도 잡을 수가 없었다. 모두들 멍해져서 할 말을 잊었다. 제갈량은 다시 수레를 돌려 위군들이 있는 데까지 밀고 왔다. 위군들이 다시 쫓으려 하는데 뒤쪽에서 사마의가 직접 군사 한 무리를 이끌고 와서 명령했다.

"공명은 자기 몸을 감추거나 다른 것으로 변하게 하는 팔문둔갑술에 밝아 육정육갑의 신을 잘 부릴 줄 안다. 저건 바로 《육갑천서》 속에 들어 있는, 먼 거리를 가깝게 하는 축지법이다. 군사들은 모두 쫓아가지 말라."

그 말에 따라 모든 군사들이 말을 멈추고 돌아서려 하는데 왼쪽에서 싸움을 북돋우는 북소리가 마구 일며 사나운 범 같은 군사 한 무리가 뛰쳐나왔다. 사마의가 급히 군사들더러 막도록 하였다. 그런데 촉군 부대 속에서 24명이 네 바퀴 수레를 몰고 나왔다. 그들은 모두 머리를 풀어헤치고 칼을 들었으며, 검은 옷에 맨발이었다. 수레 위에는 관을 쓰고 학창의 차림을 한 제갈량이 반듯이 앉아 깃털 부채를 들고 부치고 있었다.

사마의는 까무러치게 놀랐다.

"지금 막 저 수레 위에 앉아 있던 공명을 오십 리나 쫓아갔어도 따라잡지 못했는데 어이하여 공명이 또 있단 말인가? 괴상한 일이다! 괴상한 일이야!"

말이 미처 끝나기도 전에 오른쪽에서 또 싸움을 북돋우는 북소리가 크게 울리더니 사나운 범 같은 군사 한 무리가 또 뛰쳐나왔다. 네 바퀴 수레 위에는 제갈량이 또 앉아 있고, 양쪽으로는 24명이 또 따르고 있었다. 그들 역시 검은 옷에 맨발로, 머리를 풀어헤치고 칼을 든 채 수레를 몰고 나왔다. 사마의는 마음속으로 겁이 덜컥 나면서 어처구니없어 엉겁결에 장수들을 돌아보며 소리쳤다.

"저건 신이 부리는 군사들이 틀림없다!"

군사들은 모두 마음이 크게 흐트러져 두려움에 싸우지 못하고 저마다 달아나기에 바빴다.

마구 달아나고 있는데 느닷없이 북소리가 크게 일며 또 사나운 범 같은 군사 한 무리가 또 뛰쳐나왔다. 앞서 나오는 수레 위엔 제갈량이 또 반듯이 앉아 있었다. 왼쪽·오른쪽·앞뒤로 수레를 밀고 나오는 이들은 앞에서 본 이들과 똑같았다. 위군들은 놀라 자빠지지 않을 수 없었다. 사마의는 그들이 사람인지 귀신인지 알 수 없는데다, 또 촉군의 수가 많은지 적은지조차 알 수 없어 놀랍고 두려운 마음뿐이었다. 그래서 서둘러 군사를 이끌고 상규성으로 들어가 성 문을 닫아걸고 꼼짝하지 않았다.

이때 제갈량은 날랜 군사 3만 명을 시켜 농상의 밀을 죄다 벤 뒤 노성으로 날라서 타작을 한 뒤 볕에 말리고 있었다. 사마의는 상규성 안에 들어앉아 두려움에 사흘 동안이나 나오지 못하고 있었다. 촉군이 물러가고 없자 그제야 군사를 풀어 촉군의 움직임을 살펴보도록 했다.

염탐꾼들이 길에서 촉군 하나를 잡아 사마의한테 끌고 왔다. 사마의가 따져 묻자 그 군사가 대답했다.

"저는 밀을 베던 군사인데 말이 달아나버려 돌아가지 못하고 잡혀왔습니다."

사마의가 또 물었다.

"저번에 나타난 신이 부리는 군사들은 어떻게 된 일인지 아느냐?"

“세 갈래 길에 숨어 있다 나타난 군사들은 모두 공명이 이끈 게 아니고 강유·마대·위연이 거느린 군사들이었습니다. 한 갈래마다 군사 천 명이 수레를 맡고 오백 명이 북을 쳤습니다. 맨 처음에 와서 꾀어내던 수레에 탔던 사람만 진짜 공명입니다.”

사마의는 하늘을 우러러 긴 한숨을 내쉬었다.

“공명은 정말 귀신처럼 마음대로 재주를 부리는구나!”

갑자기 부도독 곽회가 왔다는 보고가 들어왔다. 사마의가 맞아들인 뒤 인사를 나누고 나자 곽회가 말했다.

“제가 듣자니 촉군은 많지 않고, 지금 노성에서 밀 타작을 하고 있답니다. 이런 때 들이치면 좋겠습니다.”

사마의가 지금까지 있었던 일을 자세히 말하자 곽회가 웃었다.

“그쪽이 한때 우리를 속이기는 했으나, 이제 다 알았으니 걱정 안 해도 됩니다! 제가 군사 한 무리를 이끌고 가 뒤쪽을 치고, 공께서도 한 무리를 이끌고 가셔서 앞쪽을 치시면 노성을 깨고 공명도 사로잡을 수 있습니다.”

사마의는 그 말을 좇아 군사를 두 갈래로 나누어 쳐들어갔다.

한편 제갈량은 군사들을 이끌고 노성에서 밀을 타작하여 말리고 있다가, 서둘러 여러 장수들을 불러 명령을 내렸다.

"오늘 밤에 적군이 틀림없이 성을 치러 올 듯하오. 내가 보니 노성 동서 양쪽 보리밭 속에 군사가 숨어 있을 만하오. 누가 나를 위해 위험을 무릅쓰고 나가보겠소?"

강유·위연·마충·마대 네 장수가 나섰다.

"저희들이 가겠습니다."

제갈량은 무척 좋아라 하며, 강유와 위연에게 군사 2천 명씩을 거느리고 가서 동남쪽과 서북쪽 두 곳에 숨어 있으라 했다. 또 마대와 마충도 2천 명씩을 거느리고 가 서남쪽과 동북쪽 두 곳에 숨어 있으라 했다. 그러면서 쾅 소리가 나거든 사방에서 한꺼번에 뛰쳐나와 무찌르라 하였다. 네 장수는 명령을 받자 저마다 군사를 이끌고 떠나갔다. 제갈량은 직접 군사 1백 명 남짓을 이끌고 성을 나가 밀밭 속에 숨어 적이 오기를 기다렸다. 군사들은 모두 불을 댕기면 터지는 불 대포를 가지고 갔다.

사마의가 군사를 이끌고 노성 아래에 이르렀을 땐 이미 날이 저물었다.

사마의가 장수들에게 말했다.

"만약에 환한 대낮에 군사를 몰고 왔다면 성 안에서도 틀림없이 준비를 하오. 오늘 밤 어둠을 틈타 쳐들어가면 좋겠소. 이 성은 그리 높지 않고 도랑도 얕아 깨부수기 쉽겠소."

사마의는 군사들을 성 밖에 머물러 있게 했다. 초저녁 무렴 곽회도 군사를 이끌고 왔다. 군사를 한데 모은 그들은 북소리를 한번 크게 울린 뒤 노성을 쇠로 만든 통처럼 조금도 빈틈없이 단단히 둘러싸버렸다. 때맞춰 성 위에서 수많은 쇠뇌를 쏘기 시작하자 화살이며 돌멩이가 마치 비 오듯 했다. 이에 위군은 쉽게 나아갈 수가 없었다. 게다가 난데없이 위군 가운데에서 쾅 소리가 연거푸 났다. 위군은 모두 크게 놀랐다. 도대체 어디서 오는 군사인지조차 알 수가 없어 허둥댔다.

곽회가 밀밭으로 군사들을 보내 살펴보게 하는데, 바로 그때 사방에서 불길이 하늘로 치솟아오르며 아우성치는 소리가 크게 울려퍼졌다. 이윽고 촉군이 네 갈래로 한꺼번에 들이닥쳤다. 아울러 노성의 네 성 문이 활짝 열리며 성 안에서도 군사들이 뛰쳐나와 안팎으로 한바탕 몰아치기 시작했다. 위군은 수도 없이 많이 죽어 나자빠졌다.

사마의는 싸움에 진 군사들을 이끌고 죽기로 그 자리를 뚫고 나와 산꼭대기로 올라갔다. 곽회도 싸움에 진 군사들을 이끌고 산 뒤쪽으로 달아나 머물렀다.

제갈량은 성 안으로 들어갔다. 곧바로 네 장수를 시켜 성 네 구석에 영채를 세우도록 했다.

곽회가 사마의에게 말했다.

"우리가 촉군과 싸운 지 오래이나 적을 물리칠 만한 방법이 없습니다. 이번에 또 한바탕 져서 죽거나 다친 군사가 삼천 명에 이릅니다. 서둘러 어떻게 하지 않으면 나중엔 더욱 물리치기 어렵습니다.”

사마의가 물었다.

“그럼 어떻게 해야겠소?”

곽회가 대답했다.

“옹주와 양주에 글을 띄워 그곳의 군사를 불러 서로 힘을 합쳐 적을 쓸어버리도록 하십시오. 저는 군사를 이끌고 가 검각을 덮쳐 적의 돌아갈 길을 끊어 먹을거리와 말먹이를 나르지 못하도록 하겠습니다. 그러면 적군은 모두 쩔쩔매며 어지러워집니다. 그때를 틈타 들이치면 적을 무찌를 수 있습니다.”

사마의는 그 말을 좇아 곧장 밤을 도와 글을 띄워 옹주와 양주의 군사를 부르기로 했다. 하루도 지나지 않아 대장 손례가 옹주와 양주 여러 고을의 군사를 이끌고 왔다. 사마의는 손례에게 곽회를 만나 검각을 함께 덮치러 가라고 했다.

이때 제갈량은 노성에 있으면서 위군이 싸우러 오기를 기다렸다. 그러나 위군은 여러 날이 지나도록 싸우러 오지 않았다. 이에 강유와 마대를 안으로 들라 하여 명령을 내렸다.

“지금 위군은 험한 산에 머물러 지키면서 우리랑 싸우려 하지 않소. 이는 첫째, 우리한테 밀이 다 떨어지기를 기다리느라 그럴 테고, 둘째, 군사를 검각으로 보내 우리의 식량길을 끊으려고 그렇소. 그대 두 사람은 군사 만 명씩을 거느리고 먼저 가서 험한 길목을 지키도록 하시오. 우리가 미리 준비하고 있는 걸 위군이 보면 스스로 물러가오.”

두 사람은 군사를 이끌고 떠나갔다.

장사 양의가 들어와 말했다.

“지난번에 승상께서 대군을 두 반으로 나누어 백 일마다 서로 바꾸도록 하셨는데, 지금 날짜가 다 되었습니다. 한중 군사들이 이미 서천 어귀를 나와 차례를 기다린다는 공문이 왔습니다. 여기 있는 팔만 명 가운데에서 사만 명을 보내야 할 성싶습니다.”

제갈량이 고개를 끄덕였다.

“이미 내린 명령이니 빨리 그렇게 하시오.”

군사들은 이런 사실을 알아차리자마자 저마다 짐을 챙기며 돌아갈 준비를 했다. 그때 갑작스런 보고가 들어왔다. 손례가 옹주와 양주의 군사 20만 명을 이끌고 싸움을 도우러 왔는데 검각을 덮친다고 하며, 사마의도 직접 군사를 이끌고 노성을 치러 온다고 했다. 이 뜬금없는 소식에 촉군들은 모두 놀랐다.

양의가 들어와 제갈량에게 말했다.

“위군이 쳐들어오는 게 몹시 다급합니다. 승상께서는 돌아갈 군사들을 더 눌러 있으라 하여 적을 물리치신 뒤, 오고 있는 군사가 도착하면 가도록 하십시오."

제갈량이 고개를 저었다.

"그건 안 되오. 나는 군사를 쓰고 장수에게 명령을 하는 데 있어 믿음을 바탕으로 해왔소. 이미 명령을 내려놓았는데 믿음을 저버려서야 되겠소? 떠날 군사들은 이미 돌아갈 준비를 다 마쳤고, 그들의 부모와 아내와 자식들은 사립문에 기대어 서서 멀리 내다보며 기다리고 있을 거요. 내가 지금 바로 큰 어려움을 겪는다 해도 군사들을 붙들어둘 수는 없소."

제갈량은 곧바로 명령을 내려 떠나야 할 군사들은 바로 그날 가도록 했다. 군사들은 이 말을 듣자 모두들 입을 모아 큰소리로 외쳤다.

"승상께서 이토록 은혜를 베푸시니 우리도 돌아갈 수 없습니다. 날짜를 미루고 저마다 목숨을 다 바치더라도 위군을 크게 무찔러 승상의 은혜를 갚고 싶습니다."

제갈량이 손을 내저었다.

"여러분들은 모두 집으로 돌아가도 되는 사람들이오. 그런데 어찌하여 다시 여기 머물겠다고 그러오?"

군사들은 모두 집으로 돌아가지 않고 싸우겠다고 했다.

제갈량이 말했다.

"여러분이 나와 함께 싸우겠다면, 성을 나가 영채를 세운 뒤 위군이 도착하거든 숨돌릴 틈도 주지 말고 재빨리 들이치도록 하시오. 이게 바로 '편히 쉬며 기다렸다 지친 적을 치는 법'이오."

군사들은 명령을 받자 저마다 무기를 들고 기꺼이 성 밖으로 나가 진을 펼치고 적을 기다렸다.

한편 서량의 군사들은 배나 빠르게 서둘러 오느라 사람이고 말이고 다 지쳤다. 막 영채를 세우고 쉬려는 참인데 촉군들이 똘똘 뭉쳐 몰려와 저마다 씩씩함을 떨쳤다. 장수들은 굳세고 군사들은 날랬다. 옹주와 양주 군사들은 해보지 못하고 뒤로 물러나기 시작했다. 촉군들은 더욱 힘을 떨쳐 뒤를 들이쳤다. 이 바람에 옹주와 양주 군사들의 주검이 온 들에 가득 널리고 피가 내를 이루어 흘렀다. 제갈량은 성에서 나가 싸움에 이긴 군사들을 거두어 성 안으로 들어간 뒤 상을 내리며 다독거렸다.

이때 또 갑작스런 보고가 들어왔다. 영안의 이엄이 급한 편지를 보내왔다고 했다. 제갈량은 무슨 일인가 싶어 깜짝 놀라며 편지를 뜯어보았다.

요새 들으니 동오에서 낙양으로 사람을 보내 위와 좋은 사이를 맺었다 합니다. 위는 오를 시켜 촉을 치도록 했는데, 다행스럽

게도 오는 아직 군사를 일으키지 않았습니다. 지금 제가 알아
낸 소식이 이러하니, 승상께서 서둘러 좋은 방법을 마련하시기
를 엎드려 바랍니다.

편지를 읽고 난 제갈량은 놀랍기도 하고 뭔가 께름칙하
기도 하여 곧바로 장수들을 불러모았다.

"만약에 동오에서 군사를 일으켜 촉으로 쳐들어온다면
우리는 서둘러 빨리 돌아가야 하오."

제갈량은 바로 명령을 내려 기산의 본부 영채 군사부터
서천으로 돌아가게 했다.

"사마의는 내가 여기에 머물고 있는 줄 알고 있으니 섣불
리 뒤쫓지는 못하오."

이에 왕평·장의·오반·오의는 군사를 두 갈래로 나누어
천천히 물러나 서천으로 들어갔다.

장합은 촉군이 물러가는 것을 보고도 뭔가 속임수가 있
을까봐 두려워 뒤를 쫓지 못하였다. 그래서 군사를 이끌고
사마의에게 가 말했다.

"지금 촉군이 물러가고 있는데 그 까닭을 모르겠습니다."

사마의가 말했다.

"공명은 워낙 속임수가 많아 가벼이 움직여서는 안 되오.
단단히 지키면서 저쪽에 먹을거리가 떨어지기를 기다리는

게 좋소. 그러면 저절로 물러가오."

대장 위평이 나서서 말했다.

"촉군은 기산의 영채를 거두어 물러가고 있습니다. 이러한 틈을 타 기운을 몰아 뒤쫓아야 합니다. 그런데 도독께서는 군사를 못 움직이게 붙들어놓은 채 촉을 마치 무서운 호랑이처럼 여기고 계십니다. 천하의 웃음거리가 되면 어쩌려고 그러십니까?"

사마의는 끝끝내 고집을 부리며 따라주지 않았다.

한편 제갈량은 기산의 군사가 다 돌아갔다는 보고를 받자 양의와 마충을 막사로 불러 비밀스런 방법을 일렀다. 먼저 궁노수 1만 명을 이끌고 검각의 목문길로 가서 양쪽에 숨어 있으라 했다. 만약에 위군이 쫓아오면 쾅 소리를 울릴 테니 그걸 신호 삼아 부리나케 통나무와 돌을 굴려 돌아갈 길을 끊으라 일렀다. 그런 뒤 양쪽에서 한꺼번에 화살을 퍼붓도록 했다.

두 사람이 군사를 거느리고 떠나자 제갈량은 또 위연과 관흥을 불렀다. 제갈량은 그 두 사람에게는 군사를 이끌고 뒤를 끊으라 일렀다. 이어 사방에 깃발을 꽂아놓게 하고, 성 안 여기저기에 마른 풀을 쌓아놓고 연기를 피워올리게 했다. 그런 뒤 대군을 거느리고 목문길을 바라고 떠났다.

위의 염탐꾼이 사마의에게 달려가 보고했다.

"촉의 대군은 이미 물러갔습니다. 그러나 성 안에 남아 있는 군사가 얼마나 되는지는 모르겠습니다."

사마의는 직접 가서 살펴보았다. 성 위에는 깃발이 꽂혀 있고, 성 안에서는 연기가 모락모락 일고 있었다.

사마의가 웃었다.

"저 성은 비어 있다."

사마의는 군사를 보내 살펴보게 하였다. 과연 성은 비어 있었다.

사마의가 좋아라 하며 곁을 둘러보았다.

"공명은 이미 물러갔소. 누가 뒤쫓아가보겠소?"

앞장선 장합이 나섰다.

"제가 가겠습니다."

사마의가 손을 내저었다.

"공은 성격이 급해서 안 되오."

장합이 볼멘소리를 했다.

"도독께서 관을 나오실 때는 저를 앞장세우셨습니다. 그런데 오늘 마침 공을 세울 때가 되니 저를 쓰지 않으려 하시는군요. 왜 그러시는지요?"

사마의가 대답했다.

"촉군은 물러가면서 험한 길목엔 반드시 군사를 숨겨두

었을 테니 뒤쫓더라도 아주 조심해야 하오.”

“저도 이미 다 알고 있으니 조금도 걱정하지 마십시오.”

“공이 스스로 가겠다고 했으니 나중에 후회는 마시오.”

“대장부가 몸을 바쳐 나라의 은혜를 갚는 일이니 만 번 죽는다 하더라도 한은 없습니다.”

“공이 그렇게까지 가겠다고 고집을 부리니, 그렇다면 군사 오천 명을 이끌고 먼저 가시오. 위평에게는 말 탄 군사와 일반 군사 해서 이만 명을 이끌고 뒤따라가 숨어 있는 군사를 막도록 하겠소. 나도 군사 삼천 명을 이끌고 가 돕겠소.”

장합은 명령을 받자 바로 군사를 이끌고 부리나케 촉군의 뒤를 쫓아갔다. 30리쯤 갔을 때 갑자기 뒤에서 외침 소리가 일며 숲속에서 사나운 범 같은 군사 한 무리가 뛰쳐나왔다. 앞선 대장이 칼을 비껴들고 말을 멈춰 세우더니 크게 소리쳤다.

“역적 장수는 군사를 몰고 어디로 가느냐!”

장합이 고개를 돌려보니 위연이었다. 장합은 화를 발끈 내며 말을 돌려세운 뒤 맞붙어 싸웠다. 10합도 싸우기 전에 위연은 거짓으로 진 척하며 달아났다. 장합은 그 뒤를 30리나 쫓아가다가 말을 세우고 돌아보았다. 숨어 있는 군사가 보이지 않자 다시 말을 몰아 쫓아갔다. 산언덕을 막 돌아갔을 때 갑자기 외침 소리가 크게 일며 사나운 범 같은 군사

한 무리가 뛰쳐나왔다. 앞선 대장은 바로 관흥이었다. 관흥이 칼을 비껴들고 말을 멈춰 세운 뒤 크게 소리쳤다.

"장합은 게 섰거라! 내가 여기 있다!"

장합이 말을 박차고 나가 달려들었다. 그러나 10합을 채 싸우기도 전에 관흥이 말을 돌려 달아나기 시작했다. 장합이 그 뒤를 마구 쫓다 보니 어느새 울창한 숲속에 이르렀다. 갑자기 께름칙한 생각이 들어 군사들을 시켜 사방을 둘러보게 했지만 숨어 있는 군사는 없었다. 이에 장합은 마음 놓고 다시 뒤쫓기 시작했다. 그런데 뜻밖에도 위연이 나타나 길을 막았다. 장합은 또 위연과 맞붙어 10합쯤 싸웠다. 위연은 또 져서 달아났다. 장합은 화가 치밀 대로 치밀어오른 채 그 뒤를 쫓아갔다. 가다 보니 이번엔 관흥이 어디서 나타나 길을 막았다. 장합은 계속 화가 난 채 씩씩거리며 말을 몰아 달려들었다. 그렇게 10합쯤을 싸우고 있는데 갑자기 촉군이 옷과 갑옷을 비롯해 여러 물건들을 길 가득히 버리고 달아났다. 위군은 모두 말에서 내려 그걸 먼저 주우려고 다투었다. 위연과 관흥 두 장수가 번갈아가며 장합과 싸우다 내달리다 했다. 장합은 씩씩함을 힘껏 떨치며 그들 뒤를 쫓았다.

어느새 날이 저물고 있었다. 목문길 어귀에 다다랐을 때 위연이 갑자기 말 머리를 돌리더니 큰소리로 장합을 꾸짖었다.

"장합 역적놈아! 나는 너와 싸우고 싶지 않은데 너는 자꾸만 내 뒤를 쫓아오는구나. 내 이제 너랑 죽기로 한판 붙어야겠다!"

장합은 더욱 성이 나 창을 꼬나들고 말을 내몰아 막바로 위연에게 달려들었다. 위연은 칼을 휘두르며 맞아 싸웠다. 그러나 10합을 싸우기 전에 위연이 크게 져 옷이며 갑옷이며 투구를 다 벗어던지고 말 한 마리에 몸을 실은 채 싸움에 진 군사들을 이끌고 목문길 안으로 달아났다. 장합은 머리 끝까지 화가 차 있는데다, 위연이 크게 지고 달아나자 마구 말을 몰아 쫓아갔다. 이제 날이 다 저물어 캄캄했다. 갑자기 쾅 소리 한 방이 나더니 산 위에서 불길이 하늘 높이 치솟아 올랐다. 이어 큰 돌덩이와 통나무가 어지러이 굴러내려와 길을 덮쳐버렸다.

장합은 소스라치게 놀랐다.

"아, 내가 속임수에 빠져버렸구나!"

급히 말 머리를 돌리려 하는데 뒤쪽도 이미 나무와 돌이 가득 차서 돌아갈 길이 없었다. 가운데는 빈터지만 양쪽으로는 모두 깎아지른 듯한 낭떠러지여서 나아갈 수도, 물러날 수도 없었다. 갑자기 나무막대기로 만든 딱딱이 소리가 나더니 양쪽에서 궁노수 1만 명이 화살을 쏘아댔다. 이에 장합을 비롯해 부하 장수 1백 명 남짓이 모두 목문길 안에

장합이 목문길에서 화살을 맞고 죽다.

서 화살을 맞아 죽고 말았다.

나중에 어떤 사람이 시를 남겼다.

숨어 있던 궁노수들이 쏜 화살
1만 개의 별처럼 쏟아져
목문길 위의 씩씩한 군사들 거꾸러뜨렸네
지금도 검각을 지나는 사람들은
그 옛날에 제갈량이 이름 떨치던 일 들먹이네

장합이 죽은 뒤 뒤따라 위군들이 이르렀다. 그들은 앞뒤 길이 꽉 막힌 걸 보고 장합이 이미 속임수에 빠졌다고 생각했다. 군사들은 말 머리를 돌려 급히 돌아가려 했다. 그때 난데없이 산꼭대기에서 큰소리가 났다.

"제갈승상이 여기 있다!"

위군들이 올려다보니 불빛 속에 제갈량이 서서 손을 들어 가리키며 말을 했다.

"내 오늘 사냥에서 말을 쏘아 잡으려 했는데 잘못하여 노루를 쏘아 잡고 말았구나. 너희들은 모두 마음 놓고 돌아가 중달에게 전해라. 머지않아 반드시 나한테 잡히고 말리라고!"

사마의의 성 가운데에 들어 있는 마(馬)는 바로 말이고, 장합의 성인 장(張)과 노루를 뜻하는 장(獐)의 소리가 같아 그렇게 빗대어 말했다.

위군들은 돌아가 사마의에게 일어난 일을 자세히 보고했다. 사마의는 슬픔을 가누지 못하며 하늘을 우러러 길게 한숨을 내쉬었다.

"장준예가 죽다니, 내 잘못이로다!"

사마의는 군사를 거두어 낙양으로 돌아갔다. 위 임금은 장합이 죽었다는 소식을 듣자 눈물을 뿌리며 한숨지은 뒤 장사를 잘 지내주도록 했다.

한편 한중으로 들어간 제갈량은 유선을 만나기 위해 성도로 가려 했다. 그때 도호 이엄은 유선에게 거짓말을 해놓고 있었다.

"저는 이미 군사들 먹을거리를 다 마련하여 승상의 군사가 있는 곳으로 보내려 하고 있었습니다. 그런데 승상께서는 어쩐 일로 갑자기 군사를 거두셨는지 모르겠습니다."

유선은 그 말을 듣자 곧장 상서 비의더러 한중의 제갈량에게 가서 군사를 거둔 까닭을 물어보도록 했다. 비의는 한중에 이르자 유선의 뜻을 전했다. 제갈량은 소스라치게 놀랐다.

"이엄이 편지를 보내 다급하게 알리기를, 동오가 군사를 일으켜 서천을 쳐들어가려 한다고 했소. 그래서 군사를 거두었소.”

비의가 말했다.

“이엄이 말하기를, 자기는 군사들 먹을거리를 다 마련해놓고 있는데 승상께서 왜 군사를 거두셨는지 모르겠다고 황제께 아뢴 까닭에 저를 보내 알아보라 하셨습니다.”

제갈량은 화가 치밀어올랐다. 바로 사람을 보내 알아보게 했더니 이엄은 군사들 식량을 마련해놓지 않았다. 그래서 승상이 죄를 물을 것이 두려워 그런 거짓 편지를 보내 군사를 거두게 하고, 나아가 황제한테도 거짓말을 해서 자신의 잘못을 덮으려 했다.

제갈량은 어이없어 화가 날 대로 났다.

“허! 그런 하잘것없는 놈이 저 혼자 살겠다고 나랏일을 그르쳤구나!”

제갈량은 사람을 보내 이엄을 잡아다가 목을 베러 하였다.

그러나 비의가 말렸다.

“승상께서는 돌아가신 황제께서 어린 임금을 부탁하신 뜻을 헤아리시어 일단 너그러이 용서해주시기 바랍니다.”

제갈량은 그 말을 좇았다. 비의는 바로 글을 써서 이러한 사실을 황제에게 자세히 알렸다. 유선은 글을 보자 화가 치밀어올라 무사들을 시켜 이엄을 끌어다 목을 베라 하였다.

그때 참군 장완이 나서서 말렸다.

"이엄은 돌아가신 황제께서 어린 임금을 부탁하신 신하입니다. 부디 은혜를 베푸시어 너그러이 용서해주십시오."

유선은 그 말을 받아들였다. 그 대신 곧장 이엄의 벼슬을 빼앗아 보통 사람으로 만든 뒤 재동군으로 쫓아버렸다.

제갈량은 성도로 돌아와 이엄의 아들 이풍을 장사로 삼았다. 또 말먹이와 식량을 마련하여 쌓아두면서 진을 펼치는 방법과 무예를 가르쳤다. 아울러 무기도 손질하고 장수와 군사들도 보살피며 3년 뒤에 싸우러 나가기로 했다. 이에 동천과 서천의 백성과 군사들은 모두 제갈량의 은혜와 덕스러움을 우러렀다.

어느덧 3년이 훌쩍 지나 때는 건흥 12년 봄 2월이었다.

제갈량이 조정으로 들어가 말했다.

"제가 군사들을 보살핀 지 삼 년이 지났습니다. 군사들 먹을거리와 말먹이도 넉넉하고 무기도 다 갖추었습니다. 군사와 말 모두 튼튼하고 씩씩해져서 이만하면 위를 칠 만합니다. 이번에 간사스런 무리들을 쓸어내어 중원을 되찾지 못하면 다짐컨대 다시는 폐하를 뵙지 않겠습니다!"

유선이 말했다.

"지금 세상은 솥발처럼 되어 오와 위도 쳐들어오지 않습니다. 그런데 승상께서는 어찌하여 편안히 계시지 않으려 하십니까?"

제갈량이 말했다.

"돌아가신 황제께서는 저를 알아주시고 두터이 대해주셨습니다. 그래서 그 은혜를 갚기 위해 저는 꿈에라도 위를 칠 생각을 버린 적이 없습니다. 힘이 다할 때까지 충성을 다해 폐하를 위해 중원을 되찾고 한나라 황실을 다시 붙들어세우는 게 저의 바람입니다."

제갈량이 말을 채 마무리하기도 전에 한 사람이 불쑥 나서며 말했다.

"승상께서는 군사를 일으켜서는 안 됩니다."

모두들 그를 바라보았다. 초주였다.

무후는 모든 것 다 바쳐 오로지 나라 걱정뿐인데
태사는 일의 기운을 알기에 또 하늘을 들먹이네

과연 초주는 무슨 말을 할는지…….

나무로 만든 소와 말

사마의는 북원 위수의 배다리를 차지하고
제갈량은 나무로 소와 말을 만들다

이때 초주는 태사 벼슬을 살고 있었는데 하늘의 움직임에 밝았다. 제갈량이 다시 군사를 일으켜 싸우러 나가려 하자 황제 앞에 나섰다.

"저는 지금 하늘을 살피는 사천대를 맡고 있기 때문에 좋고 나쁨이 있으면 말씀드리지 않을 수 없습니다. 요새 새 수만 마리가 떼를 지어 남쪽에서 날아오다 한수에 빠져 죽었습니다. 이는 그다지 좋은 일이 아닙니다. 제가 하늘을 살펴보니 서쪽의 첫째 별자리인 규성이 금성의 자리로 들어가 있었습니다. 이는 팔팔한 기운이 북쪽에 있는 걸 뜻하므로 위를 치는 일은 좋지 않습니다. 또 성도 백성들 모두 밤마다 측백나무가 우는 소리를 들었다 합니다. 이처럼 좋지 못한 일들이 여러 차례 일어났으므로 승상께서는 조심스레 지키기만 해야 합니다. 가벼이 움직여서는 안 됩니다.”

그러나 제갈량은 자신의 뜻을 굽히지 않았다.

“나는 돌아가신 황제로부터 어린 임금을 돌보아야 할 중요한 일을 부탁받았소. 그러니 마땅히 힘을 다해 역적을 쳐야 하오. 어찌 그런 이상야릇한 일이 있다 하여 나라의 큰일을 그만둘 수 있겠소!”

제갈량은 유사를 시켜 소·양·돼지 등을 통째로 잡아 유비 사당에 제사 지낼 준비를 하도록 하였다.

제갈량이 엎드려 울며 말했다.

“저 제갈량은 다섯 차례나 기산으로 나갔으면서도 아직 땅 한 뼘 얻지 못했으니 그 죄가 가볍지 않습니다! 이제 저는 전군을 이끌고 다시 기산으로 나아가고자 합니다. 다짐컨대 힘과 마음을 다해 한나라의 역적을 무찌르고, 중원을 되찾는 데 몸과 마음을 다 바쳐 죽고 나야 그만두겠습니다!”

제사를 마치자 제갈량은 유선에게 떠나는 인사를 한 뒤 밤을 도와 한중으로 갔다. 제갈량이 장수들을 모아놓고 싸움 나갈 일을 의논하는데 갑자기 관흥이 병이 나 죽었다는 보고가 들어왔다. 제갈량은 목을 놓아 울다 정신을 잃고 바닥에 쓰러지더니 한참 뒤에야 깨어났다. 여러 장수들이 거듭 달래자 제갈량이 길게 한숨을 내쉬었다.

"애달픈 일이로다! 충성스럽고 의로운 사람에게 하늘은 어찌하여 긴 목숨을 주지 않으시는가! 내 마침 싸우러 나가려는 참에 또 대장 하나를 잃고 말았구나!"

나중에 어떤 사람이 한숨 어린 시를 읊었다.

나면 죽는 게 사람의 일이어라

하루살이랑 다를 게 뭐 있겠나

오로지 남는 건 충성과 효도의 꿋꿋함일 뿐

굳이 큰 소나무처럼 오래 살 까닭 있겠는가

제갈량은 촉군 34만 명을 다섯 갈래로 나누어 나아갔다. 강유와 위연에게 앞장서라 한 뒤 모두 기산으로 나가 모이도록 했다. 이회에게는 먼저 식량과 말먹이를 야곡길 어귀에 옮겨놓고 기다리도록 했다.

한편 위나라에서는 지난해에 푸른 용이 마파의 우물에서 나와 하늘로 올라갔다 하여 그때를 새로운 으뜸 해인 청룡 첫해로 삼았다. 그래서 이때는 청룡 2년 봄 2월이 되었다. 위 임금을 가까이 모시는 이가 보고했다.

"멀리서 급한 보고가 올라왔습니다. 촉군 삼십만 명 남짓이 다섯 길로 나누어 다시 기산으로 나왔다고 합니다."

위 임금 조예는 소스라치게 놀라 급히 사마의를 불러 의논했다.

"촉이 지난 삼 년 동안 쳐들어오지 않고 조용하더니 지금 또 제갈량이 기산으로 나왔다 하오. 이를 어찌해야 하오?"

사마의가 대답했다.

"제가 밤에 하늘을 살펴보니 중원의 기운이 펄펄 살아나고, 규성이 금성 자리에 들어가 있어 서천엔 좋지 않습니다. 그런데도 지금 공명이 자기 재주만 믿고 하늘의 뜻을 거스르는 짓을 하니 이는 스스로 망하려고 그럽니다. 제가 폐하의 큰 복을 바탕으로 하여 나아가 깨뜨리겠습니다. 다만 네 사람을 책임지고 추천할 테니 같이 가게 해주십시오."

조예가 물었다.

"누구를 추천하려 하시오?"

사마의가 대답했다.

"하후연의 아들 넷입니다. 맏아들 패는 자가 중권이고, 둘째 아들 위는 자가 계권이며, 셋째 아들 혜는 자가 치권이며, 넷째 아들 화는 자가 의권입니다. 하후패와 하후위 두 사람은 활쏘기와 말 타는 솜씨가 뛰어나며, 하후혜와 하후화 두 사람은 싸움 하는 법을 잘 알고 있습니다. 이 네 사람

　　　　　　　　　　박상률 완역 삼국지 9

은 모두 자기 아버지의 원수를 갚으려 하고 있습니다. 저는 이들 네 사람을 책임지고 추천하여 하후패와 하후위를 왼쪽·오른쪽에서 앞장서게 하고, 하후혜와 하후화는 행군사마로 삼아 함께 비밀스런 군사 문제까지 의논하며 촉군을 물리치고자 합니다."

조예가 말했다.

"지난날에 부마 하후무는 군사를 제대로 쓸 줄 몰라 사람이며 말을 셀 수 없이 많이 잃고 창피해서 여태껏 돌아오지도 못하고 있소. 지금 네 사람도 썼다가 하후무 같은 꼴이 나지나 않을까 싶소."

사마의가 자신 있게 대답했다.

"하후무는 이 네 사람과 견줄 만한 사람이 못 됩니다."

조예는 마침내 사마의의 뜻을 받아들였다. 곧바로 사마의를 대도독으로 삼아 모든 장수와 군사들의 재주를 헤아려 알맞은 자리에 쓸 수 있게 했다. 아울러 곳곳의 군사며 말을 뽑아다 쓸 수 있게 했다. 사마의는 명령을 받자 떠나는 인사를 하고 성을 나왔다. 조예는 떠나는 사마의에게 조서를 직접 써서 주었다.

그대는 위수 가에 이르거든 성벽을 단단히 쌓아 굳게 지키면서 적과 싸우려 들지 마시오. 촉군은 자기네들 뜻대로 되지 않으

면 반드시 거짓으로 물러나는 척하며 꾀어내려 할 거요. 그대
는 조심하며 뒤쫓지 마시오. 적들은 먹을거리가 떨어지면 틀림
없이 스스로 달아나오. 그때 빈틈을 노려 무찌르면 적을 이기
기 어렵지 않으리오. 그리하면 군사며 말 역시 지치는 괴로움
이 없을 터이니 이보다 더 좋은 방법이 어디 있겠소.

사마의는 머리를 조아리며 조서를 받은 뒤 바로 그날로
길을 떠나 장안에 이르렀다. 여기저기서 모은 군사 40만 명
을 모두 위수 가로 이끌고 가 영채를 세웠다. 또 군사 5만
명을 뽑아 위수 위에 배다리 9개를 만들게 한 뒤 앞장섰던
하후패와 하후위더러 위수를 건너가 영채를 세우도록 했
다. 이어 본부 영채 뒤 동쪽 언덕에 성 하나를 쌓아 뜻밖에
일어날 수도 있는 일을 미리 준비하도록 했다.

사마의가 여러 장수들과 의논하고 있는데 곽회와 손례가
왔다는 보고가 들어왔다. 사마의가 그들을 맞아들여 인사
를 마치고 나자 곽회가 말했다.

"지금 촉군은 기산에 있습니다. 만약에 북원으로 올라와
북산의 군사와 서로 맞잡고 농서로 가는 길을 끊으면 아주
큰일입니다."

사마의가 고개를 끄덕였다.

"맞는 말이오. 공은 농서의 군사를 모두 거느리고 북원에

영채를 세우시오. 도랑을 깊이 파고 보호벽을 높이 쌓은 다음 군사를 눌러둔 채 함부로 움직이지 않도록 하시오. 저쪽이 먹을거리가 떨어지기를 기다렸다가 치면 쉽게 무찌를 수 있소.”

곽회와 손례는 명령을 받자 군사를 이끌고 영채를 세우러 떠났다.

한편 제갈량은 다시 기산으로 나와 왼쪽·오른쪽·가운데·앞·뒤 해서 영채 다섯을 세웠다. 이어 야곡에서 검각에 이르기까지 한 줄로 잇듯 영채 14개를 더 세워 군사를 나누어 머물게 한 뒤 오래 버틸 준비를 마쳤다. 그런 뒤 날마다 사람을 보내 적의 움직임을 살펴보도록 했다.

갑자기 곽회와 손례가 농서 군사를 이끌고 북원에 영채를 세웠다는 보고가 들어왔다. 제갈량이 장수들을 모아놓고 말했다.

“위군이 북원에 영채를 세웠는데, 그건 우리가 그 길을 빼앗아 농서로 가는 길을 끊을까봐 걱정되었기 때문이오. 내 이제 북원을 치는 척하다가 몰래 위수 가를 빼앗아버리겠소. 먼저 군사들에게 뗏목을 백 척 넘게 만들도록 한 뒤, 그 위에 풀더미를 싣고 물에 익숙한 군사 오천 명을 뽑아 같이 태워놓으시오. 밤이 깊어졌을 때 북원을 치면 사마의가 틀

림없이 군사를 이끌고 구하러 오지요. 저쪽이 조금이라도 져서 밀리면 뒷부대가 먼저 강을 건너시오. 그런 뒤 앞부대가 뗏목을 타되, 언덕으로는 올라가지 말고 물을 따라 내려가서 배다리를 불태워 뒤를 끊어버리시오. 나는 직접 군사 한 무리를 이끌고 가 앞쪽 영채 문을 빼앗겠소. 만약에 위수 남쪽만 얻는다면 앞으로 나아가는 데에 어려움이 없소.”

장수들은 모두 명령에 따라 움직였다.

그런데 이러한 사실은 일찌감치 염탐꾼을 통해 사마의에게 재빨리 알려졌다. 사마의는 곧바로 장수들을 모아놓고 의논했다.

“공명이 그렇게 움직이는 데는 틀림없이 뭔가 속임수를 감추기 위해서요. 겉으론 북원을 빼앗는 척하면서 물을 따라 내려와 배다리에 불을 질러 우리 뒤를 흩뜨려놓은 뒤 우리 앞을 칠 모양이오.”

사마의는 곧바로 하후패와 하후위에게 명령을 내렸다.

“만약에 북원에서 외침 소리가 들려오거든 바로 군사를 이끌고 위수 남쪽 산속으로 가서 촉군이 오기를 기다렸다가 무찌르도록 하라.”

이어 장호와 악침에게 명령을 내렸다.

“그대 두 사람은 궁노수 이천 명을 거느리고 위수의 배다리 북쪽 언덕으로 가 숨어 있으시오. 그러다가 촉군이 뗏목

을 타고 내려오거든 한꺼번에 화살을 쏘아 다리 가까이 오지 못하도록 하시오.”

또 곽회와 손례에게도 명령을 전했다.

“공명이 북원으로 와 몰래 강을 건너려 할 거요. 그대 두 사람은 영채를 새로 세운 까닭에 군사가 많지 않을 터이므로 모두 길 중간에 숨어 있도록 하시오. 촉군은 오후에 강을 건너 해 질 무렵에 쳐들어올 게 틀림없소. 그때 두 사람이 거짓으로 진 척하며 달아나면 촉군은 반드시 뒤쫓아올 거요. 그러면 활과 쇠뇌를 마구 쏘도록 하시오. 나는 물과 뭍 양쪽으로 나아가겠소. 촉군이 많이 몰려오거든 그때는 내가 다시 명령을 내릴 테니 그에 따라 치면 되오.”

명령을 다 내리고 난 뒤 사마의는 두 아들 사마사와 사마소에게 군사를 이끌고 가서 앞쪽 영채를 돕도록 하였다. 사마의 자신은 군사 한 무리를 이끌고 북원을 구하러 갔다.

한편 제갈량은 위연과 마대에게 군사를 이끌고 위수를 건너 북원을 치라고 하였다. 이어 오반과 오의는 뗏목 탄 군사를 이끌고 가 배다리를 불태우라 하였다. 왕평과 장의는 앞 부대를, 강유와 마충은 가운데 부대를, 요화와 장익은 뒷부대를 맡도록 했다. 그런 뒤 군사를 세 길로 나누어 위수의 뭍에 있는 영채를 치게 했다. 그날 한낮에 군사들은 모두 본부 영채를 떠나 위수를 건넌 뒤 진을 펼치며 천천히 나아갔다.

위연과 마대가 북원 가까이 이르렀을 땐 이미 해가 기운 뒤였다. 이들이 이르자마자 손례는 바로 영채를 버리고 달아나기 시작했다. 위연은 적이 이미 준비를 하고 있다고 여겨 급히 군사를 물리려 했다. 그런데 바로 그때 사방에서 외침 소리가 크게 일며 왼쪽에서는 사마의가, 오른쪽에서는 곽회가 군사를 이끌고 덮쳐들었다. 위연과 마대는 있는 힘을 다해 빠져나왔으나 촉군은 절반 넘게 물에 빠져 죽고, 나머지 군사는 달아날 길을 찾지 못해 허둥댔다. 그때 다행히도 오의가 군사를 이끌고 달려와 싸움에 진 군사들을 구한 뒤 강을 건너가 적을 막았다.

오반은 군사를 반으로 나누어 뗏목을 타고 배다리에 불을 지르러 갔다. 그런데 장호와 악침이 언덕 위에서 화살을 어지러이 쏘아댔다. 오반은 화살에 맞아 강물에 빠져 죽었다. 나머지 군사들은 물속으로 뛰어들어 목숨을 구하려 애썼다. 뗏목은 모두 위군에게 빼앗기고 말았다. 이때 왕평과 장의는 북원에서 진 줄을 모르고 곧장 위군 영채로 달려갔다. 벌써 밤이 이슥해졌는데, 갑작스레 사방에서 외침 소리가 일었다.

왕평이 장의에게 말했다.

"북원을 치러 간 군사가 이겼는지 졌는지 알 수가 없구려. 위수 남쪽 영채는 바로 눈앞에 있는데 어찌하여 위군은 하나도 보이지 않지요? 혹시 사마의가 미리 알고 준비했는지 모르겠소. 아무튼 우리는 배다리에 불이 일어나는 걸 보고서 군사를 나아가게 하는 게 좋겠소."

두 사람이 군사를 멈추게 한 뒤 잠깐 서 있는데 갑자기 뒤쪽에서 말 탄 군사 하나가 달려왔다.

"승상께서 군사를 급히 돌리라 하셨습니다. 북원으로 간 군사와 배다리에 불 지르러 간 군사까지 모두 잃고 말았습니다."

왕평과 장의는 깜짝 놀랐다. 부리나케 군사를 물리려 하는데 위군이 벌써 뒤쪽에 나타났다. 쾅 소리 한 방이 울리는가 싶더니 한꺼번에 덮치기 시작하고 불빛이 하늘을 찌를 듯했다. 왕평과 장의는 군사를 이끌고 맞섰다. 양쪽 군사는 한바탕 어지러운 싸움 속에 휘말리고 말았다. 왕평과 장의는 죽을힘을 다해 뚫고 나왔으나 촉군은 절반 넘게 죽거나 다치고 말았다.

제갈량은 기산의 본부 영채로 돌아와 싸움에 진 군사들을 거두었다. 죽은 이가 1만 명도 넘었다. 가슴속이 답답한 채 괴롭기 짝이 없었다.

느닷없이 비의가 성도에서 승상을 만나러 왔다는 보고가 들어왔다. 제갈량이 그를 맞아들였다. 서로 인사를 나누고 난 뒤 제갈량이 비의에게 물었다.

"편지 한 통을 써줄 테니, 번거롭더라도 공께서 동오에 한 번 다녀오실 수 있겠소?"

비의가 말했다.

"승상의 말씀이신데 어찌 제가 마다할 수 있겠습니까?"

제갈량은 바로 편지 한 통을 써서 비의에게 주며 떠나도록 했다. 비의는 편지를 가지고 건업으로 가 오 임금 손권을 만나 제갈량의 편지를 바쳤다. 손권이 편지를 뜯어보았다.

한나라 황실이 불행하여 나라의 질서가 무너지자 역적 조가들이 왕의 자리를 빼앗아 오늘에 이르렀습니다. 저는 소열황제로부터 어린 임금을 돌봐달라는 중요한 부탁을 받았으니 어찌 힘을 다하고 충성을 다하지 않을 수 있겠습니까? 지금 대군이 이미 기산에 모여 있으니 머지않아 미친 도적들은 위수에서 다 끝장납니다. 엎드려 바라나니, 폐하께서는 서로 뭉치기로 한 의리를 생각하셔서 장수를 시켜 북쪽을 치도록 하십시오. 그리하여 함께 중원을 빼앗아 천하를 똑같이 나누었으면 합니다. 글로 말을 다 할 수 없으니 잘 새겨서 들어주시기 바랄 뿐입니다.

손권은 편지를 읽고 나더니 무척 좋아라 하며 비의에게 말했다.

"나도 오래전부터 군사를 일으키고 싶었으나 공명과 만

날 기회를 아직 잡지 못하고 있었소. 이제 편지를 받았으니 날이 잡히는 대로 군사를 일으켜 내 직접 거소문으로 가서 위의 신성을 빼앗겠소. 육손과 제갈근은 군사를 이끌고 강하와 면구에 머물면서 양양을 빼앗도록 하고, 손소와 장승은 군사를 이끌고 광릉으로 나가 회양 등을 빼앗도록 하겠소. 곧 날을 잡아 모두 군사 삼십만 명을 일으켜 세 곳으로 한꺼번에 나아가게 하겠소."

비의는 절을 하며 고마워했다.

"정말로 그렇게만 해주신다면 중원은 머지않아 저절로 무너지고 맙니다!"

손권은 잔치를 열어 비의를 대접했다.

술을 마시다가 손권이 물었다.

"승상은 적을 무찌를 때 누구를 앞장세우시오?"

비의가 대답했다.

"위연을 앞장세우십니다."

손권이 웃었다.

"그 사람이 씩씩함은 넘치지만 마음이 바르지 않소. 만약에 공명이 없으면 틀림없이 하루아침에 화를 불러일으킬 사람이오. 공명은 어찌하여 아직까지 모르고 있지요?"

"폐하의 말씀이 정말 옳으십니다! 제가 돌아가면 이 말씀을 곧장 공명에게 알리겠습니다."

비의는 손권에게 고마움의 절을 한 뒤 떠나 기산으로 돌아가 바로 제갈량을 만났다. 비의는 오 임금이 군사 30만을 일으켜 직접 나서며, 군사를 세 길로 나누어 나가려 하더라는 사실 등을 보고했다.

제갈량이 물었다.

"오 임금이 다른 말은 하지 않았소?"

비의는 손권이 위연을 들먹이던 말을 했다.

제갈량이 무릎을 탁 치며 한숨을 내쉬었다.

"참으로 똑똑한 임금이오! 나도 그 사람이 어떤지를 몰라서가 아니라, 그 씩씩함이 아까워 쓰고 있을 뿐이오."

비의가 제갈량의 눈치를 살폈다.

"승상께서 빨리 대책을 마련하시지요."

제갈량이 고개를 끄덕였다.

"나도 생각해둔 게 있소."

비의는 제갈량과 헤어져 성도로 돌아갔다.

제갈량은 여러 장수들과 함께 군사를 몰고 나갈 일을 의논했다. 그때 갑자기 위나라 장수 하나가 항복해왔다는 보고가 들어왔다. 제갈량이 그를 불러들여 묻자 그 사람이 대답했다.

"저는 위나라 편장군 정문입니다. 요즘에 진랑과 함께 군사를 거느리고 사마의의 아래에 있었습니다. 그런데 사마의가 개인적인 정을 앞세워 진랑의 벼슬은 높여 전장군으로 삼으면서 저는 하찮은 지푸라기 정도로밖에 여기지 않았습니다. 이에 못마땅한 마음이 쌓여 승상께 와서 항복합니다. 부디 거두어주시기 바랍니다.”

말이 채 끝나기도 전에 진랑이 군사를 이끌고 영채 밖에 와서 오로지 정문과 싸우겠다며 설치고 있다는 보고가 들어왔다.

제갈량이 정문에게 물었다.

“저 사람과 너 가운데 누구의 무예가 더 뛰어나느냐?”

정문이 말했다.

“제가 바로 베어버릴 수 있습니다.”

제갈량이 말했다.

“네가 만약 진랑을 죽인다면, 내 너를 의심하지 않겠다.”

정문은 기꺼이 말을 타고 영채를 나가 진랑과 어울려 싸웠다. 제갈량도 직접 영채를 나가 싸움을 지켜보았다.

진랑이 창을 뻗쳐들고 큰소리로 꾸짖었다.

“배반한 역적놈아! 내 말까지 훔쳐 타고 여기 와 있느냐? 빨리 돌려보내라!”

그는 말을 마치자마자 바로 정문에게 달려들었다. 정문은 말을 박차고 나가며 칼춤을 추듯이 칼을 휘둘렀다. 정문은 단 1합 만에 진랑을 말 아래로 고꾸라뜨려버렸다. 그러자 위군들은 저마다 흩어져 달아났다. 정문은 진랑의 머리를 들고 영채로 들어왔다. 제갈량은 먼저 돌아와 막사 안에 앉아 있다가 정문이 들어오자 발끈 성을 내며 무사들에게 소리쳤다.

"저놈을 끌어내다 목을 베도록 하라!"

정문이 놀라며 어이없어했다.

"저는 아무런 죄가 없습니다!"

제갈량이 쏘아붙였다.

"나는 전부터 진랑을 알고 있다. 네가 지금 죽인 이는 진랑이 아니다. 어찌 겁도 없이 나를 속이려 드느냐!"

정문이 머리를 조아리며 털어놓았다.

"사실대로 말씀드리자면, 그 사람은 진랑의 아우 진명입니다."

제갈량이 웃었다.

"사마의가 너를 시켜 거짓으로 항복하게 하여 일을 꾸미려 했지만 어찌 나를 속일 수 있겠느냐! 사실대로 털어놓지 않으면 너를 죽이고 말겠다!"

정문은 어쩔 수 없이 거짓으로 항복해왔다는 것을 털어놓으며 울면서 목숨을 빌었다.

제갈량이 말했다.

"네가 목숨을 건지고 싶으면 편지 한 통을 써서 사마의더

러 직접 우리 영채를 덮치러 오도록 해라. 그러면 내 너의
목숨을 살려주겠다. 만약에 사마의를 사로잡게 되면 그건
바로 네 공이니 너를 중요하게 쓰겠다.”

정문은 하는 수 없이 편지 한 통을 써서 제갈량에게 바쳤
다. 제갈량은 정문을 데려가 가두어두게 했다.

번건이 제갈량에게 물었다.

“승상께서는 어떻게 저 사람이 거짓으로 항복해온 줄 아
셨습니까?”

제갈량이 대답했다.

“사마의는 사람을 가벼이 쓰지 않소. 만약에 진랑을 전장
군으로 삼았다면 반드시 무예가 더 뛰어났기 때문일 테요.
그런데 정문과 싸운 지 겨우 일합 만에 죽고 마는 걸 보니
진랑이 틀림없이 아니라고 여겼소. 그래서 속이고 있는 줄
알았소.”

모두들 놀라며 절을 했다.

제갈량은 말 잘하는 군사 하나를 뽑아 귓속말로 이러저
러하라고 일렀다. 군사는 명령을 받자 편지를 가지고 위의
영채로 가 사마의를 만나게 해달라고 했다.

사마의가 그를 불러들여 편지를 읽고 나더니 물었다.

“너는 누구냐?”

군사가 대답했다.

"저는 원래 중원 사람인데 어찌하다 보니 촉으로 흘러들어가 살고 있습니다. 정문은 저와 같은 고향 사람입니다. 지금 공명은 정문이 공을 세웠다고 앞장서게 했습니다. 그래서 정문이 저에게 편지를 갖다주라고 부탁했습니다. 내일 밤에 횃불을 올려 신호로 삼을 테니 도독께서 직접 대군을 이끌고 오셔서 영채를 덮치라 했습니다. 정문은 안에서 돕겠답니다."

사마의는 거듭 따져 묻기를 되풀이했다. 또 편지를 자세히 살펴보았다. 그러나 모두 사실로 여겨졌다. 곧장 군사에게 술과 음식을 주며 일렀다.

"오늘 밤이 이슥해질 무렵에 내 직접 영채를 덮치러 가겠다. 큰일이 이루어지면 반드시 너를 중요하게 쓰겠다."

군사는 사마의에게 절을 한 뒤 떠나 본부 영채로 돌아와 제갈량에게 보고했다. 제갈량은 칼을 들고 북두칠성 자리를 따라 한 걸음 한 걸음 걸으면서 빌었다. 다 빌고 나자 왕평과 장의를 불러 이러저러하라고 일렀다. 또 마충과 마대에게도 이러저러하라고 일렀다. 이어 위연에게도 할일을 일렀다. 제갈량 자신은 수십 명을 이끌고 높다란 산 위에 앉아 모든 군사를 살피며 움직이기로 했다.

한편 사마의는 정문의 편지를 읽고 난 뒤 두 아들과 함께 대군을 이끌고 촉의 영채를 덮치러 가고자 했다.

맏아들 사마사가 말렸다.

"아버님은 어찌하여 그깟 편지 한 장을 믿으시고 직접 위험한 곳으로 들어가려 하십니까? 자칫 일이 잘못되기라도 하면 어쩌려고 그러십니까? 다른 장수 하나를 먼저 보낸 뒤 아버님께서는 뒤에서 도와주시면 더 좋을 듯합니다."

사마의는 그 말을 좇아 진랑더러 군사 1만 명을 이끌고 가 촉의 영채를 덮치도록 하고, 자신은 뒤에서 군사를 이끌고 돕기로 했다.

그날 밤 초저녁에는 바람도 자고 달도 밝았는데, 밤이 이슥해지자 갑자기 사방에서 먹구름이 몰려오는가 싶더니 검은 기운이 하늘에 가득 차서 앞사람 얼굴도 알아보기 힘들었다.

사마의는 무척 좋아라 했다.

"하늘이 나를 시켜 공을 이루도록 하시는구나!"

군사들 모두 떠들지 못하도록 입에 나뭇가지를 물게 하고, 말에게도 재갈을 물린 채 대군을 몰고 나갔다. 진랑이 앞장서서 군사 1만 명을 이끌고 촉의 영채를 곧바로 들이쳤으나 사람이라곤 하나도 없었다. 진랑은 속임수에 빠진 줄 알고 부리나케 군사를 물렸다. 그때 사방에서 횃불이 한꺼번에 일며 외침 소리 또한 크게 울렸다. 두 갈래로 군사가 들이치는데, 왼쪽은 왕평과 장의가 이끄는 군사들이고, 오른쪽은 마대와 마충이 이끄는 군사들이었다. 진랑은 죽기로 싸웠으나 뚫고 나갈 수가 없었다.

사마의는 뒤쪽에 서서 촉의 영채에서 불길이 하늘을 찌를 듯이 오르는 걸 보고 있었다. 이어 외침 소리도 끊이지 않자 위군이 이기는지 지는지 알 수가 없었다. 그래서 돕기 위해 군사들을 다그쳐 무턱대고 불길이 치솟는 쪽으로 무찔러 나갔다. 그때 난데없이 아우성치는 소리에 북소리, 나팔 소리가 하늘 가득 울려퍼지며 불 대포 터지는 쾅 소리가 땅을 흔들었다. 왼쪽에서는 위연이, 오른쪽에서는 강유가 뛰쳐나왔다. 위군은 크게 져 열에 여덟아홉이 다친 채 사방으로 흩어져 달아나기에 바빴다. 이때 진랑이 이끄는 1만 명은 모두 촉군에게 둘러싸여 메뚜기 떼처럼 날아드는 화살을 맞아야 했다. 진랑은 어지러운 싸움 속에서 목숨을 잃고 말았다. 사마의는 싸움에 진 군사들을 이끌고 본부 영채로 달아났다.

한밤중이 지나자 다시 하늘이 맑아졌다. 제갈량은 산꼭대기에서 징을 쳐 군사를 거두었다. 밤이 이슥해질 무렵에 사방에서 먹구름이 몰려오고 검은 기운이 하늘에 가득 찼던 건 바로 제갈량이 남의 눈을 속이는 둔갑법을 썼기 때문이었다. 나중에 군사를 거둘 무렵에 다시 하늘이 맑게 개었는데, 그건 제갈량이 육정육갑을 부려 구름을 쓸어버렸기 때문이었다.

제갈량은 싸움에 이기고 영채로 돌아오자 정문을 베어버리도록 하였다. 이어 위수 남쪽을 칠 일을 다시 의논한 뒤 날마다 군사들을 보내 싸움을 걸었으나 위군은 꿈쩍도 하지 않았다. 이에 제갈량은 직접 조그마한 수레를 타고 기산 앞으로 가 위수 동쪽과 서쪽의 땅 생김을 살폈다. 한 골짜기 어귀에 이르러 자세히 보니 생김새가 마치 호리병처럼 길고 둥글며 가운데가 잘록했다. 그 안에는 군사 1천 명 남짓이 들어갈 만했다. 또 두 산 사이에 골짜기가 하나 나 있었는데 거기에는 4, 5백 명이 들어갈 만했다. 뒤쪽으로는 양쪽 산이 서로 둘러싸듯이 하고 있어 겨우 혼자서나 말을 타고 지나갈 수 있을 정도였다.

제갈량은 두루 살피고 나자 속으로 무척 기뻐하며 길라잡이에게 물었다.

"여기 땅 이름이 어떻게 되느냐?"

"상방곡입니다. 또 호리병처럼 생겼다 해서 호로곡이라고도 합니다."

제갈량은 막사로 돌아오자 비장 두예와 호충을 불러 귓속말로 비밀 계획을 일렀다. 이어 군사들과 함께 데려온 목수 한 명 남짓을 호로곡으로 들여보내 목우와 유마, 즉 나무

소와 나무 말을 만들도록 했다. 또 마대더러 군사 5백 명을 이끌고 가 골짜기 어귀를 지키게 한 뒤 단단히 일렀다.

"목수들을 절대로 밖으로 내보내면 안 되오. 물론 바깥 사람도 들여보내면 안 되오. 내가 아무 때고 직접 가서 살피겠소. 사마의를 잡을 방법이 바로 거기에 있으니, 그 사실이 새나가면 절대 안 되오."

마대는 명령을 받고 떠났다. 두예와 호충 두 사람은 호로곡 안에서 목수들에게 설계도에 따라 목우와 유마를 만들도록 했다. 제갈량은 날마다 들러서 일이 어떻게 돌아가는지를 살폈다.

그런 어느 날 장사 양의가 들어와서 말했다.

"지금 군사들이 먹을 쌀이 모두 검각에 있습니다. 사람은 물론 소나 말로도 옮기기가 몹시 힘드니 어찌해야 합니까?"

제갈량이 빙그레 웃었다.

"내 이미 옮길 일을 오랫동안 생각해왔소. 지난번에 여기 쌓아두었던 나무 재료며, 서천에서 구해온 큰 나무들로 지금 목우와 유마를 만들게 하고 있소. 식량 옮기는 데 아주 알맞을 거요. 나무 소와 나무 말은 물도, 여물도 먹을 일이 없으니 밤이고 낮이고 쉬지 않고 나를 수 있소."

모두들 어안이 벙벙한 표정을 지었다.

"예고 지금이고 목우니 유마니 하는 말은 들어본 적이 없습니다. 승상께서는 어떤 특별한 방법을 가지고 계시기에 그런 기막힌 물건을 만드셨습니까?”

제갈량이 대답했다.

“내 이미 사람들을 시켜 설계도대로 만들게 하고 있으나 아직 다 만들어지지 않았소. 내 이제 목우와 유마를 만드는 법을 알려주겠소. 몇 자 몇 치 하는 거며, 모나고 둥근 거며, 길고 짧은 거며, 넓고 좁은 것 등을 밝혀 적어줄 테니 모두들 살펴보도록 하시오.”

모두들 좋아라 했다. 제갈량은 곧바로 종이 한 장을 꺼내 거기에다 여러 가지 것들을 직접 써서 보여주었다. 이에 장수들은 빙 둘러서서 목우 만드는 법부터 살펴보았다.

배는 네모나고 머리는 굽었으며, 다리 하나에 발이 네 개이며, 머리는 목 안으로 들어가고, 혀는 배에 붙어 있다. 짐을 많이 실으면 느릿느릿 가지만, 혼자 갈 수 있게 만든 건 수십 리, 무리 지어 갈 수 있게 만든 건 20리를 갈 수 있다. 굽은 건 소의 머리, 짝으로 된 건 소의 다리, 가로지른 건 소의 목, 돌아가는 건 소의 발, 덮개는 소의 등, 네모진 건 소의 배, 드리워진 건 소의 혀, 구부러진 건 소의 갈비, 새겨 파진 건 소의 이, 솟아난 건 소의 뿔, 가느다란 건 소의 가슴걸이, 잡아맨 건 소의 꼬리 밑에 매단 끈이다. 소는 양쪽에 길게 댄 나무인 끌채 둘로 끈다. 사람

이 6자를 가면 소는 네 걸음을 간다. 소 한 마리에 열 사람의 한 달치 식량을 실을 수 있다. 사람은 크게 힘들지 않고, 소는 아무 것도 먹지 않는다.

이어 유마 만드는 법을 살펴보았다.

갈빗대 길이는 3자 5치이며, 너비는 3치, 두께는 2치 2푼으로 왼쪽·오른쪽이 똑같다. 앞쪽 바퀴의 가운데 구멍에 끼우는 굴대의 구멍은 머리에서 4치 떨어진 곳에 먹으로 나누어 표시를 했는데 지름은 2치이다. 앞다리 구멍도 2치 되는 자리에 먹으로 나누어 표시되어 있는데, 앞바퀴의 굴대 구멍에서 4치 5푼 떨어져 있고 너비는 1치이다. 앞쪽 걸침대 구멍은 먹으로 나누어 표시된 앞다리 구멍까지 2치 7푼 떨어진 곳에 있다. 구멍의 길이는 2치, 너비는 1치이다. 뒷굴대 구멍은 앞쪽 걸침대 구멍과 1자 5푼 떨어진 곳에 먹으로 나누어 표시가 되어 있으며, 크기는 앞쪽 것과 똑같다. 뒷다리 구멍은 먹으로 나누어 표시되어 있는데, 뒷굴대 구멍과 3치 5푼 떨어져 있다. 크기는 앞쪽 것과 똑같다. 뒤쪽 걸침대 구멍은 먹으로 나누어 표시된 뒷다리 구멍과 2치 7푼 떨어져 있다.

뒤쪽의 짐 싣는 곳은 먹으로 나누어 표시된 뒤쪽 걸침대 구멍과 4치 5푼 떨어져 있다. 앞쪽 걸침대 길이는 1자 8치인데, 너비는 2치, 두께는 1치 5푼이다. 뒤쪽 걸침대도 이와 같다. 널빤지로 만든 짐칸이 둘인데, 두께는 8푼, 길이는 2자 7치, 높이는 1자 6치 5푼, 너비는 1자 6치이다. 짐칸 하나마다 쌀 두 섬 서 말을 실을 수 있다. 위쪽의 걸침대 구멍은 갈빗대 아래로 7치 떨어져 있고, 앞뒤가 똑같다. 위쪽 걸침대 구멍은 먹으로 표시된 아래쪽 걸침대 구멍과 1자 3치 떨어져 있다. 구멍의 길이는 1치 5푼이며, 너비는 7푼으로, 구멍 8개가 다 똑같다. 앞뒤 네 다리의 너비는 2치이고, 두께는 1치 5푼이다. 생긴 꼴은 마치 코끼리 같고, 가죽 길이는 4치이며, 지름은 4치 3푼이다. 구멍 안쪽 세 다리 걸침대의 길이는 2자 1치이며, 너비는 1치 5푼, 두께는 1치 4푼으로, 걸침대는 다 똑같다.

장수들은 한번 죽 훑어보고 나더니 모두 엎드려 절을 했다.

"승상께서는 참으로 신과 같은 분이십니다!"

며칠 뒤 목우와 유마가 모두 만들어졌다. 살아 있는 짐승과 다를 바 없었다. 산을 올라가고 고개를 내려오는 데 있어 모두 편하기 짝이 없었다. 군사들도 그걸 보자 모두들 기뻐했다.

제갈량은 우장군 고상에게 군사 1천 명을 내주며, 목우와 유마를 몰고 검각에서 기산의 본부 영채를 오가며 식량과 말먹이를 날라 촉군이 쓸 수 있도록 했다.

나중에 어떤 사람이 이를 기리는 시를 읊었다.

검문관 가파른 데로 유마를 몰고
야곡 험한 길로 목우를 끄네
뒷날에도 이렇게 할 수 있다면
짐 나르는 일에 걱정할 게 뭐 있겠나

사마의가 한창 속을 태우고 있는데 염탐꾼이 달려와 보고했다.

"촉군이 목우와 유마를 써서 식량과 말먹이를 나르고 있습니다. 사람은 지치지 않고, 소와 말은 아무것도 먹지 않아도 된답니다."

사마의는 깜짝 놀랐다.

"내가 이렇게 굳게 지키고 앉아 있으면서 나가지 않는 까닭은 저쪽의 식량과 말먹이가 떨어져 저절로 나자빠지기를 기다리느라 그랬는데 저런 방법까지 쓰다니! 오래 버틸 계획을 세워놓고 물러갈 생각이 없는 게 틀림없구먼. 이를 어찌해야 하나?"

사마의는 급히 장호와 악침을 불렀다.

"그대 두 사람은 군사 오백 명씩을 이끌고 야곡 샛길로 살짝 나가 기다리시오. 촉군이 목우와 유마를 몰고 오거든

제갈량이 목우와 유마를 이용하여 벼랑길로 식량을 나르다.

다 지나가기를 기다렸다가 한꺼번에 덮치시오. 목우와 유마를 많이도 말고 네댓 마리만 빼앗아 바로 돌아오시오.”

두 사람은 명령을 받자 저마다 군사 5백 명씩을 촉군으로 꾸며 이끌고 어두운 밤을 틈타 골짜기로 숨어들었다. 기다리고 있자니 고상이 군사들과 함께 목우와 유마를 몰고 왔다. 거의 다 지나갔을 때쯤 양쪽에서 한꺼번에 북을 치며 들이쳤다. 촉군은 미처 손을 써보지도 못하고 목우와 유마 몇 마리를 내버려둔 채 달아났다. 장호와 악침은 좋아라 하며 목우와 유마를 몰고 본부 영채로 돌아왔다. 사마의가 그것들을 살펴보니 살아 있는 것과 다르지 않았다. 이에 그는 무척 기뻤다.

“너희들이 이런 방법을 쓰면 난들 쓰지 못하겠느냐!”

사마의는 곧장 솜씨 좋은 목수 1백 명 남짓을 시켜 보는 데서 뜯어보게 하였다. 그러면서 길고 짧음, 두꺼움과 얇음 따위의 치수까지 그대로 똑같이 해서 목우와 유마를 만들도록 했다. 마침내 보름이 못 되어 2천 개가 만들어졌다. 제갈량의 것과 똑같이 달릴 수 있었다.

사마의는 진원장군 잠위더러 군사 1천 명으로 목우와 유마를 몰고 농서로 가서 식량과 말먹이를 실어오게 하였다. 목우와 유마가 끊임없이 오고 가자 위군 영채의 군사와 장수들 가운데에 기뻐하지 않는 이가 없었다.

　　　　　　　　　　　　　

이때 고상은 돌아가 제갈량에게 위군이 목우와 유마 대여섯 마리를 빼앗아 가버렸다고 보고했다.

제갈량이 빙그레 웃었다.

"그러잖아도 나는 좀 빼앗아주기를 바라고 있었소. 우리는 목우와 유마 몇 마리 잃은 대신 머지않아 군에서 필요한 물자를 많이 얻게 되오."

여러 장수들이 어리둥절한 표정을 지었다.

"승상께서는 그걸 어떻게 아십니까?"

제갈량이 대답했다.

"사마의가 목우·유마를 보면 틀림없이 그대로 본떠서 똑같이 만들 거요. 그러고 나면 나한테 좋은 계획이 있소."

며칠 뒤 위군이 목우와 유마를 만들어 농서로 가서 식량과 말먹이를 나르고 있다는 보고가 들어왔다.

제갈량은 무척 좋아라 했다.

"음, 내 생각에서 벗어나지 않는군."

제갈량은 곧장 왕평을 불러 일렀다.

"그대는 군사 천 명을 위군으로 꾸며 밤을 도와 살짝 북원을 지나가시오. 식량을 보호하는 군사라 둘러대고 식량 나르는 위군들 속에 섞여 들어간 뒤 군사들을 죽이거나 쫓아버리시오. 그런 뒤 목우와 유마를 몰고 돌아오시오. 북원을 지날 때쯤 틀림없이 위군이 뒤쫓아올 테니, 그때 목우와 유마의 입 안에 있는 혀를 비틀어버린 뒤 달아나시오. 그러면 목우와 유마는 꼼짝도 하지 않소. 뒤쫓아온 위군이 아무리 목우와 유마를 끌고 가려고 해도 끌고 갈 수 없소. 그렇게 쩔쩔매고 있을 때 내가 다시 군사를 보낼 테니 그대는 되돌아와 목우와 유마의 혀를 제자리로 돌린 다음 마구 끌고 오시오. 위군들은 틀림없이 괴상한 일로 여겨 고개를 갸우뚱거릴 수밖에 없소!"

왕평은 할일을 받자 군사를 이끌고 떠나갔다.

제갈량은 또 장의를 불러 일렀다.

"그대는 군사 오백 명을 육정육갑 신 같은 군사로 꾸미시오. 머리는 귀신처럼 하고, 몸은 짐승처럼 하고, 얼굴에는 다섯 가지 색을 발라 저마다 이상야릇한 모습으로 꾸미도록 하시오. 그리고 한 손에는 수놓은 깃발을 들고 다른 손에는 보배 칼을 든 다음 몸에는 호리병을 매달도록 하시오. 호리병 안에는 연기를 피울 물건을 담으시오. 그런 뒤 산 옆에 숨어서 기다리시오. 목우와 유마가 다다르면 연기를 피우며 한꺼번에 뛰쳐나가 목우와 유마를 에워싼 채 몰고 오시오. 위군은 반드시 귀신으로 여겨 섣불리 쫓아오지 못하오."

장의가 자기 할일을 받아들고 떠나자 제갈량은 또 위연과 강유를 불러 일렀다.

"그대 두 사람은 함께 군사 만 명을 이끌고 북원 영채 어귀로 가서 목우와 유마를 도우며 적을 막아내시오."

이어 요화와 장익도 불러 일렀다.

"그대 두 사람은 군사 오천 명을 이끌고 가서 사마의가 오는 길을 끊도록 하시오."

마지막으로 마충과 마대를 불러 일렀다.

"그대 두 사람은 군사 이천 명을 이끌고 위수 남쪽으로 가서 싸움을 걸도록 하시오."

여섯 사람은 저마다 명령을 받아 떠나갔다.

한편 위나라 장수 잠위는 군사들을 이끌고 쌀을 가득 실은 목우와 유마를 몰며 가고 있었다. 그때 갑자기 앞쪽에 식량을 보호하는 군사가 있다는 보고가 들어왔다. 잠위는 사람을 시켜 알아보게 했다. 정말로 위군이었다. 그래서 마음 놓고 나아갔다. 양쪽 군사들이 한데 섞이고 나자 느닷없이 외침 소리가 크게 일며 촉군이 군사들 속에서 들고일어났다.

"촉의 대장 왕평이 여기 있다!"

위군들은 미처 손을 쓸 틈도 없이 절반 넘게 촉군한테 죽고 말았다. 잠위는 싸움에 진 군사들을 이끌고 맞아 싸웠으나 왕평이 한 번 내리친 칼에 맞아 그대로 죽고 말았다. 나머지 군사들은 모두 흩어져버렸다. 왕평은 군사들과 함께 목우와 유마를 몰고 돌아갔다.

　싸움에 지고 달아난 군사가 북원 영채로 나는 듯이 달려들어가 알렸다. 곽회는 군사들 식량을 빼앗겼다는 말을 듣자 부리나케 군사를 이끌고 구하러 왔다. 왕평은 군사들을 시켜 목우와 유마의 혀를 비틀어 모두 길바닥에 내버려두게 한 뒤 싸우면서 달아났다. 곽회는 적을 쫓지 말고 목우와 유마를 끌고 돌아가라고 명령했다. 그런데 군사들이 모두 달려들어 몰고 가려 했으나 목우와 유마는 꼼짝도 하지 않았다. 곽회는 속으로 뭔가 께름칙해하며 어찌해야 좋을지를 몰라 쩔쩔매고 있었다. 그때 갑자기 북소리, 나팔 소리가 하늘에 울려퍼지며 외침 소리가 사방에서 일었다. 양쪽에서 군사가 뛰쳐나오는데, 위연과 강유였다. 왕평도 다시 군사를 되돌려 들이쳤다. 이렇듯 세 갈래로 몰아치니 곽회는 크게 져서 달아날 수밖에 없었다.

　왕평은 군사들을 시켜 목우와 유마의 혀를 다시 제자리로 돌려놓게 한 뒤 몰고 가도록 했다. 곽회는 이를 보고 다시 군사를 돌려 뒤쫓으려 했다. 그때 산 뒤쪽에서 연기가 구름처럼 피어오르더니 신의 군사 한 무리가 몰려나왔다. 저마다 손에는 깃발과 칼을 들었는데, 하고 있는 꼴이 몹시 이상야릇했다. 그들은 목우와 유마를 에워싼 채 바람처럼 사라져버렸다.

곽회는 소스라치게 놀랐다.

"저건 틀림없이 신이 돕는 거다!"

군사들 모두 그저 바라만 볼 뿐, 놀랍고 두려워 뒤를 쫓지 못했다.

이때 사마의는 북원에서 싸움에 졌다는 소식을 듣고 직접 군사를 이끌고 급히 구하러 오고 있었다. 반쯤 왔을 때 갑자기 쾅 소리 한 방이 나더니 군사 두 무리가 험한 데서 뛰쳐나왔다. 아우성치는 소리가 땅을 뒤흔들었다. 깃발을 보니 '한나라 장수 장익·요화'라고 크게 쓰여 있었다. 사마의는 까무러치게 놀랐다. 위군들은 모두 허둥대며 쥐가 구멍을 찾아 달아나듯 했다.

길에서 귀신같은 장수 만나 식량 모두 빼앗기고
갑자기 덮쳐든 군사 때문에 목숨 또한 간댕거리네

과연 사마의는 적을 맞아 어떻게 할는지…….

한숨짓는 제갈량

사마의는 상방곡에서 어려움에 빠지고
제갈량은 오장원에서 별에게 빌다

장익과 요화에게 한바탕 크게 지고 난 사마의는 홀로 말을 타고 창 하나만 비껴든 채 숲 우거진 데로 달아났다. 장익은 뒤쪽 군사를 거두고, 요화는 앞장서서 사마의를 쫓았다. 요화가 거의 따라잡을 정도로 쫓아오자 사마의는 다급하여 나무를 끼고 돌며 피했다. 요화가 사마의를 노리고 칼을 내리쳤다. 그러나 칼날은 나무에 박히고 말았다. 요화가 칼을 다시 뽑아 들었을 때 사마의는 이미 숲 밖으로 달아난 뒤였다. 요화는 서둘러 뒤를 쫓았다. 그러나 사마의는 어디로 갔는지 보이지 않고 숲 동쪽에 황금 투구만 하나 떨어져 있었다. 요화는 그 투구를 집어 말목에 매단 뒤 동쪽으로 내달렸다. 그러나 사마의는 황금 투구만 숲 동쪽에 내던진 뒤 반대쪽인 서쪽으로 달아나고 있었다. 요화는 뒤를 쫓아 한참을 갔지만 끝내 사마의를 찾지 못했다.

요화는 골짜기 어귀로 빠져나오다가 강유를 만나 함께 영채로 돌아와 제갈량에게 갔다. 그때 장의는 벌써 목우와 유마를 몰고 영채에 돌아와 넘겨주고 있었다. 빼앗은 식량이 1만 석이 넘었다. 요화는 황금 투구를 바쳤다. 이 일이 이번 싸움의 으뜸가는 공으로 여겨졌다. 위연은 기분이 몹시 좋지 않아 내놓고 투덜거렸다. 그러나 제갈량은 애써 못 들은 척했다.

사마의는 달아나 영채로 돌아와 있었으나 답답하고 괴로운 마음을 어쩌지 못하고 있었다. 그때 조서가 이르렀다. 동오가 세 길로 나누어 쳐들어오고 있어 조정에서는 장수들을 시켜 적을 막도록 할 테니 사마의는 굳게 지키기만 할 뿐 싸우지 말라는 내용이었다. 사마의는 명령을 받자 도랑을 깊이 파고 보호벽을 높이 쌓은 뒤 단단히 지키기만 할 뿐 나가지 않았다.

한편 조예는 손권이 군사를 세 길로 나누어 쳐들어온다는 보고를 받자 역시 군사를 일으켜 세 길로 나누어 맞도록 했다. 먼저 유소더러 군사를 이끌고 가 강하를 구하도록 하고, 전예는 군사를 이끌고 양양으로 가 구하도록 했다. 조예 자신은 만총과 함께 대군을 거느리고 합비를 구하기로 했다.

만총이 앞장서서 군사 한 무리를 이끌고 소호 어귀에 이르렀다. 동쪽 언덕을 건너다보니 셀 수 없이 많은 군사용 배들이 깃발을 가지런히 꽂은 채 머물고 있었다.

만총이 위 임금 있는 곳으로 들어가 말했다.

"동오군은 틀림없이 우리가 먼 길을 왔다고 가벼이 여겨 준비를 하고 있지 않을 겁니다. 오늘 밤 빈틈을 노려 물 위 영채를 덮치면 반드시 크게 이길 수 있습니다."

조예가 고개를 끄덕였다.

"그대 말이 바로 내 뜻과 같소."

조예는 곧바로 사납고 날랜 장수인 장구에게 군사 5천 명을 내주며 저마다 불 지를 기구를 지니고 호수 어귀로 쳐들어가도록 했다. 아울러 만총은 군사 5천 명을 이끌고 동쪽 언덕으로 쳐들어가도록 했다.

그날 밤이 제법 깊어지자 장구와 만총은 저마다 군사를 이끌고 호수 어귀를 바라고 가만히 나아갔다. 마침내 물 위 영채 가까이 이르자 한꺼번에 아우성을 치며 들이쳤다. 오군은 허둥대며 싸워보지도 못하고 달아났다. 위군은 사방에 불을 질러 군사용 배와 식량과 말먹이와 무기 들을 헤아릴 수 없이 많이 태워버렸다. 제갈근은 싸움에 진 군사들을 이끌고 면수 어귀로 달아났다. 위군은 크게 이기고 돌아갔다.

다음 날 염탐꾼이 육손에게 보고하자 육손은 장수들을 모아놓고 의논하기 시작했다.

"폐하께 글을 올려 신성을 에워싸고 있는 군사를 거두고, 그 군사들을 시켜 위군이 돌아갈 길을 끊도록 하겠소. 나는 군사를 몰고 그 앞을 치겠소. 머리와 꼬리를 함께 치면 막아 낼 수 없을 테니 북소리 한 번에 깨뜨릴 수 있소."

모두들 그 말에 따르기로 했다. 육손은 곧바로 글을 갖추어 끄트머리 장수더러 신성으로 몰래 가져가도록 했다. 그 사람은 명령을 받자 글을 가지고 나루터로 갔다. 그러나 뜻밖에도 숨어 있던 위군한테 사로잡혀 본부 군 안에 있는 위 임금 조예 앞으로 끌려갔다. 조예가 그 사람 몸을 뒤지게 하자 육손의 글이 나왔다.

조예가 글을 읽고 나더니 한숨을 내쉬었다.

"동오 육손은 참으로 기가 막힌 꾀를 쓰는구나!"

조예는 붙잡혀온 사람을 가두라 한 뒤 유소더러 손권의 뒷부대를 단단히 막도록 했다.

한편 제갈근은 한바탕 크게 진데다가 날씨조차 무더워 사람이고 말이고 할 것 없이 병에 많이 걸려 어려움이 이만

저만이 아니었다. 그래서 군사를 거두어 돌아가자는 뜻이 담긴 편지를 육손에게 보냈다. 육손은 편지를 보고 난 뒤 심부름 온 사람에게 말했다.

"장군께 돌아가서 내게 따로 생각이 있다고 말씀드려라."

그 사람은 돌아가는 대로 제갈근에게 그대로 보고했다.

제갈근이 물었다.

"육장군께서는 뭘 하시더냐?"

"제가 봤을 때 육장군께서는 군사들을 다그쳐 영채 밖에 콩을 심으라 해놓으시고, 여러 장수들과 어울려 영채 문밖에서 활쏘기 놀이를 하고 계셨습니다."

제갈근은 깜짝 놀라 직접 육손의 영채로 찾아가 만나자마자 물었다.

"지금 조예가 직접 싸우러 와 그 기운이 펄펄 넘치는데, 도독께서는 어떻게 막을 생각이시오?"

육손이 대답했다.

"내가 저번에 폐하께 글을 올리려고 사람을 보냈는데 뜻하지 않게 적한테 붙들리고 말았지요. 우리 계획이 이미 새 나가버렸으니 저쪽은 미리 알고 준비할 게 틀림없습니다. 이제는 싸워봐야 좋을 게 없으니 물러가는 게 낫습니다. 이미 폐하께 천천히 군사를 물리겠다는 글을 올렸습니다."

제갈근이 말했다.

"도독께서 이미 그렇게 마음먹고 계셨으면 빨리 물러가
야지 왜 또 미적거리고 계시오?"

"우리 군사가 물러가려면 천천히 움직여야 합니다. 만약
에 서둘러 물러가면 반드시 위군이 기운을 몰아 쫓아옵니
다. 그리되면 지지 않을 수 없습니다. 공께서는 먼저 배들을
거느리고 짐짓 적을 막아내는 척하십시오. 나는 모든 군사
들을 거느리고 양양으로 나아가는 척하여 적을 헷갈리게
한 뒤 천천히 군사를 물려 강동으로 돌아가겠습니다. 그렇
게 하면 위군이 섣불리 쫓아오지 못합니다."

제갈근은 그 계획대로 하기로 하고, 육손과 헤어져 자기
영채로 돌아와 배들을 돌보며 떠날 준비를 했다. 육손은 군
사들에게 가지런히 열을 짓게 한 뒤 짐짓 부풀리며 양양을
바라고 나아갔다.

염탐꾼은 이러한 사실을 재빨리 알아다 위 임금에게 달
려가, 오군이 이미 움직이기 시작했으니 준비를 해야 한다
고 보고했다. 이 소식을 듣자 위 장수들은 저마다 나가 싸우
겠다고 했다. 그러나 조예는 육손의 재주를 알고 있어 장수
들에게 서두르지 말도록 했다.

"육손은 꾀가 많은 사람이라 적을 꾀어내는 속임수를 쓰
는지도 모르오. 그러니 가벼이 나가서는 안 되오."

이에 장수들은 가만히 있었다.

며칠 뒤 염탐꾼이 와서 보고했다.

"세 길로 나누어 오던 동오군이 모두 물러갔습니다."

조예는 믿을 수가 없었다. 다시 사람을 보내 살펴보게 했더니 과연 모두 물러가고 없더라고 했다.

조예가 말했다.

"육손의 군사 부리는 재주를 보니 손자와 오기 못지않소. 그렇다면 아직 동남쪽을 어찌해볼 수가 없소."

조예는 여러 장수들을 시켜 중요한 길목을 지키게 한 뒤, 대군을 이끌고 합비로 가 머물며 어떻게 돌아가는지 더 지켜보기로 했다.

한편 제갈량은 기산에서 오래 머물 계획을 세웠다. 그러기 위해 촉군을 시켜 위나라 백성들과 함께 농사를 짓도록 하고, 농사지은 것을 거둘 때는 3분의 1만 가져오고 3분의 2는 백성들에게 주도록 했다. 아울러 백성들을 조금도 귀찮게 하지 못하게 했다. 이에 위나라 백성들은 모두들 마음 놓고 즐거이 농사를 지었다.

사마사가 들어와 아버지에게 말했다.

"촉군은 우리의 식량을 엄청나게 빼앗아가고서도 지금 또 군사들이 우리 백성들과 함께 위수 가에서 농사를 짓고 있습니다. 이는 오래 눌러앉아 있겠다는 생각으로 정말 나

  박상률 완역 삼국지 9

라의 큰 골칫거리가 아닐 수 없습니다. 아버님께서는 어찌
하여 공명과 한바탕 겨루어 이기고 짐을 가르려 하지 않으
십니까?"

사마의가 대답했다.

"나는 굳게 지키라는 폐하의 명령을 받았으니 함부로 움
직일 수 없다."

그런 얘기를 나누고 있는데 뜬금없는 보고가 들어왔다.
위연이 지난번에 사마의가 잃어버린 황금 투구를 가지고
와서 욕설을 퍼부으며 싸움을 건다고 했다. 뭇 장수들은 씩
씩거리며 나가 싸우려 했다.

사마의가 웃었다.

"성인께서 말씀하시기를, '작은 일을 참지 못하면 큰일을
그르친다'고 하셨소. 우리는 그저 굳게 지키고 있는 게 가장
좋은 방법이오."

장수들은 그 말에 따라 나가지 않았다. 위연은 한동안 욕
설을 퍼부어대다가 돌아갔다.

제갈량은 사마의가 싸우러 나오지 않으려 하자 마대에게
몰래 명령을 내렸다. 나무 울타리를 둘러치게 하고 영채 안
에 구덩이를 깊게 파게 한 다음 마른 나무를 비롯해 불붙기
쉬운 것들을 많이 쌓아두도록 했다. 이어 둘레의 산 위에도
마른 풀 따위로 가짜 움막집을 짓게 한 뒤 안팎에 지뢰를 묻

어두게 하였다.

모든 준비가 다 끝나자 제갈량이 마대에게 귓속말로 일렀다.

"호로곡 뒷길을 끊고, 골짜기 안에 군사들을 몰래 숨어 있게 하시오. 사마의가 쫓아오면 골짜기 안으로 들어오게 내버려두었다가 지뢰와 마른 풀에 한꺼번에 불을 지르시오."

이어 군사들을 시켜 낮에는 골짜기 어귀에다 북두칠성기를 세우게 하고, 밤에는 산 위에 등불 7개를 밝혀 신호로 삼도록 했다. 마대는 명령을 받자 군사를 이끌고 떠났다.

제갈량은 또 위연을 불러 일렀다.

"그대는 군사 오백 명을 거느리고 가 위군 영채를 쳐 어떻게 하든 사마의를 싸우러 나오게 하시오. 이기려 하지 말고 짐짓 진 척하시오. 그러면 사마의가 반드시 뒤쫓아올 테니 달아나 북두칠성기가 있는 데로 들어가시오. 밤이면 등불 일곱 개가 켜진 곳으로 달아나면 되오. 사마의를 호로곡 안으로 끌어들이기만 하면 내 그 사람을 사로잡을 방법이 있소."

위연은 명령을 받자 군사를 이끌고 떠났다. 제갈량은 또 고상을 불러 일렀다.

"그대는 나무로 만든 소와 말을 이삼십 마리 또는 사오십 마리를 한 무리로 해서 식량을 싣고 산길을 왔다 갔다 하시오. 위군이 달려들어 그걸 빼앗아가면 그건 바로 그대의 공이오.”

고상은 명령을 받자 목우와 유마를 몰고 떠났다.

제갈량은 농사를 지으러 보내는 듯이 하면서 기산의 군사들에게 하나하나 할일을 맡겨 떠나보냈다. 그러면서 단단히 일렀다.

“만약에 다른 군사들이 싸우러 오거든 거짓으로 진 척하며 달아나고, 사마의가 직접 오면 힘을 다해 위수 남쪽을 쳐서 사마의가 돌아갈 길을 끊도록 하라.”

제갈량은 할일을 다 맡기고 나자 직접 군사 한 무리를 이끌고 상방곡 가까이 가서 영채를 세웠다.

한편 하후혜와 하후화 두 사람은 영채로 들어가 사마의를 만났다.

“지금 촉군은 사방으로 흩어져 영채를 세우고, 곳곳에서 농사를 지으며 오래 버틸 계획을 마련하고 있습니다. 이러한 때에 빨리 쫓아버리지 않고 내버려두면 갈수록 밑자리가 튼튼해져 나중엔 어떻게 할 수가 없게 됩니다.”

사마의가 툭 한마디 던졌다.

“이것도 틀림없이 공명의 꾀라오!”

두 사람은 어이없었다.

"도독께서 이렇게 께름칙하게만 여기고 계시면 언제 적을 무찔러야 합니까? 저희 두 형제가 힘을 모아 죽기로 한바탕 싸워 나라의 은혜를 갚도록 하겠습니다."

"그렇다면 그대 두 사람이 길을 나누어 싸우러 가도록 하시오."

사마의는 하후혜와 하후화에게 군사 5천 명씩을 이끌고 가도록 한 뒤 앉아서 소식을 기다렸다.

하후혜와 하후화 두 사람이 군사를 두 길로 나누어 한창 가고 있는데 촉군이 목우와 유마를 몰고 오는 게 보였다. 두 사람이 한꺼번에 들이치자 촉군은 크게 지고 달아났다. 위군은 목우와 유마를 모두 빼앗아 사마의의 영채로 보냈다. 다음 날 두 사람은 또 촉군 1백여 명 남짓을 사로잡아 본부 영채로 보냈다.

사마의가 사로잡혀온 촉군들을 닦달하며 촉군의 사정을 묻자 촉군들이 대답했다.

"공명은 도독께서 굳게 지키기만 하고 나오지 않으시자 우리들에게 사방으로 흩어져서 농사를 짓게 하며 오래 버틸 계획을 세웠습니다. 이렇게 사로잡힐 줄은 미처 생각지 못했습니다."

사마의는 바로 촉군들을 모두 놓아 보내주었다.

하후화가 물었다.

"어째서 죽이지 않으십니까?"

사마의가 대답했다.

"그깟 졸개들 죽여봐야 얻을 것 하나도 없소. 자기네들 본부 영채로 돌려보냄으로써 위나라 장수가 너그럽고 부드러우며 어질더라는 소문을 내게 해서 싸울 마음을 없애버리는 게 낫소. 이는 바로 여몽이 형주를 빼앗을 때 써먹은 방법이오."

사마의는 앞으로 잡혀오는 촉군은 좋은 말로 다독인 뒤 죄다 돌려보내라는 명령을 내렸다. 그러면서 공이 있는 장수에게는 상을 듬뿍 내리겠다고 했다. 장수들은 모두 명령을 듣고 물러갔다.

한편 고상은 제갈량이 이른 대로 짐짓 식량을 옮기는 척하며 목우와 유마를 몰고 상방곡 안을 왔다 갔다 했다. 하후혜 무리는 느닷없이 그들을 덮쳐 보름 동안 여러 차례 이겼다. 사마의는 촉군이 여러 차례에 걸쳐 지자 속으로 무척 좋아라 했다. 그러던 어느 날 또 사로잡은 촉군 수십 명이 끌려왔다. 사마의가 그들을 막사 아래로 불러 물었다.

"공명은 지금 어디 있느냐?"

촉군들이 대답했다.

"제갈승상께서는 지금 기산에 계시지 않고 상방곡 서쪽 십 리쯤 되는 곳에 영채를 세우고 계십니다. 거기서 날마다 식량을 상방곡으로 옮기고 계십니다."

사마의는 자세히 묻고 난 뒤 곧장 촉군들을 놓아 보냈다.
이어 장수들을 불러 일렀다.

"공명이 지금 기산에 있지 않고 상방곡에 영채를 세우고
있소. 여러분들은 내일 힘을 한데 모아 기산의 본부 영채를
들이치도록 하시오. 나도 직접 군사를 이끌고 가서 돕겠소."

장수들은 명령을 받자 저마다 싸움에 나갈 준비를 했다.

사마사가 물었다.

"아버님께서는 어찌하여 공명을 치지 않고 도리어 그 뒤
를 치려고 하십니까?"

사마의가 대답했다.

"기산은 촉군의 본바탕이 되는 곳이다. 만약에 우리가 그
곳을 치는 걸 알면 각 영채 모두 틀림없이 구하러 온다. 그
러면 나는 상방곡을 빼앗고 식량이며 말먹이를 불태워 저
들의 머리와 꼬리가 서로 돌보지 못하도록 하겠다. 그러면
그들은 반드시 크게 지게 되어 있다."

사마사는 아버지의 생각이 놀라워 엎드려 절을 했다. 사
마의는 곧바로 군사를 이끌고 나가면서 장호와 악침을 시
켜 군사 5천 명씩을 이끌고 뒤에서 돕도록 하였다.

이때 제갈량은 산 위에 있었다. 바라보니 위군이 4, 5천
명 또는 1, 2천 명씩 떼를 지어 앞뒤를 살피며 몰려오고 있

었다. 기산 영채를 덮치기 위해 오는 게 틀림없었다. 이에 제갈량은 여러 장수들에게 몰래 명령을 내렸다.

"만약에 사마의가 직접 오거든 여러분들은 가서 위군 영채를 덮치고 위수 남쪽을 빼앗도록 하시오."

장수들은 저마다 명령을 들었다.

한편 위군이 모두 기산 영채로 달려들자 촉군은 사방에서 한꺼번에 아우성치며 몰려와 짐짓 구하는 시늉을 했다. 사마의는 촉군이 기산 영채를 구하려 드는 것을 보자 두 아들과 함께 중군을 보호하던 군사를 이끌고 상방곡으로 쳐들어갔다.

이때 위연은 골짜기 어귀에서 사마의가 오기를 기다리고 있었다. 흘긋 보니 위군 한 무리가 쳐들어오고 있었다. 위연은 말을 달려 앞으로 나가 자세히 살폈다. 바로 사마의였다.

위연이 호통을 쳤다.

"사마의야, 게 섰거라!"

위연은 칼을 뽑아 춤추듯이 휘두르며 그를 맞았다. 사마의는 창을 꼬나들고 맞섰다. 그러나 3합도 채 되지 않았을 때 위연이 말 머리를 돌려 달아나기 시작했다. 사마의는 그 뒤를 쫓아갔다. 위연은 오로지 북두칠성기가 있는 곳만 바라고 달려갔다. 사마의는 위연이 혼자이고 따르는 군사도 얼마 되지 않은 걸 보고 마음 놓고 뒤쫓았다. 사마사는 왼쪽을, 사마소는 오른쪽을, 사마의 자신은 가운데를 맡아 한꺼번에 몰려갔다. 위연은 군사 5백 명을 이끌고 골짜기 안으로 달아났다. 사마의는 골짜기 어귀에 다다르자 먼저 골짜기 안으로 사람을 들여보내 살펴보게 하였다. 그 사람이 나와서 하는 말이, 골짜기 안에 숨어 있는 군사도 없고 산 위에는 움막집뿐이더라고 했다.

사마의가 말했다.

"그건 틀림없이 식량을 쌓아둔 곳일 게다."

마침내 사마의는 군사를 휘몰아 골짜기 안으로 들어갔다. 그런데 움막집에 쌓인 걸 보니 죄다 마른 나무이고, 앞에서 달리던 위연은 온데간데없이 사라져 보이지 않았다. 사마의는 덜컥 께름칙한 마음이 들어 두 아들을 돌아보았다.

"만약에 적이 골짜기 어귀를 막아버리면 어떡하느냐?"

그 말을 채 맺기도 전에 외침 소리가 크게 일더니 산 위에서 한꺼번에 횃불이 떨어져내리며 불이 피어올라 골짜기 어귀를 끊어버렸다. 위군은 달아나려 해도 달아날 길이 없었다. 게다가 산 위에서는 불화살이 쏟아지고 지뢰가 한꺼번에 터지기 시작했다. 이어 움막집 안의 마른 풀에 불이 붙어 활활 타오르기 시작하며 시끌벅적한 소리와 함께 불길이 하늘을 찌를 듯했다.

사마의는 놀라 어찌 손을 써야 할지를 몰랐다. 말에서 뛰어내려 두 아들을 부둥켜안고 목을 놓아 울 뿐이었다.

"우리 세 부자가 모두 여기서 죽는구나!"

그렇게 울고 있는데 갑자기 미친 듯이 거센 바람이 휘몰아치며 검은 기운이 하늘을 덮더니 벼락 치는 소리와 함께 소나기가 퍼붓기 시작했다. 이에 골짜기 안에 가득 퍼졌던 불 기운이 모두 가라앉고 지뢰도 더는 터지지 않았다. 불 지르는 데 쓰는 기구들도 아무 쓸모가 없게 되어버렸다.

사마의는 무척 기뻐서 소리쳤다.

"지금 빠져나가지 않고 어느 때를 또 기다리겠느냐!"

사마의는 곧바로 군사를 이끌고 있는 힘을 다해 빠져나오기 시작했다. 마침 장호와 악침도 군사를 이끌고 와서 도왔다. 마대는 군사가 얼마 되지 않아 섣불리 그 뒤를 쫓을 수 없었다.

사마의와 두 아들과 장호와 악침은 군사를 한데 합쳐 위수 남쪽 영채로 돌아갔다. 그런데 뜻밖에도 영채는 촉군이 이미 차지하고 있었다. 곽회와 손례가 배다리 위에서 촉군과 한창 싸우고 있었다. 사마의 무리가 군사를 이끌고 와 같이 무찌르기 시작하자 촉군은 물러갔다. 사마의는 배다리를 불태워서 끊어버리고 북쪽 기슭에 터를 마련했다.

한편 기산에서 촉군의 영채를 치고 있던 위군은 사마의가 크게 지고 위수 남쪽 영채도 빼앗겼다는 소식을 들었다.

그러자 군사들 마음이 흐트러지기 시작해서 급히 군사를 물리려 하는데 사방에서 촉군이 덮쳐들었다. 그 바람에 위군은 크게 져서 열에 여덟아홉이 다치고 죽은 이도 셀 수 없이 많았다. 나머지 무리는 겨우 몸을 빼 위수 북쪽으로 달아났다.

제갈량은 산 위에서 위연이 사마의를 꾀어 골짜기 안으로 들어가고, 바로 눈 깜짝할 새에 불길이 크게 이는 걸 보고 속으로 무척 좋아라 했다. 사마의가 이번에는 반드시 죽겠거니 여겼다. 그런데 뜻밖에도 하늘에서 소나기가 쏟아져 불이 꺼지고, 염탐꾼이 달려와 사마의와 두 아들이 달아났다고 보고했다.

제갈량은 한숨이 절로 났다.

"일을 꾸미기는 사람이 하지만 이루어지는 건 하늘에 달려 있다더니, 억지로 되지 않는구나!"

나중에 어떤 사람이 아쉬움에 시를 읊었다.

골짜기에 거센 바람 휘몰아치고 불길 치솟는데

푸른 하늘에서 소나기 퍼부을지 뉘 알았으랴

무후의 기막힌 꾀 그대로 이루어졌으면

천하의 땅을 어찌 진나라가 차지했겠는가

한편 사마의는 위수 북쪽 영채 안에 있으면서 명령을 내렸다.

"위수 남쪽 영채를 지금 잃고 말았다. 장수들 가운데에 다시 나가 싸우자고 말하는 이는 목을 베리라."

장수들은 명령을 받자 굳게 지키기만 할 뿐 나가지 않았다.

이때 곽회가 들어와 보고했다.

"요새 공명이 군사를 이끌고 살피며 돌아다니는 모양입니다. 영채 세울 곳을 찾느라 그러는 게 틀림없습니다."

사마의가 말했다.

"공명이 만약에 무공을 나와 산에 기대어 동쪽으로 가면 우리는 모두 위험에 빠지게 될 터이고, 위수 남쪽에서 서쪽으로 나가 오장원에 머물면 그때는 별일 없으리라."

사마의가 염탐꾼을 보내 살펴보게 했더니, 제갈량이 오장원에 군사를 머물러놓고 있더라고 했다.

사마의는 손을 들어 이마에 대며 좋아라 했다.

"대 위나라 황제의 큰 복이로다!"

사마의는 바로 장수들에게 명령했다.

"단단히 지키기만 하고 나가 싸우지 말라. 이대로 오래 끌면 반드시 저쪽에 무슨 일이 일어난다."

한편 제갈량은 직접 군사 한 무리를 이끌고 오장원에 머물고 있었다. 그러면서 여러 차례에 걸쳐 군사를 보내 싸움을 걸었으나 위군은 꼼짝도 하지 않았다. 이에 제갈량은 여자들이 상을 치를 때 머리에 쓰는 두건과 흰옷을 커다란 상자 속에 담아 편지 한 통과 함께 위군 영채로 보냈다. 여러 장수들은 섣불리 숨길 수 없어 이것을 가져온 사람을 사마의에게 데려갔다. 사마의는 여러 사람이 보는 앞에서 상자를 열어보았다. 안에는 여자들이 쓰는 두건과 옷이 편지 한 통과 함께 들어 있었다. 사마의는 편지를 꺼내 읽어보았다.

중달은 이미 대장이 되어 중원의 군사를 도맡아 다스리는 사람이 어찌하여 갑옷 걸치고 무기 들어 이기고 지는 걸 가릴 생각은 않는가. 움 속에 둥지 틀고 옳다구나 틀어박혀 지키기만 하면서 칼과 화살을 피하니 여자들과 다를 게 뭐 있는가. 내 이제 사람을 보내 여자들이 쓰는 두건과 흰옷을 보내니, 싸우러 나오지 않을 거면 두 번 절하고 받으라. 부끄러운 마음이 아직 조금이라도 남아 있고, 사내로서 가슴속에 품은 뜻이 남아 있다면 빨리 답장하고 싸우러 나오라.

사마의는 편지를 읽고 나자 가슴속이 부글부글 끓어올랐다. 그러나 겉으로 드러내지 않고 짐짓 아무렇지 않은 듯이 웃으며 말했다.

"공명은 나를 여자로 보고 있구먼!"

                                        박상률 완역 삼국지 9

사마의는 곧장 물건을 받은 다음 물건 가져온 사람을 잘 대접하며 물었다.

"공명은 얼마나 자고, 얼마나 먹으며, 맡아보는 일은 어느 정도인가?"

심부름 온 이가 대답했다.

"승상께서는 아침에 일찍 일어나시고 밤에는 늦게 잠자리에 드실 정도로 일이 많으십니다. 매 스무 대 넘는 벌은 모두 직접 살피십니다. 하루에 드시는 음식은 얼마 되지 않습니다."

사마의가 여러 장수들을 돌아보았다.

"공명이 음식은 적게 먹고 하는 일은 많으니 어찌 오래 버티겠는가?"

심부름 온 이는 인사를 하고 떠나 오장원으로 돌아간 뒤 제갈량에게 갔다 온 일을 자세히 보고했다.

"사마의가 여자들이 쓰는 두건과 옷을 받고 편지를 읽고 나서도 조금도 성을 내지 않았습니다. 또 승상께서 얼마나 주무시는지, 얼마나 드시는지, 일이 많고 적은지 따위만 물을 뿐, 군사에 관한 일은 전혀 묻지 않았습니다. 제가 이러저러하다고 대답했더니 '적게 먹고 하는 일은 많으니 어찌 오래 버티겠는가'라고 했습니다."

제갈량이 한숨을 내쉬었다.

"그 사람은 나를 깊이 알고 있구나!"

이에 주부 양옹이 걱정스레 말했다.

"저도 승상께서 늘 여러 장부며 서류까지 직접 살피시는 걸 보고 그러실 필요가 없다고 생각했습니다. 다스리는 데에는 나름대로 틀이 있어서 위아래가 할 일이 서로 다릅니다. 집안을 다스리는 걸 예로 들자면, 사내종에게는 농사일을 맡기고 계집종에게는 부엌일을 맡겨 저마다 자기 할일을 나누어 하게 해야 모든 게 바라는 대로 되고 부족하지 않게 되어, 집주인은 여유를 즐기며 베개를 높이 베고 아무 걱정 없이 차려주는 대로 먹기만 하면 그만입니다. 만약에 집주인이 하나하나 직접 다 챙기고 들면 몸도 지치고 정신도 흐려져 무슨 일을 하나도 할 수 없습니다. 그게 어찌 주인의 슬기로움이 종들만 못해서 그러겠습니까? 집주인으로서의 도리를 잃었기 때문입니다.

옛사람이 이르기를, 앉아서 도를 이르는 사람은 가장 높은 벼슬자리인 삼공이고, 그에 따라 실천하는 사람은 사대부라 했습니다. 옛날에 병길은 길을 가다가 날씨가 덥지도 않은데 소가 헐떡이는 것을 보고 걱정스러워했답니다. 그런데 길가에 쓰러져 죽은 사람을 보고는 한마디 묻지도 않고 그냥 지나쳤답니다. 이는 혹시라도 날씨가 잘못되어 농사를 그르칠 게 더 크게 걱정되어서였지요. 승상인 자신이 할 일이 무엇인지 알고 있었던 겁니다. 또 진평은 황제가 돈이며 식량 따위가 얼마나 되는지 따져 묻자 자기는 승상이라 그런 일을 맡은 게 아니므로 잘 모른다 하면서 그걸 맡아 보는 사람은 따로 있다고 했답니다. 지금 승상께서는 시시콜콜한 일까지 직접 맡아 살피시느라 하루 내내 땀을 흘리고 계시니 어찌 지치지 않을 수 있겠습니까? 사마의의 말이 참으로 옳은 말이라 여겨집니다.”

제갈량이 눈물을 흘렸다.

“내가 그런 걸 모르는 바 아니오. 돌아가신 황제께서 내게 어린 임금을 보살피시라는 중요한 일을 맡기셔서 그랬소. 다른 사람들이 나만큼 마음을 다하지 않을까봐 걱정스러워 그러지요!”

그 말에 모두들 눈물을 떨구었다.

이때부터 제갈량은 머리도 맑지 못하고 생각도 자꾸만 흐트러지는 걸 스스로 느낄 정도가 되어 편치 않았다. 이에 장수들은 섣불리 군사를 몰고 나갈 수가 없었다.

한편 위나라 장수들은 제갈량이 여자들이 쓰는 두건과 옷을 보내며 사마의를 욕보였는데도 사마의는 그것을 받아 둔 채 나가 싸우려 하지 않는다는 걸 모두 알게 되었다. 이에 모두들 끓어오르는 속을 참지 못하고 막사로 들어와 말했다.

"우리는 모두 큰 나라의 이름난 장수들입니다. 어찌 촉 사람한테 그따위 놀림을 당하고도 가만있어야 합니까? 바로 나가 싸워서 이기고 짐을 가르도록 해주십시오."

사마의가 말했다.

"나가서 싸울 줄 몰라서 이런 놀림을 당하고도 내가 가만히 있는 게 아니오. 천자께서 조서를 내리셔서 굳게 지키기만 할 뿐 가벼이 움직이지 말라고 하셨소. 지금 만약에 가벼이 나가면 이는 바로 임금의 명령을 어기는 게 되오."

그러나 장수들은 분을 삭이지 못해 계속 투덜거렸다.

사마의가 말했다.

"여러분들이 그토록 싸우러 나가기를 바란다면 내가 천자께 아뢰어 허락을 받을 때까지 기다리시오. 그때 힘을 모아 적을 치는 게 어떻겠소?"

장수들 모두 좋다고 했다. 사마의는 글을 써서 곧바로 합비 군 안에 있는 위 임금 조예에게 보냈다.

조예가 글을 받아 펼쳐보았다.

저는 재주는 얕은데 무거운 일을 맡고 있습니다. 엎드려 폐하의 뜻을 받들어 굳게 지키기만 할 뿐 나가 싸우지 않고 촉군이 저절로 무너지기만을 기다렸습니다. 그런데 이번에 제갈량이 저에게 여자들이 쓰는 두건을 보내 저를 여자로 다루며 놀렸습니다. 저는 삼가 이 일을 폐하께 먼저 아뢰고 한바탕 죽기로 싸워 나라의 은혜를 갚고 우리 전군을 깔본 걸 되갚고자 합니다. 분한 마음을 누를 길 없어 이렇게 아룁니다.

조예는 글을 다 읽고 나자 뭇 벼슬아치들을 돌아보며 물었다.

"사마의가 굳게 지키면서 꼼짝하지 않았는데, 인제 와서 싸우게 해달라는 글을 보낸 까닭이 무엇이오?"

신비가 대답했다.

"사마의는 본디 싸울 마음이 없습니다. 그런데 제갈량의 놀림에 분을 이기지 못하고 있는 여러 장수들 때문에 이 글을 특별히 올린 게 틀림없습니다. 다시 폐하의 명령을 받아 뭇 장수들의 마음을 눌러보려는 뜻이 아닌가 싶습니다."

조예는 그 말이 맞다고 생각했다. 그래서 신비더러 바로 황제의 믿음을 나타내는 기를 가지고 위수 북쪽 영채로 가나가 싸우지 말라는 조서를 전하도록 했다.

사마의가 조서를 받기 위해 막사로 들어오자 신비가 명령을 전했다.

"나가 싸우자는 말을 다시 꺼내는 이가 있으면 바로 명령을 어긴 죄로 다스리겠소."

뭇 장수들은 아무 소리 못 하고 조서를 받드는 수밖에 없었다.

사마의가 신비에게 살짝 말했다.

"공은 참으로 내 마음을 잘 아는구려!"

사마의는 임금이 신비에게 믿음을 나타내는 기를 주며 사마의더러 나가 싸우지 못하도록 했다는 말을 군 안에 전하도록 했다.

촉나라 장수들은 이 소문을 듣자 바로 제갈량에게 보고했다.

제갈량이 웃으며 말했다.

"이건 사마의가 전군을 누르려고 꾸민 일이오."

강유가 물었다.

"승상께서는 그걸 어떻게 아십니까?"

"그 사람은 본디 싸울 마음이 없소. 그런데도 싸우게 해달라고 한 건 군사들에게 씩씩한 척해 보이려고 그랬소. '장수가 밖에 나가 있을 땐 임금의 명령도 받지 않을 수 있다'고 했거늘, 천 리 밖에 있으면서 어찌 싸우게 해달라고 할 수 있겠소? 이는 바로 사마의가 조예의 뜻이라 하면서 장수들의 분을 삭이고 모두를 누르고자 그랬소. 게다가 그런 말을 퍼뜨리기까지 하는 건 우리 군사들 마음을 느슨하게 풀어놓으려는 속셈이오."

그런 얘기를 나누고 있는데 비의가 왔다는 보고가 들어왔다. 제갈량이 들라고 하자 비의가 들어와 말했다.

"위 임금 조예가 동오군이 세 길로 나누어 쳐들어온다는 보고를 받자 직접 대군을 이끌고 합비로 갔습니다. 거기서 만총·전예·유소를 시켜 군사를 세 갈래로 나누어 적을 맞도록 했습니다. 만총이 나름대로 계획을 세워 동오의 식량이며 말먹이며 무기 들을 다 태워버린데다, 동오군은 많은 수가 병까지 걸렸습니다. 육손이 오왕에게 앞뒤에서 치자는 글을 보냈는데, 뜻밖에 글을 가지고 가던 이가 가다가 위군에게 사로잡혔습니다. 그래서 비밀이 새어버린 까닭에 오군은 아무 일도 이루지 못하고 물러가고 말았습니다."

제갈량은 그 말을 듣더니 한숨을 길게 내쉬었다. 이어 정신을 잃고 바닥에 쓰러지고 말았다. 여러 장수들이 급히 달려들어 주무르며 보살폈지만 반나절이 지나서야 깨어났다.

제갈량이 한숨을 몰아쉬며 더듬거렸다.

"내 마음이 어지럽고 묵은 병이 다시 도지는 걸 보니 아무래도 오래 못 갈 것 같구려!"

그날 밤 제갈량은 아픈 몸을 이끌고 막사 밖으로 나가 하늘을 우러러보며 살피다가 소스라치게 놀라 막사 안으로 들어왔다.

제갈량이 강유에게 말했다.

"내 목숨줄이 아침에 끊어질지, 저녁에 끊어질지 알 수가
없소!"

강유가 놀라며 바라보았다.

"승상께서는 어찌하여 그런 말씀을 하십니까?"

제갈량이 대답했다.

"하늘을 살펴보니 삼태성 가운데에 잠깐 나타난 별은 배
나 밝은데, 가장 밝던 별은 숨은 듯 잘 보이지 않소. 그 별을
둘러싼 별들도 빛을 잃고 어둡소. 하늘의 별들이 저러하니
내 목숨줄이 어떻게 되는지 알 만하오!"

강유는 조바심이 났다.

"하늘의 별들은 그렇다 하더라도, 승상께서는 어찌하여
복은 들어오게 하고 재앙은 물러가게 하는 기양법을 써서
다시 되돌리려 하지 않으십니까?"

"나도 그런 방법을 알고 있긴 하지만 하늘의 뜻이 어떠한
지 알 수 없소. 그대는 갑옷 입은 군사 마흔아홉 명에게 검
은 옷을 입힌 뒤 검은 깃발을 들고 막사를 에워싸도록 하시
오. 나는 막사 안에서 북두칠성에게 빌겠소. 만약 이레 안에
중심 등이 꺼지지 않으면 나는 열두 해를 더 살 수 있을 테
지만, 만약에 등불이 꺼지면 나는 죽지 않을 수 없소. 일 없
는 사람은 아무도 들어오지 못하도록 하고, 필요한 물건은
두 어린아이를 시켜 나르도록 하시오."

강유는 명령을 받자 준비하러 갔다.

때는 가을이 한창 깊은 8월이었다. 그날 밤 은하수는 반짝반짝 빛나고, 이슬은 옥구슬 구르듯 맺혔으며, 깃발들은 조금도 나부끼지 않았다. 군사들이 돌아다닐 때면 으레 두드리던 밥솥 징 소리조차 나지 않았다.

강유는 막사 밖에서 군사 49명을 데리고 지켰다. 제갈량은 막사 안에서 직접 향을 피우고 꽃과 제사 음식을 차려놓은 뒤 바닥에는 큰 등 7개를 켜놓았다. 바깥에는 작은 등 49개를 펼쳐놓은 뒤 그 안에 목숨을 뜻하는 등 하나를 켜놓았다.

마침내 제갈량은 엎드려 빌기 시작했다.

제갈량은 어지러운 세상에 태어나 기꺼이 숲과 샘 가까이에 숨어 살다 늙어 죽으려 했습니다. 그러나 소열황제께서 세 번씩이나 찾아주시는 은혜를 입고, 어린 임금을 보살피라는 중요한 일까지 맡기셔서 개나 말 정도의 하찮은 힘까지 다하여 나라의 도적을 치기로 다짐하였습니다. 그런데 지금 뜻밖에도 장수 별이 떨어지려 하고 목숨이 다하려 하고 있습니다. 그러기에 삼가 글을 올려 하늘에 빕니다. 엎드려 바라나니 자비로운 하늘이시여, 굽어살피셔서 저의 목숨을 늘려주십시오. 그리하여 위로는 임금의 은혜를 갚게 하시고, 아래로는 백성들의 목숨을 건지게 하시며, 옛 나라의 땅을 되찾아 한나라를 길게 이어가

제갈량이 하늘에 목숨을 빌다.

도록 해주십시오. 무턱대고 비는 게 아니라 참으로 여러 사정을 살펴 애타게 비나이다.

비는 말을 마친 제갈량은 막사에서 그대로 엎드린 채 아침까지 있었다.

다음 날 제갈량은 아픈 몸을 이끌고 일을 살피는데 끊임없이 피가 목을 넘어왔다. 그런데도 낮에는 군사 일을 의논하고 밤에는 별자리를 따라 걸으며 빌었다.

한편 사마의는 영채 안에 있으면서 굳게 지키고만 있었다. 어느 날 밤하늘을 살펴본 사마의가 무척 좋아라 하며 하후패에게 말했다.

"내 보니 장수 별이 자리를 잃었소. 공명이 병을 앓는 게 틀림없고, 머지않아 죽을 듯하오. 군사 천 명을 이끌고 오장원으로 가서 살펴보시오. 만약에 촉군이 시끌시끌하면서 싸우러 나오지 않으면 틀림없이 공명이 앓아누운 게요. 나는 마땅히 그런 때 기운을 몰아 무찌르겠소."

하후패는 군사를 이끌고 떠났다.

제갈량이 막사 안에서 빈 지 여섯 밤이 지나고 있었다. 중심 등이 계속 밝게 빛나 제갈량은 속으로 무척 기뻐했다. 강유가 막사 안으로 들어가보니 제갈량이 머리를 풀어헤친

채 칼을 짚고 북두칠성 별자리를 따라 걸으며 장수 별에 기운을 모으고 있었다. 그때 갑자기 영채 밖에서 아우성치는 소리가 일었다. 강유가 사람을 보내 무슨 일인지 알아보려 하는데 위연이 부리나케 뛰쳐들어오며 소리쳤다.

"위군이 쳐들어오고 있습니다!"

그런데 내달리던 위연의 발에 중심 등이 걸려 엎어지며 꺼지고 말았다. 이에 제갈량이 칼을 내던지며 한숨을 내쉬었다.

"죽고 사는 건 하늘의 뜻이라 빌어서 얻는 게 아니로다!"

위연은 쩔쩔매며 바닥에 엎드려 죄를 빌었다. 강유는 화가 치밀어올라 칼을 빼어 들고 위연을 죽이려 했다.

세상 모든 일이 사람 뜻대로 되지 않아

마음을 다해 빌어도 목숨은 어찌할 수 없네

과연 위연의 목숨은 어찌 되는지…….

제갈량 죽다

큰 별 떨어지며 한나라 승상은 하늘로 돌아가고
나무 조각상에 위 도독은 가슴이 철렁 내려앉다

강유는 위연이 등을 발로 차 불을 꺼뜨리자 화가 솟구쳐 칼을 빼어 들고 죽이려 들었다. 그러나 제갈량이 말렸다.

"이건 내 목숨이 다한 까닭이지 문장의 탓이 아니오."

강유는 칼을 거두었다. 제갈량은 여러 차례 피를 토하더니 자리에 쓰러져 누웠다.

제갈량이 위연에게 말했다.

"이는 사마의가 내게 병이 있는 줄 알고 군사를 보내 우리 사정이 어떤지 살피는 거라오. 그대가 급히 나가 맞아 싸우도록 하시오."

위연은 명령을 받자 막사를 나와 말에 오른 뒤 군사를 이끌고 영채 밖으로 뛰쳐나갔다. 하후패는 위연이 오는 게 보이자 급히 군사를 이끌고 달아났다. 위연은 그 뒤를 쫓아 20리 넘게 가다가 돌아왔다. 제갈량은 위연에게 자기 영채로 돌아가서 굳게 지키고 있으라고 했다.

강유가 막사로 들어가 제갈량의 병을 살폈다.

제갈량이 말했다.

"내 본디 있는 힘을 다해 충성을 바쳐 중원을 되찾고 한나라 황실을 다시 일으켜세우려 했소. 그러나 하늘의 뜻이 이러하니 나는 이제 언제 죽을지 모르오. 내 평생 배운 바는 이미 책으로 묶어놓았는데, 모두 스물네 편으로 글자 수는 십만 사천백십이 자요. 그 안엔 힘써 해야 할 일 여덟 가지와, 미리 조심해야 할 일 일곱 가지와, 위험하게 여겨야 할 일 여섯 가지와, 두려워해야 할 일 다섯 가지가 들어 있소. 내 여러 장수들을 다 둘러보아도 넘겨줄 만한 사람이 없고, 오로지 그대가 가장 마땅히 여겨져 내 책을 넘겨주니 부디 가벼이 여기지 말기 바라오!"

강유는 울며 절을 하면서 책을 받았다.

제갈량이 다시 말을 이었다.

"나는 화살 여러 대를 한꺼번에 쏠 수 있는 방법을 알아놓긴 했는데 아직 실제로 써보지는 못했소. 화살 길이는 여덮 치인데, 쇠뇌 하나로 한 번에 화살 열 대를 쏠 수 있소. 모두 그림으로 그려놓았으니, 잘 살펴서 만들어 쓰도록 하시오."

강유는 역시 절을 하며 받았다.

제갈량이 또 말했다.

"촉으로 들어가는 여러 길은 모두 그다지 걱정하지 않아도 되나, 음평 땅의 길만은 아주 조심해야 하오. 그곳은 비록 험하기는 하지만 나중에 어쩌면 잃게 될지도 모르오."

이어 제갈량은 마대를 막사 안으로 불러 귓속말로 뭔가 비밀스러운 일을 이르며 부탁했다.

"내 죽고 난 뒤 그대는 꼭 그대로 하기 바라오."

마대는 자신이 할 일을 받아 든 뒤 나갔다. 조금 뒤 양의가 들어왔다. 제갈량은 그를 자리 가까이 불러 비단주머니 하나를 주며 나직이 일렀다.

"내가 죽고 나면 위연이 틀림없이 배반하오. 그 사람이 배반하여 싸움이 일거든 이 주머니를 열어보시오. 그러면 위연을 벨 사람이 저절로 나타나오."

제갈량은 하나하나 할 일들을 이르고 나더니 다시 정신을 잃고 쓰러졌다. 해 질 무렵이 되어서야 깨어난 제갈량은 글을 써서 주며 밤새 달려 임금에게 가져가도록 했다.

유선은 글을 보고 소스라치게 놀랐다. 급히 상서 이복더러 밤을 새워 달려가 제갈량의 병을 살피고 아울러 뒷일을 알아보도록 했다. 이복은 명령을 받자 서둘러 오장원으로 달려갔다. 이복은 제갈량을 보자 임금의 뜻을 전하고 안부를 물었다.

제갈량이 눈물을 흘리며 말했다.

"내 불행히도 중간에 죽게 되어 나라의 큰일을 그만둘 수밖에 없어 천하에 죄를 짓고 말았소. 내 죽은 뒤 공들은 충성을 다해 임금을 도와드리시오. 지금까지 내려온 나라의 틀을 바꾸지 말고, 내가 쓰던 사람들도 가벼이 내치지 마시오. 군사를 부려 싸우는 방법은 모두 강유에게 알려주었으니 내 뜻을 이어받아 나라를 위해 힘을 다할 거요. 내 목숨은 이미 아침에 끝날지 저녁에 끝날지 모르게 다 되었으니, 바로 글을 남겨 천자께 올리도록 하겠소."

이복은 말을 다 듣자 바삐 돌아갔다.

제갈량은 병든 몸을 억지로 일으켜 곁에서 모시는 이들의 부축을 받아 작은 수레에 올랐다. 이어 본부 영채를 나가 각 영채를 두루 돌아보았다. 가을바람이 얼굴을 스치자 뼛속까지 찬 기운이 느껴졌다. 제갈량은 한숨을 길게 내쉬었다.

"내 다시는 싸움터에 나가 적을 치지 못하겠구나! 아득히 멀고 먼 새파란 하늘이여, 어찌 이렇게 끝나게 하시나요!"

제갈량은 한숨을 오랫동안 내쉬다가 막사로 되돌아왔다. 병은 갈수록 깊어만 갔다. 그래서 양의를 불러 일렀다.

"왕평·요화·장의·장익·오의는 모두 충성스러움과 의로움이 뛰어나오. 오랫동안 싸움터를 누비며 애를 많이 쓴 사람들이기에 앞으로도 무슨 일이든 맡길 만하오. 내 죽고 난 뒤에도 모든 일을 지금까지 해오던 대로 하시오. 군사는 천천히 물리고 절대로 급하게 서두르지 마시오. 그대는 꾀와 일을 꾸미는 능력이 뛰어나니 굳이 여러 말을 할 게 없고, 강백약은 슬기와 씩씩함을 갖추고 있으니 적의 뒤를 끊을 수 있소."

양의는 울면서 절을 하며 명령을 받았다. 제갈량은 종이·붓·먹·벼루를 가져오라 하여 자리 위에서 임금에게 올릴 글을 직접 썼다.

엎드려 듣자니, 나고 죽는 일은 바뀌지 않아 정해진 운수에서 벗어나기 어렵다 합니다. 이제 죽음을 앞두고 작은 충성이나마 하고자 합니다. 저 제갈량은 어리석고 보잘것없는 사람으로 태어났는데, 어려운 시절을 만나 크나큰 명령을 받들어 승상 자리를 맡았습니다. 군사를 일으켜 북쪽을 치러 나섰지만 채 공을 이루지 못한 채 뜻밖에 몸속 깊이 병이 들어 이제 목숨줄이 아침에 끊어질지, 저녁에 끊어질지 모르게 되었습니다. 끝까지 폐하를 섬기지 못하게 되어 그 한스러움의 끝이 어디인지 모르겠습니다.

엎드려 바라나니, 폐하께서는 부디 마음을 깨끗이 하시어 욕심을 누르시고, 스스로를 꾸미지 마시고 백성들을 사랑하십시오. 돌아가신 황제께서 남기신 뜻을 받들어 효도를 하시고, 따사로운 은혜를 천하에 베푸시고, 숨어 있는 사람 가운데에 뛰어난 사람을 뽑아 쓰시고, 어질고 착한 사람을 나서게 하시고, 간사스런 무리를 물리치시어 세상의 흐름을 바른 쪽으로 두터이 하십시오.

성도 저희 집에는 뽕나무 8백 그루와 메마르나마 밭 1백 50마지기가 있어 자손들이 먹고 입기에 넉넉합니다. 제가 밖에 나가 있을 때에는 몸에 필요한 먹을거리·입을거리 모두 나라에서 대주었으므로 따로 살림을 돌보며 재산을 불릴 까닭이 없었습니다. 제가 죽는 날, 안에는 남는 비단 조각 하나 없게 하고, 밖에는 남는 재물 한 점 없도록 한 건 바로 폐하께 짐이 되지 않기 위해서였습니다.

제갈량은 글을 다 쓰고 나자 다시 양의에게 일렀다.

"내가 죽더라도 초상을 알리지 마시오. 신주를 모시는 장을 크게 만들어 그 안에 내 죽은 몸을 앉힌 뒤 쌀 일곱 알을 입 안에 넣고 발아래엔 등불 하나를 밝혀놓도록 하시오. 군

안은 여느 때와 마찬가지로 조용히 지내게 하면서 절대로 울음소리를 내지 못하게 하시오. 그렇게 하면 장수 별이 떨어지지 않고, 나의 넋도 다시 깨어나 지키오. 사마의는 장수 별이 떨어지지 않는 걸 보면 틀림없이 놀라며 께름칙하게 여길 거요. 그 틈을 타 우리 군사는 뒤쪽 영채부터 먼저 떠나보내시오. 영채 하나씩 천천히 물러가도록 하시오. 만약에 사마의가 쫓아오거든 그대는 바로 깃발을 되돌리고 북을 치며 진을 펼쳐놓고 기다리시오. 적이 다다르거든 내가 미리 만들어둔 나무 조각을 수레 위에 앉힌 뒤 크고 작은 장수들에게 왼쪽·오른쪽으로 나누어 서서 앞으로 밀고 나가게 하시오. 사마의가 그걸 보면 반드시 놀라서 달아날 거요.”

양의는 하나하나 새겨들으며 그러겠노라고 했다.

그날 밤 제갈량은 모시는 이들의 부축을 받으며 밖으로 나와 북두칠성을 쳐다보았다. 제갈량이 멀리 떨어져 있는 별 하나를 손가락으로 가리켰다.

“저게 바로 내 장수 별이오.”

모두들 그 별을 쳐다보았다. 빛을 잃어 희미한 별 하나가 흔들거리며 금방이라도 떨어질 것만 같았다. 제갈량은 칼을 들어 별을 가리키며 입으로 주문을 외웠다. 주문을 외우고 난 뒤 급히 막사로 돌아온 제갈량은 바로 정신을 잃고 말

제갈량의 장수 별이 빛을 잃고 흔들리다.
제갈량의 장수 별이 빛을 잃고 흔들리다.

왔다. 장수들이 어쩔 줄 몰라 쩔쩔매고 있는데 상서 이복이 다시 왔다. 이복은 제갈량이 정신을 잃고 쓰러져 말을 못 하는 것을 보고 목을 놓아 울었다.

"내가 나라의 큰일을 그르치고 말았습니다!"

조금 뒤 제갈량이 다시 깨어났다. 눈을 떠 둘러보다가 이복이 와서 서 있는 걸 보고 입을 열었다.

"나는 공이 다시 온 까닭을 알고 있소."

이복은 고마워하며 몸 둘 바를 몰라 했다.

"천자께서 저를 시켜 승상께서 세상을 떠나신 뒤에 누구한테 큰일을 맡겨야 하는지를 알아보라고 하셨는데, 저번에는 허둥대다가 그만 여쭤보지 못해서 다시 왔습니다."

제갈량이 말했다.

"내 죽은 뒤 큰일을 맡을 만한 사람은 공염 장완이 가장 마땅하오."

이복이 물었다.

"공염 다음으론 누가 그 뒤를 이을 만합니까?"

제갈량이 어렵사리 대답했다.

"문위 비의가 이을 만하오."

이복이 또 물었다.

"문위 뒤에는 누가 이을 만합니까?"

제갈량이 아무런 대답을 하지 않았다.

장수들이 가까이 다가가 살펴보니 이미 숨이 멎어 있었다. 때는 건흥 12년 가을 8월 23일로, 그의 나이 54살이었다.

나중에 두보가 시를 지어 읊으며 아쉬워했다.

어젯밤에 귀한 별 하나 영채 앞에 떨어지더니
선생이 돌아가셨다는 소식 오늘 듣네
막사 안에선 명령 소리 들리지 않고
오로지 기린대에 빛나는 이름 뚜렷이 올랐구나
따르던 3천 제자 헛되이 남고
가슴에 품고 있던 10만 군사 다 부질없어라
맑은 날 푸르름 우거진 속 보기 좋다만
이제 다시는 맑은 노랫소리 들을 수 없다네

백거이도 시를 읊었다.

선생이 자취 감추고 숲속에 누워 있을 때
어진 주인 세 번씩이나 찾아왔네
고기가 남양에 이르러 비로소 물을 만나고
용이 하늘 밖으로 날자 장맛비 내렸다네
어린 임금 부탁하며 예의 다 갖추니
나라 은혜 갚고자 충성스럽고 의로운 마음 다 쏟았다네

전에 촉의 장수교위였던 요립은 스스로 제갈량에 버금가는 재주를 가졌다고 여겼다. 그러나 자신의 벼슬자리가 변변찮아 늘 투덜대며 원망스러워했다. 이에 제갈량은 그의 벼슬자리를 빼앗아 아예 일반 백성으로 내치면서 문산으로 쫓아버렸다. 그는 제갈량이 죽었다는 소식을 듣자 눈물을 흘리며 말했다.

"나는 이제 옛날처럼 다시는 옷깃을 바른쪽으로 여미지 못하고 끝내 왼쪽으로 여미며 살다 죽어야 하겠구나!"

제갈량이 죽었으니 자신이 다시는 세상 속으로 들어가지 못한다는 걸 알았기 때문이다.

이엄 또한 제갈량이 죽었다는 소식을 듣자 목을 놓아 울었다. 그러다가 병이 들어 죽고 말았다. 이엄은 제갈량이 자신을 다시 불러 지난날의 잘못을 바로잡게 해주기를 바라고 있었다. 그러나 제갈량이 죽고 말았으니 이제는 아무도 자신을 써줄 사람이 없으리라는 걸 알았다.

나중에 원진이라는 사람도 시를 지어 제갈량을 기렸다.

어지러운 세상 다스리며 위험한 주인 붙들어세우고

어린 임금 잘 돌보아달라는 부탁을 받았네

뛰어난 그 재주 관중·악의보다 낫고

기막힌 싸움 방법 손무·오기를 뛰어넘었네

거침없는 출사표에

빈틈없는 팔진도라

공처럼 크나큰 덕 듬뿍 지닌 사람

예고 지금이고 없어라

그날 밤 하늘도 시름에 빠지고, 땅도 슬픔을 누르지 못했으며, 달빛도 빛을 잃었다. 제갈량은 어느새 하늘로 돌아가고 말았다.

강유와 양의는 제갈량이 남긴 뜻을 받드느라 울음소리도 내지 못했다. 정해진 방법에 따라 제갈량의 몸을 씻기고 수의를 입힌 뒤 커다란 장 안에 모신 다음 가까운 부하 3백 명더러 지키게 했다. 이어 위연에게 뒤를 끊으라는 명령을 몰래 전한 뒤 여러 곳에 있는 영채를 하나씩 거두어 물러가기 시작했다.

한편 사마의는 밤에 하늘을 우러러보았다. 커다란 별 하나가 눈에 띄었다. 붉은빛이 흩어져 퍼지는 게 마치 길게 꼬리를 매단 듯이 보이는 별이었다. 그 별이 동북쪽에서 서남쪽으로 흐르더니 촉군 영채로 떨어졌다가 다시 튀어올랐다. 모두 세 번 떨어지고 두 번 솟아오르는데, 무슨 소리가 아득히 들리는 성싶었다.

사마의는 뛸 듯이 기뻤다.

"공명이 죽었구나!"

사마의는 바로 대군을 일으키라는 명령을 내려 뒤를 쫓고자 했다. 영채 문을 막 나서려는데 문득 또 께름칙한 생각이 들었다.

'공명은 육정육갑법을 잘 쓰는 사람이다. 내가 오랫동안 싸우러 나오지 않으니까 꾀어내려고 짐짓 죽은 체하는 방법을 쓰는지 몰라. 만약에 뒤쫓다가는 틀림없이 그 꾀에 속고 만다.'

사마의는 다시 말 머리를 돌려 영채로 들어온 뒤 나가지 않았다. 이어 하후패더러 몰래 말 탄 군사 수십 명을 데리고 오장원 외진 산골로 가서 살펴보도록 했다.

이때 위연은 자기 영채에 있었다. 밤에 잠을 자다가 머리에 갑자기 뿔 두 개가 돋는 꿈을 꾸었다. 꿈을 깨고 보니 뭔가 께름칙하고 이상했다. 다음 날 행군사마 조직이 찾아왔기에 들라 하여 물었다.

"그대가 주역의 이치를 잘 안다는 말을 오래전에 들었소. 내가 지난밤에 머리에 뿔 두 개가 나는 꿈을 꾸었소. 그게 좋은 거요, 나쁜 거요? 귀찮더라도 나를 위해 한번 풀이를 해주시오.”

조직은 한참 동안 생각해보더니 이윽고 입을 열었다.

“아주 좋은 꿈입니다. 기린도 머리에 뿔이 있고, 푸른 용도 머리에 뿔이 있습니다. 뭔가 바뀌어서 높이 날아오를 걸 알려주는 꿈입니다.”

위연은 아주 좋아라 했다.

“공의 말이 맞으면 내 마땅히 한턱 크게 쓰겠소.”

조직은 위연에게 인사를 하고 돌아가다 몇 리 가지 않아서 상서 비의를 만났다. 비의가 어디 다녀오는 길이냐고 물었다.

조직이 대답했다.

“위문장의 영채에 갔다 오는 길입니다. 그런데 위문장이 지난 밤에 머리에 뿔이 돋는 꿈을 꾸었다면서 저더러 꿈풀이를 해달라고 했습니다. 그게 본디 좋은 꿈이 아닌데, 곧이곧대로 말했다간 무슨 일을 당할지 몰라 기린과 푸른 용을 갖다 대며 풀어주었습니다.”

비의가 물었다.

“그대는 그게 좋지 않은 꿈인 줄 어떻게 아시오?”

조직이 대답했다.

“뿔 각(角) 자의 생긴 꼴은 칼 도(刀) 자 아래 쓸 용(用) 자입니다. 이는 바로 머리 위에서 칼을 쓴다는 말인데, 그보다 더 나쁜 일이 어디 있겠습니까!"

비의가 고개를 끄덕였다.

"그대는 아무에게도 그 말을 하지 마시오."

조직은 헤어져 가던 길을 갔다.

비의는 위연의 영채에 이르자 곁에 있는 이들을 물리치고 말했다.

"어젯밤 한밤중에 승상께서 세상을 떠나셨소. 돌아가실 때 거듭 부탁하시기를, 장군더러 뒤를 끊게 해 사마의를 막으며 천천히 물러가고, 초상난 걸 알리지 말라 하셨소. 군사를 다스릴 수 있는 병부가 여기 있으니 바로 군사를 일으키시오."

위연이 물었다.

"누가 승상 대신 큰일을 맡고 있소?"

비의가 대답했다.

"승상께서 큰일은 모두 양의에게 맡기셨고, 군사를 부리는 비밀스러운 방법은 모두 강백약에게 물려주셨소. 이 병부는 곧 양의의 명령이오."

위연이 못마땅해했다.

"승상은 돌아가셨어도 나는 지금 여기 있소. 양의는 한낱 장사에 지나지 않는데 어찌 큰일을 맡을 수 있소? 그 사람은 관이나 모시고 서천으로 들어가 장례나 치르게 하는 게 마땅하오. 나는 직접 대군을 이끌고 사마의를 쳐서 기어코 공을 이루겠소. 승상 한 사람 때문에 나라의 큰일을 저버려서야 되겠소?”

“승상께서 돌아가시면서 일단 군사를 물리라는 명령을 내리셨으니 어길 수 없소.”

위연이 발끈 성을 냈다.

“승상께서 저번에 내 계획대로만 하셨으면 장안을 빼앗은 지 벌써 오래되었을 테요! 지금 내가 맡고 있는 벼슬자리가 전장군 정서대장군 남정후인데, 어찌 보잘것없는 장사 따위를 위해 뒤를 끊어야 한단 말이오!”

비의가 달랬다.

“장군의 말씀이 옳기는 하나 가벼이 움직이면 적의 웃음거리가 되고 맙니다. 잠깐만 기다리시오. 내가 양의를 보고 이건 이렇고 저건 저렇다고 따져서 군사를 다스릴 수 있는 권리를 장군께 주도록 하겠소. 어떻소?”

위연은 그 말을 따르기로 했다.

비의는 헤어지는 인사를 한 뒤 위연의 영채에서 나왔다. 급히 본부 영채로 가서 양의를 보고 위연이 한 말을 옮겼다.

양의가 말했다.

“승상께서 돌아가실 때 내게 몰래 이르시기를 ‘위연은 틀림없이 딴 뜻을 가지고 있다’고 하셨소. 내가 병부를 보낸 까닭은 사실 그 마음이 어떠한지를 떠보기 위해서였소. 과연 승상께서 하신 말씀이 맞소. 내 이제 백약더러 뒤를 끊도록 하겠소."

이리하여 양의는 관을 모시고 먼저 가면서 강유더러 뒤를 끊도록 하였다. 제갈량이 남긴 명령에 따라 천천히 물러갔다.

위연은 영채에 계속 있었다. 그러나 비의는 다시 돌아오지 않았다. 이에 속으로 뭔가 의심스런 마음이 일어 마대더러 말 탄 군사 여남은 명을 이끌고 가 어찌 된 일인지를 알아보게 하였다.

마대가 돌아와 말했다.

"뒤쪽 군사는 강유가 모두 맡아 다스리고, 앞쪽 군사는 절반 넘게 모두 골짜기 안으로 들어갔습니다."

위연은 화를 있는 대로 냈다.

"애송이 같은 선비놈이 어찌 겁도 없이 나를 업신여긴단 말이냐! 내 반드시 죽이고 말 테다!"

위연이 마대를 돌아보았다.

"공은 나를 도와주겠소?"

마대가 대답했다.

"나 역시 양의에게 평소 원한이 쌓여 있었소. 기꺼이 장군을 도와 치겠소."

위연은 좋아라 했다. 바로 영채를 거두어 군사를 이끌고 남쪽을 바라고 떠났다.

하후패가 군사를 이끌고 오장원에 이르러 둘러보니 촉군이 하나도 눈에 띄지 않았다. 그래서 급히 돌아가 사마의에게 보고했다.

"촉군은 이미 모두 물러가고 없습니다."

사마의가 발을 구르며 안타까워했다.

"제갈량이 죽은 게 틀림없구나! 빨리 뒤쫓아야겠다!"

하후패가 말렸다.

"도독께서는 가벼이 뒤를 쫓아서는 안 됩니다. 아랫장수 하나를 먼저 보내십시오."

사마의가 고개를 저었다.

"이번엔 내가 직접 가야겠소."

사마의는 두 아들과 함께 군사를 이끌고 한꺼번에 오장원으로 몰려갔다. 촉군의 영채에 이르자 아우성치고 깃발을 흔들며 쳐들어갔으나 정말로 한 사람도 없었다.

사마의가 두 아들을 돌아보았다.

"너희들은 얼른 군사를 다그치며 뒤따라오너라. 나는 먼저 군사를 이끌고 나아가겠다."

이리하여 사마사와 사마소는 뒤에서 군사를 다그치며 따

라가고, 사마의는 직접 군사를 거느리고 앞장을 섰다. 산 밑까지 쫓아갔을 때 바라보니 멀지 않은 곳에 촉군이 보였다. 사마의는 더욱 힘을 내 쫓아갔다. 그때 느닷없이 산 뒤에서 쾅 소리가 나더니 외침 소리가 크게 일었다. 촉군들이 가던 길을 되돌아서더니 깃발을 흔들고 북을 마구 울렸다. 숲 우거진 그늘 아래에서 중군의 큰 깃발이 나부끼며 나왔다. 보니 '한 승상 무향후 제갈량'이라고 크게 쓰여 있었다. 사마의는 소스라치게 놀라며 낯빛이 바뀌었다. 눈을 부릅뜨고 살펴보니 장수 수십 명이 네 바퀴 수레 한 대를 보호하며 나왔다. 수레 위에는 제갈량이 반듯이 앉아 있었다. 머리에는 윤건을 쓰고 깃털 부채를 들었으며, 학창의 차림에 검은 띠를 두르고 있었다.

사마의는 까무러치게 놀랐다.

"공명이 살아 있다! 그런 줄도 모르고 가벼이 움직여 위험한 데로 들어오고 말았구나! 이렇게 꾀에 빠지고 말다니!"

사마의는 급히 말 머리를 돌려 달아나기 시작했다. 뒤에서 강유가 소리를 크게 내질렀다.

"적의 장수는 달아나지 말라! 너희들은 우리 승상의 계획에 말려들고 말았다!"

위군들은 넋이 나가 갑옷이며 투구며 무기를 모두 내던진 채 저마다 살기 위해 달아났다. 그러나 서로 밟고 밟히는 까닭에 죽은 이는 셀 수도 없이 많았다. 사마의는 50리 넘게 달아났다. 뒤에서 위의 장수 둘이 달려와 사마의가 타고 있는 말의 고삐와 재갈을 잡으며 소리쳤다.

"도독께서는 놀라지 마십시오."

사마의가 손을 뻗어 머리를 어루만지며 더듬거렸다.

"내 머리, 내 머리가 있느냐?"

두 장수가 대답했다.

"겁내지 마십시오. 촉군은 멀리 가버렸습니다."

사마의는 한참 동안 숨을 몰아쉬다가 겨우 정신이 들자 눈을 크게 뜨고 두 장수를 바라보았다. 하후패와 하후혜였다. 이에 사마의는 다시 말고삐를 잡고 두 장수와 함께 샛길을 따라 천천히 본부 영채로 돌아갔다. 사마의는 여러 장수들을 시켜 군사를 이끌고 사방으로 흩어져 살펴보게 하였다.

이틀이 지났을 때 그곳에 사는 백성이 달려와서 알려주었다.

"촉군이 골짜기 안으로 물러갈 때 슬피 우는 소리가 땅을 울렸습니다. 군 안에는 흰 기가 내걸렸습니다. 제갈량이 죽은 게 틀림없습니다. 강유가 군사 천 명을 이끌고 뒤를 끊었을 뿐입니다. 지난번에 본 수레 위의 공명은 나무로 깎아서 만든 사람이었습니다."

사마의가 한숨을 내쉬었다.

"나는 공명이 살아 있을 거로만 생각했지, 죽었으리라곤 생각 못 했다!"

이때부터 촉 땅의 사람들 사이에는 "죽은 공명이 산 중달을 달아나게 했다"라는 말이 퍼지기 시작했다.

나중에 어떤 사람이 시를 지어 아쉬워했다.

사마의는 제갈량이 죽은 게 틀림없다는 걸 알게 되자 다시 군사를 이끌고 뒤쫓았다. 적안파까지 가서 보니 촉군은 이미 멀리 가고 없었다. 이에 사마의는 군사를 이끌고 돌아와 장수들을 둘러보며 말했다.

"공명은 이미 죽었소. 이제 우리는 아무런 걱정 없이 베개를 높이 베고 잘 수 있소!"

사마의는 마침내 군사를 거두어 돌아갔다. 길을 가며 제갈량이 영채를 세웠던 자리를 둘러보니 앞뒤·오른쪽·왼쪽으로 모두 가지런히 제대로 되어 있었다.

사마의는 놀라며 한숨을 내쉬었다.

"공명은 천하의 뛰어난 재주를 가진 사람이었다!"

사마의는 군사를 거느리고 장안으로 돌아가자 장수들이 길목을 나누어 지키도록 나눠서 보냈다. 그런 뒤 낙양으로 임금을 만나러 갔다.

한편 양의와 강유는 진을 펼치고 천천히 물러갔다. 벼랑길 어귀에 이르러서야 상복으로 갈아입고 초상을 알리며, 기를 올리고 소리 내어 슬피 울기 시작했다. 촉군들은 모두 머리를 찧고 발을 구르며 목을 놓아 울었다. 울다 죽는 이까지 생겼다.

촉군의 앞부대가 벼랑길로 들어서려는데 갑자기 앞쪽에서 불길이 하늘을 찌를 듯이 치솟아오르며 아우성치는 소리가 땅을 울렸다. 이어 사나운 범 같은 군사 한 무리가 길을 막았다. 장수들은 깜짝 놀라 양의에게 급히 보고했다.

이미 위군 장수들이 돌아가는 걸 보았는데
촉 땅에 어떤 군사가 나타난 건지 알 수 없네

과연 뛰쳐나온 군사들은 어디에서 왔는지…….

비단주머니를 열다

제갈량은 미리 비단주머니에 방법을 남기고
위 임금은 승로반을 떼어다 옮기다

양의는 앞쪽 길을 막는 군사가 있다는 보고를 받자 급히 염탐꾼을 보내 살펴보도록 했다. 염탐꾼이 다녀오더니 위연이 불을 질러 벼랑길을 끊고 군사를 이끌고서 길을 막고 있더라고 했다. 양의는 깜짝 놀랐다.

"승상께서 살아 계실 때 그 사람이 나중에는 반드시 우리를 배반할 거라고 하셨지만, 오늘 바로 이렇게 나올 줄은 미처 몰랐소! 우리가 돌아갈 길을 끊어놓았으니 이제 어찌해야 하오?"

비의가 말했다.

"그 사람은 틀림없이 먼저 천자께 우리가 배반했다고 거짓 보고를 했겠지요. 그래놓고 벼랑길을 불태워 끊고 우리가 돌아갈 길을 막고 있을 겁니다. 우리도 마땅히 천자께 글을 올려 위연이 배반한 사정을 알린 다음 일을 꾀하도록 합시다."

강유가 말했다.

"여기에 사산이라고 하는 샛길이 하나 있습니다. 가파르고 험하기는 하지만 벼랑길 뒤로 빠져나갈 수는 있습니다."

그래서 글을 써서 임금에게 알리는 한편, 군사를 사산 샛길 쪽으로 나아가게 했다.

이즈음 성도의 유선은 뭔가 마음이 불안하여 잠자리도 편치 않고 입맛도 없었다. 그러던 어느 날 밤에는 꿈을 하나 꾸었는데, 성도 금병산이 무너지는 꿈이었다. 소스라치게 놀라 깨어난 뒤 날이 밝기를 앉아 기다렸다. 아침에 문무 벼슬아치들이 다 모이자 유선은 꿈 이야기를 들려주었다.

초주가 말했다.

"제가 지난밤에 하늘을 살펴보니 붉은빛 도는 별 하나가 길게 꼬리를 매단 듯이 빛을 흩뜨리며 동북쪽에서 서남쪽으로 떨어졌습니다. 아무래도 승상께 몹시 좋지 않은 일이 일어날 듯합니다. 폐하께서도 산이 무너지는 꿈을 꾸셨다

하니 느낌이 더욱 좋지 않습니다.”

유선은 더욱 놀라 쩔쩔맸다. 마침 이복이 돌아왔다는 보고가 들어오자 급히 그를 불러들여 물었다. 이복이 머리를 조아리고 울먹이며 제갈량이 이미 세상을 떴다고 말했다. 이어 제갈량이 세상을 뜨면서 남긴 말들을 하나도 빠뜨리지 않고 자세히 보고했다.

유선은 말을 듣자마자 목을 놓아 울기 시작했다.

“하늘이 나를 버리려 하시는구나!”

유선은 울부짖다 그대로 자리에 쓰러지고 말았다. 곁에서 모시는 이들이 부축하여 뒷궁전으로 들어갔다.

오태후도 그 소식을 듣자 목을 놓아 울었다. 여러 벼슬아치들도 모두 슬퍼하고, 백성들도 눈물을 흘리지 않는 이가 없었다.

유선은 여러 날 계속 슬픔에 잠겨 조회도 열지 못했다. 그러는 참에 난데없이 양의가 배반했다는 위연의 글이 왔다. 뭇 신하들은 모두 소스라치게 놀라 궁으로 들어가 유선에게 이를 보고했다. 그때 마침 오태후도 궁에 있었다. 유선은 보고를 받자 깜짝 놀라며 가까운 신하에게 위연이 올린 글을 읽도록 했다.

정서대장군 남정후 위연은 몹시 두려운 마음으로 머리를 조아

리며 말씀 올립니다. 양의는 제 맘대로 군사를 다스릴 수 있는 모든 힘을 거머쥔 다음 군사를 거느리고 배반하여 승상의 관을 빼앗고 적군을 나라 안으로 끌어들이려 했습니다. 이에 저는 벼랑길을 불태워 끊고 군사들과 함께 막고 있으면서 삼가 글을 올려 아룁니다.

글을 다 읽고 나자 유선이 어이없어했다.

"위연은 씩씩한 장수라서 양의의 무리 정도는 거뜬히 막아낼 수 있었을 텐데 어째서 벼랑길까지 태워서 끊었다고 하지요?"

오태후가 말했다.

"일찍이 돌아가신 황제께서 말씀하시는 걸 들었는데, 공명은 위연의 뒤통수에 배반할 기운이 뭉쳐 있어 늘 없애고 싶으면서도 그 씩씩함이 아까워 그냥 쓴다고 했소. 그러니 양의가 배반했다는 말을 쉽게 믿어서는 안 되오. 양의는 문관이고, 승상께서 장사 자리를 맡기신 걸 보면 반드시 쓸 만한 사람이기에 그랬습니다. 지금 만약에 한쪽 말만 듣고 그쪽한테 끌려가면 양의는 할 수 없이 위에 항복하게 됩니다. 이 일은 마땅히 깊이 생각하고 의논해야지 어설프게 다루어서는 안 되오."

뭇 벼슬아치들이 의논하고 있는데 장사 양의가 급히 보

낸 글이 이르렀다는 보고가 들어왔다. 가까이 모시는 신하가 글을 펼쳐 읽었다.

장사 수군장군 양의는 몹시 두려운 마음으로 머리를 조아리며 삼가 글을 올립니다. 승상께서 세상을 뜨실 때 큰일을 저에게 맡기시면서 옛 틀을 함부로 바꾸지 말라 하셨습니다. 또 위연을 시켜 뒤를 끊게 하시면서 강유는 그다음 일을 맡도록 했습니다. 지금 위연은 승상께서 남기신 말을 듣지 않고 제멋대로 군사를 이끌고 먼저 한중으로 들어가 불을 질러 벼랑길을 끊은 뒤 승상의 관을 실은 수레를 빼앗아 배반하려 합니다. 하도 갑작스레 일어난 일이기에 삼가 급히 글을 올려 아룁니다.

글을 다 읽자 오태후가 물었다.
"여러분들의 생각은 어떻소?"
장완이 나서서 말했다.
"제 어리석은 생각을 말씀드리겠습니다. 양의는 비록 성격이 지나치게 급하고 너그럽지 못하기는 하지만, 지금까지 식량과 말먹이 대는 일과 비밀스런 군사 일 등 여러 일을 맡아 오랫동안 승상을 도와왔습니다. 또 승상께서 세상을 뜨실 때 큰일을 맡기신 걸 보면 결코 배반할 사람이 아닙니다. 위연은 평소 자기 공이 크다고 뽐내며 남을 모두 낮게 보았습니다. 그래서 모두들 그를 함부로 대하지 못하는데 오로지 양의만은 하찮게 여겼습니다. 그런 까닭에 위연은 속으로 늘 괘씸해했습니다. 지금 양의가 군사를 도맡아 다스리게 되자 속으로 따를 수 없어 벼랑길을 불태워 돌아갈 길을 끊으며 양의를 해치려고 거짓 보고까지 하였습니다. 저는 집안의 높고 낮은 모든 사람의 목숨을 걸고 양의가 배반하지 않았다고 말씀드릴 수 있습니다. 그러나 위연은 그렇게 할 수 없습니다."

동윤도 나서서 말했다.

"위연은 스스로 공이 많다고 믿기에 마음속으로 못마땅한 게 많아 늘 투덜거리는 말을 내뱉어왔습니다. 지금까지 배반하지 않은 건 승상이 두려웠기 때문입니다. 이제 승상께서 세상을 뜨셨으니 이 틈을 타 반란을 일으키고자 했겠지요. 양의는 재주가 뛰어나고 여러 일에 두루 밝아 승상께서 쓰셨으므로 틀림없이 배반하지 않았습니다."

유선이 말했다.

"위연이 만약 배반했다면 앞으로 어떻게 막아야겠소?"

장완이 말했다.

"승상께서 평소에 그 사람을 의심하고 있었으므로 틀림없이 양의에게 뭔가 방법을 이르셨을 겁니다. 만약에 양의가 믿는 구석이 없다면 어떻게 물러나 골짜기 어귀로 들어

갔겠습니까? 위연은 반드시 꾀에 말려들고 맙니다. 폐하께
서는 너무 걱정하지 마십시오."

얼마 지나지 않아 위연의 글이 또 왔다. 양의가 배반했다
고 했다. 그 글을 펼쳐보고 있는데 이번엔 양의의 글이 또
이르렀다. 위연이 배반했다고 했다. 두 사람이 서로 연거푸
글을 올리는데, 서로 자기 말이 옳다고 우기는 꼴이었다. 그
때 비의가 돌아왔다는 보고가 들어왔다. 유선이 비의를 불
러들이자 그가 위연이 배반한 사정을 자세히 보고했다.

유선이 말했다.

"그렇다면 동윤을 시켜 내 믿음을 보여주는 기를 가지고
가서 좋은 말로 위연을 달래도록 하시오."

동윤은 조서를 받들어 떠나갔다.

한편 위연은 벼랑길을 불태워 끊어놓고 군사를 남쪽 골
짜기에 머물러놓고 있었다. 좁은 길목을 차지하고 있는 터
라 스스로도 잘한 일이라 여기고 있었다. 그런데 뜻밖에도
양의와 강유가 밤을 도와 군사를 이끌고 남쪽 골짜기 뒤로
빠져나갔다.

양의는 한중을 잃을까봐 하평에게 군사 3천 명을 이끌고
먼저 앞장서 가도록 했다. 이어 양의는 강유와 함께 군사를
이끌고 제갈량의 관을 모시고 한중을 바라고 갔다.

하평은 군사를 이끌고 남쪽 골짜기 뒤에 이르자 북을 두드리며 아우성을 쳤다. 염탐꾼이 위연에게 나는 듯이 달려가 보고했다.

"양의가 앞장세운 하평이 군사를 이끌고 사산 샛길로 빠져나와 싸움을 걸고 있습니다."

위연은 크게 화를 내며 급히 갑옷을 걸치고 말에 올라 칼을 든 채 군사를 거느리고 나가 맞았다. 양쪽이 서로 마주 보며 둥글게 진을 치자 하평이 말을 타고 나와 큰소리로 욕을 퍼부었다.

"배반한 역적 위연은 어디 있느냐?"

위연 역시 욕을 퍼부었다.

"네놈이야말로 양의를 도와 배반하면서 나에게 욕을 하느냐!"

하평이 꾸짖었다.

"승상께서 이제 막 돌아가셔서 몸이 채 식지도 않았는데 네 어찌 겁도 없이 배반할 수 있단 말이냐!"

하평은 말채찍을 들어 서천 군사들을 가리키며 말했다.

"여러 군사들은 모두 서천 사람으로, 서천에 부모와 아내와 자식과 형제와 벗들이 있다. 승상께서 살아 계실 때 너희들한테 조금도 서운하게 한 적이 없으니 너희들은 배반한 역적을 도우면 안 된다. 저마다 고향 집으로 돌아가 나라에서 내릴 상이나 기다리고 있어라."

그 말을 듣자 군사들은 아우성을 치며 절반 넘게 흩어져 갔다. 위연은 화가 치밀어올라 칼을 휘두르며 말을 몰아 막 바로 하평에게 달려들었다. 하평은 창을 꼬나들고 맞았다. 그러나 하평은 몇 합 싸우지 않고 짐짓 패한 척하며 달아났 다. 위연은 그 뒤를 쫓아갔다. 그러나 군사들이 활과 쇠뇌를 마구 쏘아대는 바람에 말 머리를 돌리지 않을 수 없었다. 그 사이에 위연의 군사들은 뿔뿔이 흩어지고 있었다. 위연은 치밀어오르는 화를 누를 수 없어 말을 내달려 닥치는 대로 군사 몇을 죽였다. 그런데도 군사들은 멈추지 않고 달아나 기에 바빴다. 오로지 마대가 거느린 군사 3백 명만이 꼼짝 않고 그대로 있었다.

위연이 마대를 보고 말했다.

"공은 참마음으로 나를 도와주는구려. 일이 이루어지고 나면 결코 저버리지 않겠소."

위연은 마대와 함께 하평을 쫓아갔다. 하평은 군사를 이 끌고 나는 듯이 달아나버렸다. 위연은 남은 군사들을 거둔 다음 마대와 함께 의논했다.

"우리가 위나라에 항복하는 게 어떻겠소?"

마대가 대답했다.

"장군의 말씀은 그리 바람직하지 않습니다. 대장부가 어찌하여 스스로 큰일을 꾀하지 않고 쉬이 남에게 굽혀 무릎을 꿇는단 말입니까? 내 보기에 장군께서는 꾀와 씩씩함을 두루 갖추고 계십니다. 그러니 동천·서천에서 누가 함부로 해볼 수 있겠습니까? 내 다짐컨대 장군과 함께 먼저 한중을 빼앗은 다음 서천으로 쳐들어가겠습니다.”

위연은 아주 마음에 들어 하며, 마침내 마대와 함께 군사를 이끌고 남정을 치러 갔다.

강유가 남정성 위에서 보니 위연과 마대가 힘을 뽐내며 바람처럼 달려오고 있었다. 강유는 급히 달아맨 다리를 들어올리라고 명령했다.

위연과 마대 두 사람이 와서 소리 질렀다.

“빨리 항복하라!”

강유는 사람을 보내 양의를 오라고 하여 의논했다.

“위연은 씩씩하고 사납기 짝이 없는데 마대까지 곁에서 돕고 있습니다. 비록 군사는 얼마 되지 않지만 어떻게 물리쳐야 합니까?”

양의가 대답했다.

“승상께서 세상을 뜨실 때 비단주머니 하나를 주시면서 이르셨소. 만약에 위연이 배반하거든 서로 싸우려 할 때 풀어보라 하시면서 말이오. 그러면 위연을 벨 방법이 들어 있다고 하셨소. 이제 그걸 꺼내볼 때요.”

                                박상률 완역 삼국지 9

마침내 비단주머니를 꺼내 끌러보았다. 봉투 하나가 들어 있는데 겉에 '위연과 싸울 때 말 위에서 뜯어볼 것'이라고 쓰여 있었다.

강유가 무척 좋아라 했다.

"승상께서 이미 이렇게 준비를 해두셨으니 장사께서 잘 가지고 계시지요. 내 먼저 군사를 이끌고 성을 나가 진을 펼쳐놓으면 공께서 따라나오시오."

강유는 갑옷을 걸치고 말에 올라 창을 들고서 군사 3천 명을 이끌고 성 문을 열고 뛰쳐나갔다. 북소리를 크게 울리며 진을 펼쳤다. 강유는 창을 꼬나들고 문기 아래에 말을 세운 뒤 소리 높여 욕을 퍼부었다.

"배반한 역적, 위연아! 승상께서 너를 섭섭하게 대한 적이 없으신데 오늘 어찌하여 배반하느냐?"

위연이 칼을 비껴들고 말을 멈춰 세우며 말했다.

"백약 네가 끼어들 일이 아니다. 양의를 오라고 해라!"

이때 양의는 문기 뒤에서 비단주머니를 열고 봉투를 꺼내 뜯어보았다. 과연 이러저러하라고 쓰여 있었다. 양의는 아주 좋아라 하며 가벼운 차림으로 나아가 진 앞에 말을 세운 뒤 손가락으로 위연을 가리키며 웃었다.

"승상께서 살아 계실 때 네가 나중에 반드시 배반하겠다고 하시면서 나더러 미리 준비하도록 하셨는데, 오늘 보니 과연 그 말씀대로구나. 너는 말 위에서 이렇게 연거푸 세 번 외칠 수 있느냐? '누가 겁도 없이 나를 죽이겠느냐?'라고 말이다. 네가 참으로 대장부라면 그렇게 외치리라. 그러면 내가 한중 땅을 너에게 바치겠다."

위연이 껄껄 웃었다.

"양의 이 별 볼 일 없는 놈아! 만약에 공명이 살아 있다면서 푼어치쯤은 두려워할 수도 있겠지만, 이미 죽고 없는데 천하의 누가 겁도 없이 나를 해본단 말이냐? 연거푸 세 번이 아니라 삼만 번을 외치라고 해도 어렵지 않다!"

마침내 위연은 한 손에는 칼을 들고 다른 손으로는 고삐를 쥔 채 말 위에서 큰소리로 외쳤다.

"누가 겁도 없이 나를 죽이겠느냐?"

첫 외침 소리가 미처 끝나기도 전에 뒤에서 한 사람이 냅다 소리 질렀다.

"내가 너를 죽여주마!"

그 사람이 손을 들어 칼을 내리치니 위연이 말 아래로 고꾸라졌다. 모두들 놀라 어쩐 일인가 싶었다. 위연을 벤 사람은 바로 마대였다. 본디 제갈량은 세상을 뜰 때 마대에게 비밀스런 방법을 일러주었다. 그건 바로 위연이 소리 지를 때 바로 뛰쳐나와 베라고 한 거였다. 그날 비단주머니를 열어본 양의는 마대가 계획에 따라 위연 아래에 엎드려 있는 걸

마대가 위연을 죽이다.

알았다. 그래서 제갈량이 미리 적어놓은 계획대로 했는데, 과연 위연을 죽일 수 있었다.

나중에 어떤 사람이 이를 시로 읊었다.

제갈량은 일찌감치 위연을 알아보고
나중에 서천을 배반할 줄 미리 짐작했네
비단주머니에 남긴 방법 뭔가 했더니
바로 말 앞에서 그대로 이루어지는 걸 보았네

이처럼 동윤이 미처 남정에 이르기도 전에 마대는 위연을 베고 강유와 군사를 한데 합쳤다. 양의는 글을 써서 밤을 도와 임금에게 보냈다.

유선이 글을 보고 나서 말했다.

"이미 위연의 죄는 바로잡아 다스렸으니, 지난날 세운 공을 생각해서 관을 보내 장사 지내주도록 하시오."

양의 등이 제갈량의 관을 모시고 성도에 이르자 유선은 모두 상복 차림을 한 문무 벼슬아치들을 거느리고 성 밖 20리까지 나가 맞았다. 유선은 목을 놓아 크게 울었다. 위로는 공경대부로부터 아래로는 산골의 백성들까지, 남자와 여자와 늙은이와 어린이 가리지 않고 모두들 슬피 울었다. 이에 울음소리가 땅을 뒤흔들었다. 유선은 관을 성 안으로 들이

게 한 뒤 승상부에 모시도록 했다. 이어 제갈량의 아들 제갈첨에게 장례를 치르도록 했다.

유선이 조정으로 돌아오자 양의가 스스로 자기 몸을 묶은 뒤 죄를 물어달라고 했다. 유선은 가까이 모시는 신하를 시켜 묶은 걸 풀어주게 하였다.

"만약에 그대가 승상께서 남기신 뜻대로 하지 않았으면 관이 언제 돌아올지 모르고 위연도 없애지 못했을 터요. 큰 일들이 잘 마무리되었는데, 그건 모두 그대의 힘이오."

유선은 양의의 벼슬을 중군사로 높였다. 마대는 역적을 친 공을 헤아려 위연의 벼슬을 그대로 물려받게 하였다.

양의는 제갈량이 남긴 글을 올렸다. 유선은 글을 보고 나자 목을 놓아 울며 좋은 땅에 묘를 쓰도록 했다.

비의가 말했다.

"승상께서 돌아가실 때 정군산에 묻어달라고 하시면서, 담도 치지 말고 벽돌도 쓰지 말고 무덤 앞에 돌로 만든 물건들도 놓지 말라고 하셨습니다. 또 제물도 전혀 쓰지 말라고 하셨습니다."

유선은 그 뜻을 따랐다. 그해 10월 좋은 날을 잡아 유선은 직접 관을 모시고 정군산으로 가 묻었다. 유선은 조서를 내려 제사를 지내게 하고, 살아 있을 때의 공을 기려 죽은 뒤에 부를 이름을 충무후라 했다. 이어 면양에 사당을 짓고 철마다 제사를 지내도록 했다.

나중에 두보가 시를 읊었다.

승상의 사당 어디에 있는가

금관성 밖 측백나무 빽빽한 곳이라네

섬돌 가린 푸른 풀엔 봄빛 뚜렷하고

나뭇잎 사이로 속 모르는 꾀꼬리 소리 곱게 들리네

세 번씩이나 찾아오자 천하의 틀을 짜고

두 임금에 걸쳐 조정 열어젖힌 늙은 신하의 마음이여

싸움에 나갔다 이기지 못하고 몸이 먼저 죽으니

오래도록 영웅들 옷깃에 눈물 젖어드네

두보는 또 이런 시도 읊었다.

제갈량 그 큰 이름 우주에 드리우고

큰 공을 세운 신하의 엄숙한 그 모습 맑고 높아라

천하를 셋으로 나누어 버티며 이러저러한 방법을 쓰니

오랜 세월 구름 낀 하늘에 떠 있는 한 깃털이었네

그와 견줄 만한 이는 이윤과 여상 정도일 터이고

자신 넘치게 군사 다스린 일은 소하와 조참도 미치지 못한다네

운이 떠난 한나라 끝내 되살리기 어려운데도

유선이 성도로 돌아오자 가까이 모시는 신하가 급한 보고를 올렸다.

"나라 멀리서 보고가 들어왔습니다. 동오가 전종을 시켜 군사 수만 명을 이끌고 파구 가까운 곳에 머물게 하였답니다. 왜 그러는지는 알 수 없다 합니다."

유선이 깜짝 놀랐다.

"승상께서 세상을 뜨시자마자 동오가 다짐을 저버리고 쳐들어오려 하니 이를 어찌해야 좋단 말이오?"

장완이 나서서 말했다.

"제가 왕평과 장의를 추천할 테니 군사 수만 명을 이끌고 영안으로 가 머물면서 뜻밖에 일어날지 모를 일을 미리 막을 준비를 하게 하십시오. 폐하께서는 또 동오로 한 사람을 보내 초상난 걸 알리면서 그들의 움직임을 살피도록 하십시오."

유선이 말했다.

"그러려면 말솜씨 좋은 사람을 보내야 하오."

그러자 바로 한 사람이 나섰다.

"부디 저를 보내주시기 바랍니다."

모든 사람이 그를 바라보았다. 남양 안중 사람으로 자가

덕염인 종예였다. 지금 맡고 있는 자리는 참군 우중랑장이
었다. 유선은 무척 좋아라 하며, 곧바로 종예더러 동오로 가
서 초상난 일을 알리고 아울러 돌아가는 움직임을 알아보
도록 했다.

종예는 명령을 받자마자 금릉으로 가 오 임금 손권을 만
났다. 종예가 인사를 마치고 둘러보니 손권 곁에 있는 사람
들 모두 흰옷을 입고 있었다.

손권이 못마땅한 낯빛을 하고서 물었다.

"오와 촉은 이미 한집안이 되었는데 그대의 임금은 어찌
하여 백제를 지키는 군사를 늘렸소?"

종예가 대답했다.

"제 생각으로는 동에서 파구를 지키는 군사를 늘렸으니
서에서도 백제를 지키는 군사를 늘리는 게 마땅한 일이라
여겨집니다. 그러니 이 일은 서로 따져 물을 만하지 않습
니다."

"허허! 그대도 등지 못지않구먼."

웃고 난 뒤 손권이 다시 종예에게 말했다.

"나는 제갈승상이 하늘로 돌아갔다는 소식을 듣자 날마다
눈물이 쏟아졌소. 바로 벼슬아치들 모두 상복을 입게 했소.
나는 위군이 초상난 틈을 타 촉을 넘겨다볼까 걱정스러워
파구에 군사 만 명을 더 보내 돕게 했을 뿐이오. 그 외의 다

른 뜻은 없소."

종예가 머리를 조아려 절을 하며 고마움을 나타냈다.

손권이 계속 말했다.

"이미 서로 돕기로 다짐한 터에 어찌 무거운 의리를 저버리겠소?"

종예가 말했다.

"승상께서 세상을 뜨신 까닭에 천자께서 저더러 특별히 가서 초상난 일을 알리라 해서 이렇게 왔습니다."

손권은 화살촉이 금으로 된 화살 한 대를 집어 꺾으며 다짐하는 말을 했다.

"내가 만약 전에 한 다짐을 저버린다면 자손이 끊어져버리고 말 거요."

이어 손권은 사람 하나를 뽑아 향과 비단을 비롯해 제사 지낼 때 필요한 물건을 가지고 서천으로 가 제사를 지내도록 했다.

종예는 오 임금에게 떠나는 인사를 한 뒤 오 임금이 보내는 사람과 함께 성도로 돌아왔다.

종예가 들어가 유선을 보고 말했다.

"승상께서 세상을 뜨신 걸 알고 오 임금 역시 눈물을 흘리며 신하들 모두 상복을 입게 했습니다. 파구에 군사를 더 보낸 건 위군이 빈틈을 타 우리를 넘겨다볼까봐 걱정되어 그랬지 다른 뜻은 없답니다. 화살을 꺾으며 다짐하기를, 전에 맺은 다짐을 저버리지 않겠다고 했습니다."

유선은 무척 기뻐하며 종예에게 상을 두둑이 내리고, 오에서 온 사람을 잘 대접하여 돌려보냈다.

마침내 유선은 제갈량이 남긴 말에 따라 장완의 벼슬을 승상으로 높이고 대장군 녹상서사로 삼았다. 또 비의의 벼슬도 높여 상서령으로 삼아 승상의 일을 돕도록 했다. 오의는 거기장군으로 높여 황제의 믿음을 나타내는 기를 주어 한중을 맡아 다스리게 했고, 강유는 보한장군 평양후로 삼아 여러 곳의 군사와 말을 도맡아 다스리는 한편, 오의와 함께 한중에서 위군을 막도록 했다. 그 밖의 장수들은 옛 자리에서 그대로 일을 보도록 했다.

한편 양의는 벼슬살이한 햇수가 장완보다 더 되는데도 벼슬이 장완보다 낮고, 또 자신의 공이 크다고 여기고 있는데도 상을 두둑이 주지 않자 투덜대며 비의에게 원망하는 말을 내뱉었다.

"지난번에 승상이 막 돌아가셨을 때 내가 전군을 이끌고 위나라로 가서 항복했더라면 지금 이런 대접은 받지 않았을 거요!"

비의는 이 말을 듣자 유선에게 몰래 글을 써서 알렸다. 유선은 크게 화를 내며 양의를 감옥에 가두어 죄를 따져 묻고 목 베어 죽이려 했다.

이에 장완이 나서서 말렸다.

"양의가 비록 죄를 짓긴 했지만, 지난날 승상을 따라다니며 많은 공을 세웠습니다. 그러니 죽이지는 마시고 보통 사람으로 내치시는 게 마땅하다고 여겨집니다."

유선은 그 말을 좇아 양의의 벼슬을 빼앗고 한가군으로 가서 보통 백성으로 살게 했다. 양의는 부끄러움을 이기지 못하고 스스로 목을 찔러 죽고 말았다.

촉한 건흥 13년은 위 임금 조예의 청룡 3년이며, 오 임금 손권의 가화 4년이다. 이 해에 세 나라는 모두 군사를 일으키지 않았다.

위 임금은 사마의를 태위로 삼아 군사를 모두 도맡아 다스리며 나라 변두리를 잘 지키도록 했다. 이에 사마의는 떠나는 인사를 하고 낙양으로 돌아갔다.

위 임금은 허도에서 공사를 크게 벌여 궁전을 지었다. 또 낙양에다가도 조양전과 태극전을 짓고 총장관을 쌓았는데 높이가 10길이나 되었다. 또 승화전과 청소각과 봉황루를 세우고 구룡지를 만들었다. 이러한 공사는 모두 박사 마균이 맡아서 했는데 빛나고 아름답기 그지없었다. 대들보에는 무늬를 아로새겼으며, 기둥은 여러 빛깔의 색을 입혔다. 푸른 기와와 황금빛 벽돌은 햇볕을 받아 번쩍번쩍 빛났다. 3만 명이 넘는 천하의 뛰어난 기술자와 30만 명이 넘는 일꾼들에게 밤낮을 가리지 않고 일을 시켰다. 그런 까닭에 백성들은 지칠 대로 지치고 원망스런 소리가 그치지 않았다.

이런데도 조예는 또 방림원 공사를 하라는 명령을 내렸다. 게다가 공경에 이를 정도로 벼슬이 높은 사람까지 공사장에서 흙을 져 나르고 나무를 심게 했다.

이에 사도 동심이 이러한 일을 애타게 말리는 글을 올렸다.

엎드려 아룁니다. 건안 때부터 지금까지 많은 백성들이 싸움터에서 죽어 집안의 대를 이어가지 못한 경우가 많습니다. 살아남은 집안이라 해도 어린 고아나 늙고 병든 사람뿐입니다. 궁궐이 좁아 어쩔 수 없이 넓혀야 한다 하더라도 때를 가려 농사일에 방해가 되지 않도록 해야 할 터인데, 하물며 그다지 쓸모도 없는 건물을 짓는 일이야 말해 무엇하겠습니까?

폐하께서는 이미 여러 신하들을 높이시어 벼슬 살고 있다는 걸 나타내기 위해 관을 쓰게 하시고, 여러 무늬가 수놓아진 옷을 입게 하시고, 멋들어진 가마를 타게 하셨습니다. 이는 바로 벼슬아치들이 보통 백성들과 다르다는 걸 나타내기 위해서였습니다. 그런데 지금 그들에게 나무를 져 나르게 하고 흙을 나르게 하여 몸은 땀에 젖고 발은 흙투성이가 되었습니다. 그리하

　　　　　　　　　　　　　　　　　　박상률 완역 삼국지 9

여 나라의 빛은 흐려지고 아무 쓸데없는 일만 높인 꼴이 되고 말았으니 뭐라고 해야 할지 모르겠습니다.

공자께서 말씀하시기를, 임금은 신하를 예의를 갖추어 다루고, 신하는 임금을 충성으로 섬겨야 한다고 했습니다. 충성도 없고 예의도 없다면 나라가 어찌 서 있을 수 있겠습니까? 제가 이런 말씀을 드리면 틀림없이 죽게 될 줄 알고 있습니다. 그러나 저는 쇠털 한 오라기 정도밖에 되지 않는 사람이므로 살아서 별 도움이 안 되는데 죽는다고 아까울 게 뭐 있겠습니까? 붓을 쥐고 눈물 흘리며 마음으로 이 세상과 헤어집니다. 저는 아들 여덟을 두었습니다. 제가 죽고 난 뒤 폐하께서 보살펴주시기 바랍니다. 몸이 덜덜 떨리지만 그것을 누르지 못하면서 그저 명령만 기다립니다.

조예가 글을 보고 나서 성을 발끈 냈다.

"동심은 죽음도 겁나지 않는다 하는구먼!"

그러자 곁에 있는 이들이 베어 죽이라고 부추겼다.

그러나 조예는 애써 너그러운 척했다.

"이 사람은 평소에 충성스러움과 의로움을 지니고 있었으니 일단 벼슬자리를 빼앗고 보통 백성으로 내쫓아버리시오. 그러나 다시 헛소리를 하는 이가 있으면 그때는 반드시 목을 베겠소!"

그때 태자를 가까이서 모시는 이로 장무라는 사람이 있었다. 자는 언재로, 그 역시 글을 올려 애타게 말렸으나 조예는 그의 목을 베어버렸다.

바로 그날 조예는 마균을 불러들였다.

"나는 높다란 집을 지어 신선과 오가며 오래도록 늙지 않는 법을 찾고 싶소."

마균이 말했다.

"한나라 스물네 황제 가운데에 무제가 가장 오랫동안 황제 자리에 머물며 오래 살았습니다. 이는 하늘에 있는 해와 달의 기운을 빨아들였기 때문입니다. 무제는 일찌감치 장안궁에 백량대를 세우고 그 위에 구리로 만든 사람인 동상 하나를 세웠습니다. 동상의 손엔 승로반이라는 쟁반 하나가 들려 있었는데, 한밤중에 북두칠성의 기운이 서린 이슬을 받기 위해서였습니다. 그 이슬을 천장 또는 감로라고 하는데, 그 물에다 좋은 옥가루를 타서 마시면 늙은이도 다시 어린아이처럼 된답니다."

조예가 무척 좋아라 했다.

"그대는 지금 바로 일꾼들을 이끌고 밤을 도와 장안으로 가서 그 동상을 들어다 방림원에 옮겨놓으시오."

마균은 명령을 받자 일꾼 1만 명을 이끌고 장안으로 가서 백량대 둘레에 나무 시렁을 엮어 세운 뒤 올라가도록 했다.

얼마 지나지 않아 일꾼 5천 명이 밧줄을 타고 빙빙 돌며 올라갔다. 백량대는 높이가 20길이고, 구리 기둥의 둘레는 열 아름이나 되었다.

마균이 먼저 동상을 떼어내라고 명령했다. 여러 사람이 힘을 모아 동상을 떼어내는데, 동상의 눈에서 눈물이 주르륵 흘러내렸다. 모두들 깜짝 놀라 어쩔 줄 몰라 했다. 순간 바람이 한바탕 미친 듯이 몰아치며 모래가 날리고 자갈이 구르는데 마치 소낙비가 퍼붓는 듯했다. 이어 하늘이 무너지고 땅이 갈라지는 듯한 소리가 나더니 대가 기울고 기둥이 쓰러졌다. 그 바람에 1천 명도 넘는 사람이 깔려 죽었다. 마균은 동상과 승로반을 가지고 낙양으로 돌아가 조예에게 바쳤다.

조예가 물었다.

"동상 기둥은 어디 있소?"

마균이 대답했다.

"기둥은 무게가 백만 근이나 되어 여기까지 옮겨올 수가 없었습니다."

조예는 동상 기둥을 부수어서 낙양으로 옮겨오도록 한 뒤, 그걸 녹여 동상 두 개를 만들어 옹중이라는 이름을 붙여 사마문 밖에 세워놓게 했다. 이어 구리로 용과 봉황을 하나씩 만들어 궁전 앞에 세우게 했다. 용의 높이는 네 길이고,

봉황의 높이는 세 길이 조금 넘었다. 조예는 또 상림원 안에다 가지가지 모양으로 생긴 꽃과 나무를 심고 보기 드문 새와 이상한 짐승들을 기르게 하였다.

이에 소부 양부가 글을 올려 말렸다.

제가 듣기로, 요 임금은 띠집에 살았지만 온 나라가 두루 편안했고, 우 임금의 궁궐은 보잘것없었지만 천하가 즐거이 자기 일을 했답니다. 은나라·주나라에 이르러 천자가 일을 보는 집을 높였으나 석 자 정도였고, 넓이는 돗자리 9장 정도 깔리는 정도였답니다. 예로부터 어질고 훌륭한 황제와 왕은 궁궐을 높고 아름답게 짓기 위해 백성들을 힘들게 하거나 재산을 마르게 하지 않았습니다. 걸왕은 아름다운 옥으로 방을 꾸미고 코끼리로 복도를 만들었으며, 주왕은 넓디넓은 궁전에 엄청나게 큰 보물창고를 짓느라 나라가 망하고 말았습니다. 초나라 영왕은 장화대를 짓고 스스로를 망치고 말았습니다. 진시황은 아방궁을 지었지만, 불행이 아들에 이르고 천하가 들고일어나는 바람에 겨우 두 대만에 망하고 말았습니다.

무릇 백성들의 힘을 헤아리지 않고 오로지 자신의 눈과 귀만 즐겁게 하려던 이들 가운데 망하지 않은 이가 아직 없습니다. 폐하께서는 마땅히 요·순·우·탕·문·무 임금들을 본받으시고, 걸왕·주왕·영왕·진시황의 잘못을 깊이 새기셔야 합니다.

박상률 완역 삼국지 9

그저 홀로 여유롭고 편안히 즐길 일이나 찾으시며 궁전이나 꾸미시면 반드시 나라가 위험해지며 화가 닥칩니다. 임금은 머리이고 신하는 팔다리여서, 사나 죽으나 한몸이고 얻고 잃는 게 똑같습니다. 제 비록 어리석고 겁이 많지만 어찌 임금의 잘못을 말려야 하는 신하로서의 의로움을 저버릴 수 있겠습니까? 제가 드린 말씀이 간절하지 못하여 폐하의 마음을 움직이지 못할 줄 알기에, 삼가 관을 마련해놓고 목욕한 뒤 엎드려 죽음이 내리기를 기다립니다.

이러한 글이 올라왔지만 조예는 조금도 깨달음 없이 오직 마균을 다그쳐 높다란 집을 짓고 동상과 승로반을 설치하도록 했다. 게다가 널리 천하의 예쁜 여자를 뽑아다가 방림원 안에 두었다. 여러 신하들이 계속 글을 올려 말렸으나 조예는 끝내 듣지 않았다.

조예의 황후 모씨는 하내 사람이었다. 조예가 평원왕으로 있을 때 서로 무척 사랑했다. 조예가 황제 자리에 오르자 황후가 되었으나, 나중에 조예가 곽부인을 어여삐 여기게 되자 모황후는 사랑을 잃고 말았다. 곽부인은 얼굴이 예쁜 데다 영리하기까지 해서 조예는 더욱 빠져 날마다 함께 즐기느라 한 달이 넘도록 궁궐에서 나오지 않았다.

그해 봄 3월, 방림원 안에 온갖 꽃이 다투어 피어났다. 조예는 곽부인과 함께 방림원으로 들어가 경치를 즐기며 술을 마셨다.

곽부인이 물었다.

"어찌하여 황후를 불러 같이 즐기지 않으십니까?"

조예가 낯바닥을 찌푸렸다.

"그 사람이 곁에 있으면 물 한 방울도 목구멍으로 넘길 수 없어."

조예는 궁녀들에게 모황후가 알지 못하도록 하라는 명령을 내렸다.

그날 모황후는 조예가 한 달이 넘도록 황후가 있는 궁전으로 들어오지 않자 궁녀 여남은 명을 거느리고 취화루에 올라 어정거렸다. 어디선가 흥겨운 음악 소리가 들려왔다.

모황후가 물었다.

"어디서 울리는 음악인고?"

한 궁녀가 대답했다.

"폐하께서 곽부인과 함께 어화원에서 꽃구경을 하시며 술을 들고 계십니다."

모황후는 그 말을 듣자 속이 끓어올라 바로 궁으로 돌아가 쉬었다.

다음 날 모황후는 작은 수레를 타고 궁을 나와 노닐다가 굽이진 곳에서 조예와 딱 마주쳤다.

모황후가 애써 웃음을 띠며 말했다.

"폐하께서 어제 북원에서 노시던데 재미가 적지 않으셨겠습니다!"

조예는 성을 벌컥 내며 곧바로 전날 곁에서 모시던 사람들을 다 잡아오라 한 뒤 꾸짖었다.

"어제 북원에서 놀 때 내 너희들에게 모황후가 알지 못하도록 하라 일렀는데 어찌하여 그 일이 새나갔느냐?"

조예는 궁의 벼슬아치들에게 전날 모시던 이들을 모조리 목 베라고 명령했다. 모황후는 소스라치게 놀라 수레를 돌려 궁으로 돌아갔다. 조예는 곧장 조서를 내려 모황후에게 약을 마시고 죽게 한 뒤 곽부인을 황후로 삼았다. 조정의 신하들 그 누구도 두려워 나서서 말리지 못했다.

어느 날 갑자기 유주 자사 관구검이 글을 올렸다. 요동의 공손연이 배반하여 스스로 연왕이라 일컬으며 연호를 소한 첫해로 했다고 했다. 궁전도 세우고 벼슬자리도 마련해둔 다음 군사를 일으켜 쳐들어오는 바람에 북쪽 지방이 온통 시끄럽다고 했다.

조예는 깜짝 놀라 곧장 문무 벼슬아치들을 모은 뒤 군사를 일으켜 공손연을 물리칠 방법을 의논했다.

공사하느라 나라 안이 지칠 대로 지쳤는데

이젠 나라 바깥 멀리서 싸움이 일어나는구나

과연 어떻게 막아낼는지…….

사마의의 속셈

공손연은 싸움에 져 양평에서 죽고
사마의는 병든 척하며 조상을 속이다

공손연은 요동 땅 공손도의 손자이자 공손강의 아들이다.

건안 12년, 조조는 원상을 뒤쫓았다. 이때 공손강은 조조가 미처 요동 땅에 이르기 전에 원상의 머리를 베어다가 조조에게 바쳤다. 이에 조조는 그를 양평후로 삼았다. 공손강은 아들이 둘 있었는데, 그가 죽었을 때 맏아들 공손황과 둘째 아들 공손연이 어린 까닭에 공손강의 아우인 공손공이 자리를 이어받았다. 조비 때에 이르러 공손공은 거기장군 양평후가 되었다.

나중에 공손연은 문무를 아울러 갖춘 사람으로 자랐다.

타고난 성격이 굳세고 싸우기를 좋아한 공손연은 태화 2년에 작은아버지인 공손공의 자리를 빼앗아버렸다. 이에 조예는 그를 양렬장군 요동 태수로 삼았다.

그 뒤 동오 손권이 장미와 허안을 시켜 보배로운 물건을 잔뜩 가지고 요동으로 가 공손연을 연왕으로 삼도록 했다. 그러나 공손연은 중원이 두려워 두 사람의 목을 베어 머리를 조예에게 보냈다. 조예는 이에 공손연을 대사마 악랑공으로 삼았다. 하지만 공손연은 속으로 못마땅해했다. 그래서 부하들과 함께 의논하여 스스로 연왕이라고 일컬으며 연호를 소한 첫해로 했다.

이에 부장 가범이 나서서 말렸다.

"중원에서 주공께 상공의 벼슬자리를 내렸는데, 이는 결코 낮게 대접한 게 아닙니다. 지금 만약에 배반한다면 참으로 거꾸로 가는 일이 됩니다. 더구나 사마의는 군사 쓰는 법이 매우 뛰어나서 서촉의 제갈무후도 그 사람을 이기지 못했습니다. 그런데 주공께서 어떻게 그 사람을 해보시겠습니까?"

공손연이 화를 벌컥 내며 무사들에게 가범을 묶어 목을 베라고 소리쳤다.

이에 참군 윤직이 나서서 말렸다.

"가범의 말이 옳습니다. 성인도 이르시기를 '나라가 망하려면 반드시 이상한 일이 일어난다'고 했습니다. 지금 나라 안에 이상야릇한 일이 연거푸 일어났습니다. 가까이는 개 한 마리가 머리에는 수건을 둘러쓰고 몸에는 붉은 옷을 입은 채 지붕 위에서 사람처럼 하고 다녔습니다. 또 성 남쪽의 어떤 백성이 밥을 지었는데, 솥뚜껑을 여니 그 안에 난데없이 어린애 하나가 삶아져 죽어 있더랍니다. 또 양평 북쪽 저 잣거리에서는 뜬금없이 땅이 꺼지면서 구멍 하나가 생기더니 그 안에서 살덩이 하나가 솟아나왔답니다. 살펴보니 둘레가 여러 자 될 성싶고, 머리와 얼굴에 눈·귀·입·코는 다 갖추어져 있는데 오직 손발이 없더랍니다. 칼로 찌르고 화살을 쏘아도 상처를 입지 않아 무슨 물건인지 도무지 알 수가 없더랍니다. 점쟁이 하나가 점을 쳐보더니 '모습은 있으나 이루지 못하고, 입은 있으나 소리를 내지 못하는구나. 나라가 망하려고 이런 꼴이 나타났다'고 하더랍니다. 이제까지 말씀드린 세 가지 일 모두 좋지 못한 걸 미리 알려주는 듯합니다. 주공께서는 마땅히 나쁜 일은 피하시고 좋은 일은 골라잡으시되 절대로 가벼이 함부로 움직이지 마시기 바랍니다."

공손연은 발끈하여 몹시 성을 내며, 무사들을 시켜 윤직을 꽁꽁 묶은 뒤 가범과 함께 저잣거리로 끌고 가 목을 베라 하였다. 그런 뒤 대장군 비연을 원수로 삼고 양조를 앞장세운 뒤 요동 군사 15만 명을 일으켜 중원으로 쳐들어갔다.

나라 먼 땅을 지키는 벼슬아치가 이 소식을 위 임금 조예에게 알렸다. 조예는 소스라치게 놀라며 사마의를 조정으로 불러들여 의논했다.

사마의가 말했다.

"제가 거느리고 있는 말 탄 군사와 일반 군사 사만 명이면 역적들을 충분히 깰 수 있습니다."

조예가 말했다.

"그대가 거느린 군사는 적고 길은 머니 빼앗긴 땅을 다시 찾기 어려울까 걱정이오."

"싸움은 군사가 많지 않더라도 이길 수 있습니다. 어떻게 군사를 잘 쓰고 슬기롭게 펼쳐나가느냐에 달려 있습니다. 제가 폐하의 크나큰 복에 힘입어 반드시 공손연을 사로잡아다 바치겠습니다."

"그대 생각에 공손연이 어떻게 나올 성싶소?"

"공손연이 만약에 성을 버리고 달아나면 그쪽으로선 가장 나은 방법이고, 요동 땅을 지키며 대군을 막으면 중간 가는 방법이고, 앉아서 양평을 지키면 가장 못한 방법입니다. 그러면 반드시 저에게 사로잡힙니다."

"이번에 떠나면 오가는 데 얼마나 걸리겠소?"

"사천 리 길이니 가는 데 백 일, 무찌르는 데 백 일, 돌아 오는 데 백 일, 쉬는 데 육십 일 해서 약 일 년이면 넉넉하겠 습니다."

"그 사이에 동오나 촉에서 쳐들어오면 어떡하오?"

"제가 이미 막을 방법을 마련해두었으니 폐하께서는 걱 정하지 마십시오."

조예는 무척 좋아라 하며 곧바로 사마의에게 군사를 일 으켜 공손연을 치도록 하였다.

사마의는 조정에 떠나는 인사를 하고 성을 나왔다. 이어 호준더러 앞장서게 한 뒤 앞부대를 이끌고 먼저 요동으로 가서 영채를 세우도록 하였다.

염탐꾼이 나는 듯이 달려가 공손연에게 보고했다. 공손 연은 비연과 양조에게 군사 8만 명을 나누어 내주며 요수에 머물게 하면서, 빙 둘러 20리 넘게 도랑을 파고 사슴뿔 모 양 울타리를 둘러쳐 막을 준비를 매우 단단히 하도록 했다.

호준은 이러한 사실을 사마의에게 보고했다.

보고를 받은 사마의가 웃었다.

"역적들이 싸울 생각은 하지 않고 우리를 지치게 할 생각 이로구나. 역적놈들이 절반 넘게 여기에 있으니 그 소굴은 텅 비어 있으리라. 여기를 놔두고 곧바로 양평으로 쳐들어 가면 역적놈들은 반드시 구하러 간다. 그때 중간에서 덮치면 완전히 이길 수 있다."

이에 사마의의 군사는 샛길로 해서 양평을 바라고 나아
갔다.

비연은 양조와 함께 의논했다.

"만약에 위군이 와서 치더라도 맞서 싸우지 맙시다. 천릿
길을 달려온 터라 먹을거리며 말먹이가 달릴 테니 오래 버
티지 못하오. 먹을거리가 다 떨어지면 스스로 물러갈 테니
그때를 기다렸다가 몰래 들이치면 사마의를 사로잡을 수
있소. 지난날 사마의도 촉군과 싸우게 되자 위수 남쪽을 굳
게 지키면서 꼼짝하지 않아 마침내 공명이 군 안에서 죽고
말았소. 지금 우리도 그때처럼 해야 하오."

두 사람이 이런 의논을 하고 있는데 갑작스런 보고가 들
어왔다.

"위군이 남쪽으로 가버렸습니다."

비연은 깜짝 놀랐다.

"적들이 우리 양평에 군사들이 얼마 되지 않는 걸 알고
본부 영채를 치러 간 모양이오. 만약에 양평을 잃으면 우리
가 여기를 지켜봐야 아무 쓸데없소."

비연과 양조는 영채를 거두어 뒤를 따라갔다. 염탐꾼은
이러한 사실을 재빨리 알아다가 사마의에게 나는 듯이 달
려가 보고했다.

사마의가 빙그레 웃었다.

"내 꾀에 빠져드는구나!"

사마의는 하후패와 하후위더러 군사 한 무리씩을 이끌고 요수 가에 숨어 있게 하였다.

"요동군이 나타나면 양쪽에서 한꺼번에 들이치시오."

두 사람은 명령을 받고 떠나갔다.

조금 뒤 비연과 양조가 군사를 이끌고 오는 게 보였다. 쾅 소리 한 방이 크게 나자 양쪽에서 북을 치고 깃발을 휘두르며 군사들이 뛰쳐나왔다. 왼쪽은 하후패, 오른쪽은 하후위였다. 비연과 양조 두 사람은 싸울 마음을 내지 못한 채 겨우 길을 뚫고 달아났다. 수산에 이르자 공손연의 군사가 몰려오고 있었다. 이에 서로 군사를 합친 뒤 다시 말 머리를 돌려 위군과 싸우기 시작했다.

비연이 말을 타고 나가 꾸짖었다.

"적의 장수는 간사스러운 꾀를 쓰지 말라! 네 어찌 싸우러 나오지 않느냐?"

하후패가 칼을 휘두르며 말을 달려나와 맞았다. 서로 싸운 지 몇 합 되지 않았을 때 하후패가 한 번 내리친 칼에 비연이 말 아래로 고꾸라지고 말았다. 요동군은 곧바로 큰 어지러움에 빠지고 말았다. 하후패는 틈을 주지 않고 군사를 몰아 짓밟기 시작했다. 공손연은 싸움에 진 군사를 이끌고 양평성으로 들어가 성 문을 굳게 닫고 단단히 지키기만 할 뿐 꼼짝도 하지 않았다. 위군은 성을 빙 둘러 에워싸버렸다.

때마침 가을비가 한 달 내내 그치지 않고 내렸다. 반반한 땅에 고인 물의 깊이가 석 자나 되었다. 이에 식량 실은 배가 요하 어귀에서 곧바로 양평성 아래에 이를 수 있게 되었다. 위군이 있는 곳은 모두 물에 잠겨 앉으나 서나 편치 않았다.

좌도독 배경이 막사로 들어가 사마의에게 말했다.

"비가 그치지 않아 영채 안이 죄다 진흙투성이라 군사들이 머물러 있기가 힘듭니다. 영채를 앞쪽 산 위로 옮겼으면 합니다."

사마의가 화를 벌컥 냈다.

"공손연을 잡는 게 아침이 될지 저녁이 될지 모르게 가까이 다가왔는데 어찌 영채를 옮길 수 있겠소? 영채를 옮기자고 또 말하는 이가 있으면 목을 베겠소!"

배경은 그저 "예, 예" 하며 물러갔다.

얼마 지나지 않아 이번엔 우도독 구련이 찾아와 또 말했다.

"군사들이 물 때문에 고생을 합니다. 태위께서는 영채를 높은 곳으로 옮기게 해주십시오."

사마의가 성을 내며 소리를 버럭 질렀다.

"내 이미 그런 말 하지 말라고 명령을 내렸는데, 네 어찌 겁도 없이 이를 어긴단 말이냐!"

사마의는 그를 곧장 끌어내서 목을 벤 뒤 영채 문밖에 머리를 내걸도록 했다. 이에 군사들은 모두 무서워 벌벌 떨었다.

사마의는 남쪽 영채의 군사와 말을 잠깐 동안 20리 밖으로 물러나 있게 했다. 그런 뒤 성 안의 군사와 백성들이 성 밖으로 나와 땔감을 마련하고 소와 말을 놓아먹여도 모른 체했다.

이를 보고 사마진군이 말했다.

"전에 태위께서 상용을 치실 적엔 군사를 여덟 갈래로 나누어 여드레 만에 성 아래에 이르러 맹달을 사로잡고 큰 공을 세우셨습니다. 지금 갑옷 입은 군사 사만 명을 이끌고 수천 리 길을 오셨습니다. 그런데 성을 치게 하지 않으시고, 군사들을 오랫동안 진흙탕 속에서 지내도록 하시면서 역적 무리들이 땔나무를 하도록 내버려두고 계십니다. 참으로 태위께서 무슨 생각으로 그러시는지 저는 잘 모르겠습니다."

사마의가 웃었다.

"공은 군사 쓰는 법을 모르시오? 지난번에 맹달은 먹을거리는 많은데 군사는 적었소. 그런데 우리는 먹을거리는 적고 군사는 많았소. 그러니 빨리 싸워 빨리 끝내지 않으면 안 되었소. 그래서 그쪽에서 다른 생각을 하기 전에 들이쳐야 이길 수 있어서 그렇게 하였소. 그러나 지금 요동군은 많고 우리는 적소. 역적놈들은 배가 고플 테지만 우리는 배가 부르오. 그러니 군이 힘들여 칠 까닭이 있겠소? 적들이 스스로 달아나기를 기다렸다가 틈을 노려 치면 되오. 내가 지금 길 하나를 열어놓고 땔나무를 마련하도록 하고 소와 말을 놓아먹이는 걸 모른 체하는 건 저쪽에서 스스로 달아나게 하려고 그러오.”

진군은 깊은 뜻에 놀라며 절을 했다.

사마의는 사람을 낙양으로 보내 식량을 보내달라고 했다. 위 임금 조예가 조회를 열자 뭇 신하들이 모두 입을 모았다.

“요새 가을비가 쉬지 않고 한 달을 계속 내리고 있어 군사와 말 모두 지쳐 있다 합니다. 사마의를 불러 돌아오게 하고 싸움을 잠깐 쉬도록 하면 좋겠습니다.”

조예가 고개를 저었다.

“사마태위는 군사 쓰는 법이 뛰어나 위기도 뒤집을 좋은 방법을 많이 가지고 있을 거요. 지금 공손연을 잡을 날을 세며 기다리고 있을 텐데 여러분은 무얼 걱정하시오?”

조예는 뭇 신하들이 말리는 말을 듣지 않고 식량을 사마의한테 보내도록 했다.

사마의가 영채 안에서 며칠을 더 보내고 나자 마침내 비가 그치고 날이 개었다. 그날 밤 사마의는 막사 밖으로 나가 하늘을 우러러보았다. 갑자기 곡식을 되는 데 쓰는 그릇인

말만큼 큰 별 하나가 보였다. 그 별은 몇 길이나 되게 빛을 긴 꼬리처럼 달고 수산 동북쪽에서 양평 동남쪽으로 떨어졌다. 여기저기 영채의 장수와 군사들은 그걸 보고 모두 놀라며 이상하게 여겼다.

그러나 사마의는 아주 좋아라 하며 장수들에게 말했다.

"닷새 뒤에 별이 떨어진 자리에서 틀림없이 공손연을 베게 되겠소. 내일부터 힘을 다해 성을 치도록 하시오."

명령을 받은 장수들은 다음 날 새벽 일찍 군사들을 이끌고 나가 성을 빙 둘러 에워쌌다. 이어 흙산을 쌓고 땅속으로 굴을 팠으며, 포 받침대를 세우고 높은 사닥다리를 세웠다. 그런 뒤 밤낮을 가리지 않고 쉴 새 없이 무찌르며 화살을 빗발치듯 성 안으로 쏘아 날렸다.

공손연이 있는 성 안에서는 식량이 떨어지자 모두들 소와 말을 잡아 배고픔을 달랬다. 이에 사람마다 원한이 쌓여 지킬 마음은 아무도 없고 공손연의 머리를 베어 성과 함께 바치며 항복하고 싶어 했다. 공손연은 이런 소리를 듣자 놀라 어쩔 줄 몰라 쩔쩔맸다. 부리나케 상국 왕건과 어사대부 유보를 위군 영채로 보내 항복하도록 했다. 두 사람은 성 위에서 밧줄에 매달려 내려가 사마의에게 갔다.

"부디 태위께서는 이십 리 밖으로 물러나주십시오. 저희 임금과 신하 모두 와서 항복하겠습니다."

사마의가 크게 화를 냈다.

"어찌하여 공손연이 직접 오지 않았느냐? 참으로 뭘 모르는구나!"

사마의는 무사들을 시켜 두 사람을 끌어내 목을 베게 한 뒤 그들을 따라온 사람에게 주었다. 그 사람이 돌아가 보고하니 공손연은 크게 놀라 다시 시중 위연을 위군 영채로 보냈다.

사마의는 막사 안에서 자리에 높이 앉은 뒤 장수들을 불러모아 양쪽으로 서 있게 했다. 위연이 무릎걸음으로 겨우 들어와 사마의 앞에 꿇어 엎드린 뒤 말했다.

"부디 태위께서는 천둥 같은 노여움을 잠깐 거두어주십시오. 날을 잡아 먼저 세자 공손수를 보내 볼모로 삼은 뒤 임금과 신하가 스스로 제 몸을 묶고 와서 항복을 드리겠습니다."

사마의가 소리쳤다.

"싸움에 있어서 큰 졸가리는 다섯 가지다. 싸울 만하면 마땅히 싸워야 하고, 싸울 수 없으면 마땅히 지켜야 하며, 지킬 수 없으면 마땅히 달아나야 한다. 달아날 수 없으면 마땅히 항복해야 하고, 항복할 수 없으면 마땅히 죽어야 한다! 굳이 자식을 보내 볼모로 삼을 까닭이 있겠느냐?"

사마의는 위연에게 돌아가 공손연에게 그대로 말하라며

꾸짖었다. 위연은 머리를 감싸안은 채 쥐가 구멍을 찾듯이 달아나 공손연에게 가서 보고했다. 더욱 놀라자빠진 공손연은 아들 공손수와 몰래 의논했다. 그런 뒤 군사 1천 명을 뽑아 밤이 이슥해지자 남문을 열고 동남쪽으로 달아났다. 공손연은 막는 이가 없자 속으로 좋아라 했다. 그러나 미처 10리도 가지 못했을 때 갑자기 산 위에서 쾅 소리가 한 방 들려왔다. 이어 북소리, 나팔 소리가 울려퍼지며 군사 한 무리가 나타나 앞을 막았다. 가운데에 선 사람을 보니 바로 사마의였다. 왼쪽에는 사마사가 있고, 오른쪽엔 사마소가 서 있었다.

두 사람이 큰소리로 외쳤다.

"역적놈은 게 섰거라!"

공손연이 소스라치게 놀라며 급히 말 머리를 돌려 길을 찾아 달아나려 했다. 그러나 벌써 호준의 군사가 나타나 막았다. 왼쪽은 하후패와 하후위가, 오른쪽은 장호와 악침이 맡고 있었다. 이들은 쇠통처럼 조금도 빈틈없이 사방을 둘러쌌다. 공손연 부자는 말에서 내려 항복하지 않을 수 없었다.

사마의가 말 위에서 장수들을 돌아보았다.

"내가 저번 병인날 밤에 큰 별이 여기로 떨어지는 걸 보았는데, 오늘 임신날 밤에 딱 들어맞았구려."

뭇 장수들이 입을 모아 축하했다.

"태위께서는 정말 귀신처럼 헤아려보십니다!"

사마의가 목을 베어 죽이라는 명령을 내렸다. 공손연 부자는 서로 마주 본 채 죽었다.

이어 사마의는 군사를 몰아 양평을 빼앗으러 갔다. 그가 성에 이르기도 전에 호준이 벌써 군사를 이끌고 성 안으로 들어가 있었다. 성 안 백성들이 향을 피우고 절을 하며 맞았다. 위군은 모두 성 안으로 들어갔다. 사마의는 관아에 자리 잡고 앉아 공손연의 피붙이와, 함께 일을 꾀한 벼슬아치들을 모조리 잡아 죽이도록 했다. 이에 목이 떨어져나간 사람이 70명이 넘었다. 이어 백성들을 달래는 방을 내붙이도록 했다.

어떤 사람이 사마의를 찾아와 말했다.

"가범과 윤직은 공손연에게 배반하지 말라고 애써 말리다가 그만 죽고 말았습니다."

사마의는 곧바로 그들의 무덤을 잘 다듬어주게 하고 그 자손들을 잘 보살펴주도록 했다. 이어 창고에 들어 있는 재물을 꺼내 전군에게 상으로 나누어준 뒤 군사를 거두어 낙양으로 돌아갔다.

한편 위 임금은 어느 날 한밤중에 궁 안에서 갑자기 으스스한 바람 한 줄기가 일며 등불이 꺼지는 일을 겪었다. 이어 죽은 모황후가 궁녀 수십 명을 데리고 나타나 조예가 앉아 있는 자리 앞으로 와서 목숨을 돌려달라고 울부짖는 모습이 보였다. 이 일로 조예는 병을 얻고 말았다.

병이 점점 깊어지자 조예는 시중 광록대부 유방과 손자를 시켜 추밀원의 일을 도맡아보게 하였다. 또 문제 조비의 아들인 연왕 조우를 대장군으로 삼으며 태자 조방을 도와 나랏일을 다스리도록 하였다. 조우는 예의 바르고 꾸밈이 없으며, 수수한데다 부드럽고 따스한 사람이었다. 그래서 그토록 큰일은 맡을 수 없다며 애써 사양했다.

이에 조예는 유방과 손자를 불러 물었다.

"일가붙이 가운데 누가 그 일을 맡을 만하오?"

두 사람은 오랫동안 조진의 은혜를 입어왔다. 그래서 바로 추천하며 말했다.

"조자단의 아들 조상이 그 자리에 가장 맞습니다."

조예가 그 말을 따르기로 하자 두 사람이 또 말했다.

"조상을 쓰시려거든 연왕은 마땅히 자기 바닥으로 돌아가도록 하십시오."

조예는 그 말대로 하기로 했다. 두 사람은 조예더러 조서를 내리게 하여 이를 가지고 연왕에게 갔다.

"천자께서 조서를 내리시어 연왕은 자기 바닥으로 바로

돌아가되, 만약에 조서가 없으면 조정에 들어올 수 없다고
하셨습니다."

연왕은 울면서 떠나갔다.

마침내 조상이 대장군이 되어 나랏일을 도맡아 다스리게
되었다.

조예는 병이 더욱 나빠지자 급히 황제의 믿음을 나타내
는 기를 가진 사람을 보내 사마의더러 조정으로 돌아오라
했다. 사마의는 명령을 받자 곧바로 허도로 와 위 임금을 만
났다.

조예가 말했다.

"나는 그대를 다시 못 보나 싶어 걱정했는데, 오늘 이렇게
보게 되어 죽어도 한이 없소."

사마의가 머리를 조아리며 말했다.

"저는 오는 길에 폐하의 귀하신 몸이 편치 않으시다는 소
식을 듣고 두 날개라도 달아 대궐로 빨리 날아오지 못하는
게 한이었습니다. 오늘 폐하를 뵈니 저로서는 무척 다행입
니다."

조예는 태자 조방과 대장군 조상, 시중 유방과 손자 등을
모두 자기 앞으로 불러냈다. 그런 뒤 사마의의 손을 잡으며
말했다.

"옛적에 유현덕이 백제성에서 병이 깊어져 어린 아들 유

선을 제갈공명에게 보살펴달라고 부탁하자 공명은 죽을 때까지 충성을 다했소. 멀리 떨어진 작은 나라에서도 그러했거늘 하물며 큰 나라에서야 더 말해 무엇하겠소? 내 어린 아들 조방은 이제 겨우 여덟 살이니 나라를 맡아 다스릴 수 없소. 부디 태위와 일가붙이 어른들과 나라에 공이 많은 옛 신하들이 힘을 다해 도와서 내 마음을 저버리지 않도록 하시오!"

조예가 조방에게 말했다.

"중달은 나와 한몸이나 마찬가지다. 너는 마땅히 받들어 모시고 예의를 다해야 한다."

이어 사마의에게 조방을 데리고 앞으로 가까이 오라 했다. 그러자 조방이 사마의의 목을 끌어안고 놓지 않았다.

조예가 사마의를 보며 끄덕였다.

"태위는 어린 아들이 오늘 보여주는 애틋한 정을 부디 잊지 말아주시오."

말을 마치자 조예의 눈에서 눈물이 주르륵 흘러내렸다. 사마의도 머리를 조아린 채 눈물을 흘렸다.

조예는 점점 정신이 가물가물해져 입을 열어 말을 하지 못한 채 손가락으로 태자를 가리키다 마침내 죽었다. 임금 자리에 오른 지 13년에 나이는 36살이었다. 때는 위 경초 3년 봄 정월 하순이었다.

조방이 사마의의 목을 끌어안고 놓지 않다.

사마의와 조상은 태자 조방을 받들어 황제 자리에 오르게 했다. 조방의 자는 난경이고, 조예가 얻어다 기른 아들이었다. 궁 안에서 비밀스럽게 키웠기 때문에 그 누구도 이러한 사정을 알지 못했다. 조방은 조예의 죽은 뒤 이름을 명제라 하고 고평릉에 장사 지냈다. 곽황후는 황태후로 높이고, 연호는 정시 첫해로 바꿨다.

사마의는 조상과 함께 나랏일을 맡아보았다. 조상은 사마의를 조심스레 대하며 모든 일을 반드시 먼저 알렸다.

조상은 자가 소백으로, 어려서부터 궁 안에 드나들었다. 명제는 조상이 조심하는 걸 보고 무척 아끼며 존경했다. 조상의 집을 드나드는 이는 5백 명에 이르렀다. 그 가운데에 속에 든 것 없이 겉만 번지르르한 채 서로 가까이 지내는 다섯 사람이 있었다. 자가 평숙인 하안, 등우의 후손으로 자가 현무인 등양, 자가 공소인 이승, 자가 언정인 정밀, 자가 소선인 필궤 등이 그들이었다. 그 밖에 대사농 환범이 있는데, 자는 원칙이고 꾀가 넘쳐 모두들 그를 '꾀주머니'라고 불렀다. 이들은 모두 조상의 믿음을 얻고 있었다.

하안이 조상을 슬쩍 떠보았다.

"주공께서는 큰 힘을 남에게 맡기시면 안 됩니다. 나중에 뒤탈이 생길까봐 걱정입니다."

조상이 말했다.

"사마공은 나와 더불어 돌아가신 황제로부터 어린 황제를 돌봐달라는 명령을 받았소. 그러니 어찌 그 사람을 저버릴 수 있겠소?"

하안이 바짝 다가앉으며 말했다.

"지난날 주공의 아버님께서 중달과 함께 촉군을 무찌르실 때, 이 사람 때문에 여러 차례에 걸쳐 기가 꺾이시어 마침내 돌아가셨습니다. 주공께서는 어찌하여 그 일을 살피지 않으십니까?"

조상은 그제야 정신이 번쩍 들었다. 그래서 여러 벼슬아치들과 의논한 뒤 궁으로 가 위 임금 조방에게 말했다.

"사마의는 공도 많이 세웠고 덕스러움도 우러를 만하니 태부로 삼으면 좋겠습니다."

조방이 그 말을 좇았다. 그리하여 군사를 다스리는 일은 모두 조상에게 돌아갔다. 조상은 아우 조희를 중령군으로 삼고, 조훈은 무위장군으로, 조언은 산기상시로 삼아 저마다 어림군 3천 명씩을 거느리게 한 뒤 마음대로 궁 안을 드나들 수 있게 하였다. 또 하안과 등양과 정밀은 상서로 삼았으며, 필궤는 사예교위로, 이승은 하남윤으로 삼았다. 이 다섯 사람은 낮이고 밤이고 조상과 함께 일을 의논했다. 이리하여 조상의 집을 드나드는 사람은 날로 늘어났다.

이때부터 사마의는 병을 핑계 대며 밖에 나오지 않았다.

두 아들도 모두 벼슬자리에서 물러나 바쁜 일 없이 지냈다.

조상은 날마다 하안 무리와 어울려 술을 마시며 즐기는 일에 빠졌다. 옷이며 그릇도 궁 안에서 쓰는 것과 다르지 않았다. 또 여기저기서 올라오는 물건들 가운데에 귀하고 좋은 건 먼저 추려내 가진 다음 나머지만 궁으로 들여보냈다.

뿐만 아니라 조상의 부중엔 아름다운 여자들이 그득했다. 환관 장당은 조상에게 들러붙어 알랑거리느라 돌아간 조예를 곁에서 모시던 여자 7, 8명을 몰래 골라 조상의 부중으로 보냈다. 조상은 또 좋은 집안의 자녀 가운데 노래와 춤에 뛰어난 3, 40명을 뽑아 집안에 악대까지 만들었다. 게다가 겹겹으로 다락집을 높이 쌓고, 여러 가지 빛깔의 그림과 무늬로 꾸며진 집을 세우고, 금과 은으로 그릇을 만들기 위해 솜씨 좋은 사람 수백 명을 불러다 밤낮으로 일을 하도록 했다.

어느 날 하안은 평원 땅의 관로라는 사람이 점을 잘 친다는 말을 듣고 불러다 주역에 대한 이야기를 나누었다.

등양이 마침 그 자리에 있다가 관로에게 물었다.

"그대는 주역에 밝다고 하면서 어찌하여 주역 안에 들어 있는 풀이는 들먹이지 않소?"

관로가 대답했다.

"무릇 주역에 밝은 사람은 주역에 대해 이야기하지 않습니다.”

하안이 웃으며 추어주었다.

“쓸데없는 말 없이 딱 간추린 말이구려.”

이어 관로에게 살짝 물었다.

“시험 삼아 내 점 한번 쳐보시오. 내가 삼공까지 오를 수 있겠소?”

그 말끝에 또 물었다.

“참, 파리 수십 마리가 코 위에 내려앉는 꿈을 늘 꾸는데 무슨 뜻이오?”

관로가 대답했다.

“옛날에 착하고 어진 여덟 사람이라 일컫는 팔원과 따스한 여덟 사람이라고 일컫는 팔개는 순 임금을 도왔고, 주공은 주나라를 도왔습니다. 그런데 이들 모두 부드러운 모습으로 늘 은혜를 베풀었고, 스스로를 낮춤으로써 많은 복을 누렸습니다. 지금 군후께서는 높은 자리에 앉아 힘은 세나 덕스러움을 떠올리는 사람은 적고, 무서운 힘을 두려워하는 사람은 많습니다. 이는 조심스레 복을 구하는 게 아닙니다. 또 코는 산인데, 산은 높되 위태롭지 않아야 오래도록 귀한 자리를 지킬 수 있습니다. 지금 파리 떼가 좋지 않은 냄새를 맡고 모여들었으니 높은 자리에 있는 이가 엎어질 거라 이 어찌 두렵지 않습니까? 부디 군후께서는 넘치는 건

덜어내고 부족한 건 채우며, 예의에 맞는 일이 아니거든 하지 마십시오. 그래야 삼공 자리에도 이르고 파리 떼도 쫓아버릴 수 있습니다.”

등양이 화를 벌컥 냈다.

“그따위 소리는 늙은이들이 노상 지껄이는 소리 아닌가!”

관로가 말했다.

“늙은이가 살지 못할 것을 보았고, 노상 지껄이는 사람이 말하지 못할 것을 보았구려.”

관로는 소매를 떨치고 일어나 가버렸다.

두 사람은 크게 웃었다.

“정말 미친놈이구먼!”

관로는 집에 돌아가자 마침 외삼촌이 있어 다녀온 일을 들려주었다.

외삼촌이 펄쩍 뛰었다.

“하안과 등양 두 사람의 힘이 이루 말할 수 없이 센데 너는 어쩌자고 비위를 건드렸느냐?”

관로가 덤덤히 대답했다.

“죽은 사람과 이야기 나누고 왔는데 뭐가 두렵겠습니까!”

외삼촌이 그 까닭을 물었다.

관로가 자세히 말했다.

“등양의 걸음걸이를 보니 힘줄이 뼈를 붙들어매지 못하

고 혈맥이 살을 제대로 움직이도록 하지 못해 일어서면 한쪽으로 기울어져 마치 손과 발이 없는 성싶었습니다. 이는 바로 귀신이 뛰는 꼴입니다. 또 하안의 눈을 보니 넋이 제자리를 지키지 못하고 핏기가 없는데다, 정신이 뿌연 연기가 떠 있는 듯이 흐릿하고 낯바닥도 마른 나무 같았습니다. 이는 바로 귀신이 갇힌 꼴입니다. 머지않아 두 사람은 틀림없이 죽고 말 텐데 무얼 두려워하겠습니까!”

외삼촌은 관로를 미친 녀석이라고 크게 나무란 뒤 가버렸다.

한편 조상은 하안과 등양의 무리를 이끌고 자주 사냥을 다녔다.

이에 아우 조희가 말렸다.

“형님은 더할 수 없이 큰 힘을 쥐고 계십니다. 이렇게 밖에 나가 사냥하는 걸 즐기고 계신 틈을 타 누군가가 엉뚱한 일이라도 꾸미면, 그땐 뉘우쳐도 늦습니다.”

조상이 꾸짖었다.

“군사를 다스리는 힘이 내 손안에 있는데 뭘 두려워한단 말이냐!”

사농 환범도 말렸으나 조상은 듣지 않았다.

이때는 정시 10년이었으나, 위 임금 조방은 연호를 가평 첫해로 고쳤다.

조상은 홀로 나랏일을 틀어쥐고 있는 동안 사마의가 어떻게 지내는지 모르고 있었다. 마침 위 임금이 이승을 형주 자사로 보내기로 했다. 조상은 이승을 시켜 가는 길에 사마의에게 들러 떠나는 인사를 하면서 움직임을 살펴보도록 했다. 이승이 태부 부중으로 가자 문을 지키는 벼슬아치가 재빨리 안에 보고했다.

사마의가 두 아들을 불렀다.

"이는 조상이 내가 정말로 앓고 있는지 어쩐지 알고 싶어 보냈다."

사마의는 곧장 관을 벗어 머리를 풀어헤치고 자리 위에 이불을 둘러쓴 채 앉았다. 이어 시중드는 두 사람을 시켜 양쪽에서 부축하게 한 다음 이승을 들어오라 했다.

이승이 사마의 가까이 와서 절을 했다.

"얼마 동안 태부를 뵙지 못했는데 이처럼 병이 깊으신 줄은 몰랐습니다. 이번에 천자께서 저더러 형주 자사로 가라고 하셔서 특별히 떠나는 인사를 드리러 왔습니다."

사마의는 짐짓 잘못 들은 척하며 대답했다.

"병주는 북쪽 가까이 있는 데라 준비를 잘해야 할 걸세."

이승이 다시 말했다.

"형주 자사입니다. 병주가 아닙니다."

사마의가 웃었다.

"그대가 병주에서 오는 길이라고?"

이승이 다시 고쳐 말했다.

"한수 가까이 있는 형주입니다."

사마의가 껄껄 웃었다.

"그럼 형주에서 오는 길이구먼!"

이승이 말했다.

"태부께서 어찌 이토록 병이 깊으십니까?"

곁에서 모시는 사람이 대답했다.

"태부께서는 귀가 머셨습니다."

이승이 말했다.

"종이와 붓 좀 주시오."

곁에서 모시는 이가 종이와 붓을 내놓았다.

이승은 할 말을 글로 적어 사마의에게 올렸다.

사마의가 종이를 들여다보고 나더니 웃었다.

"내가 앓다 보니 귀까지 멀었다오. 가거든 부디 몸조심하시오."

사마의는 말을 마치고 나자 손으로 입을 가리켰다. 시중드는 이가 따뜻한 국물을 가져다 바쳤다. 사마의가 국물을 받아 입에 댔지만 제대로 먹지 못하고 국물을 줄줄 흘려 옷깃을 다 적시었다.

사마의가 목멘 소리를 냈다.

"내 이제 늙고 병들어 아침에 죽을지 저녁에 죽을지 모르오. 못난 두 아들을 그대가 잘 살펴주오. 만약에 대장군을 뵙거든 내 두 아들을 잘 돌봐주시기를 천번 만번 부탁하더라고 말씀드려주오!"

사마의는 말을 마치자 그대로 자리에 쓰러져 숨을 가쁘게 내쉬며 헐떡거렸다.

이승은 사마의에게 떠나는 인사를 한 뒤 조상에게 돌아가 다녀온 얘기를 자세히 했다.

조상이 아주 좋아라 했다.

"그 늙은이만 죽고 없으면 나는 아무런 걱정이 없겠소!"

한편 사마의는 이승이 돌아가자 바로 일어나 앉으며 두 아들에게 말했다.

"이승이 가서 본 대로 소식을 알리면 조상은 틀림없이 나를 꺼리지 않는다. 성 밖으로 사냥 나가는 때를 기다렸다가 일을 꾀하면 된다."

하루도 안 지나 조상은 위 임금 조방에게 고평릉에 가서 돌아간 황제에게 제사를 지내자고 했다. 이에 높고 낮은 벼슬아치들 모두 임금 수레를 따라 성을 나갔다. 조상은 세 아우와, 마음 깊이 믿는 하안 무리와 함께 어림군을 이끌고 임금 수레를 보호하며 나아갔다.

사농 환범이 말 앞을 가로막으며 말렸다.

"주공께서 궁을 지키는 군사를 모두 맡으셨으므로 형제 들까지 모두 나가시는 건 좋지 않습니다. 만약에 성 안에 무슨 일이라도 일어나면 어쩌려고 그러십니까?"

조상은 채찍을 들어 가리키며 꾸짖었다.

"누가 겁도 없이 일을 일으킨단 말인가! 다시는 그런 허튼소리 말도록!"

그날 사마의는 조상이 성 밖으로 나가는 걸 알고 속으로 무척 좋아라 했다. 곧바로 지난날 자기 밑에서 적을 무찌르던 부하들과 집안에 있는 장수 수십 명을 이끌고 두 아들과 함께 말에 올라 조상을 죽이러 나섰다.

문을 닫아걸자마자 낯빛이 좋아지며
군사 휘몰고 바로 된바람 치듯 하네

과연 조상의 목숨은 어찌 될는지…….

　　　　　　　　　　　　박상률 완역 삼국지 9

힘을 거머쥔 사마의

위의 힘은 사마씨에게 돌아가고
강유의 군사는 우두산에서 지다

조상은 아우인 조희·조훈·조언과 함께 마음 깊이 믿는 하안·등양·정밀·필궤·이승의 무리와 어림군을 거느리고 위임금 조방을 따라 성을 나갔다. 명제 조예의 무덤을 찾아보고 사냥을 하기 위해서였다.

이러한 소식을 듣자 사마의는 더할 나위 없이 기뻤다. 곧장 조정의 한 관아로 들어가서 사도 고유에게 황제의 믿음을 나타내는 기와 권한을 대신하는 도끼를 내주며 대장군 일을 맡기고 먼저 조상의 터전을 차지하도록 했다. 또 태복 왕관에게는 중령군 일을 맡기며 조희의 터전을 차지하도록 했다. 그런 뒤 사마의는 옛 벼슬아치들을 데리고 뒷궁궐로 들어가 곽태후에게 말했다.

"조상은 돌아가신 황제가 어린 임금을 보살펴달라고 부탁하신 은혜를 저버리고 간사스런 짓을 해서 나라를 어지럽혔기에 그 죄를 물어 마땅히 내쳐야 합니다."

곽태후가 소스라치게 놀랐다.

"천자가 밖에 계시는데 어찌하려오?"

사마의가 대답했다.

"제가 천자께 글을 올릴 테고, 간사스런 신하들을 죽일 방법이 있으니 태후께서는 걱정하지 마십시오."

태후는 두려워 벌벌 떨며 하라는 대로 했다.

사마의는 서둘러 태위 장제와 상서령 사마부에게 글을 짓게 했다. 그런 뒤 환관에게 그 글을 가지고 성을 나가 황제한테 가서 바치도록 했다. 사마의는 직접 대군을 거느리고 무기고를 들이쳐 차지했다. 이러한 소식은 벌써 조상의 집에도 알려졌다. 조상의 아내 유씨는 급히 관아 앞으로 나와 부를 지키는 벼슬아치에게 물었다.

"지금 주공께서 밖에 계시는데 중달이 군사를 일으켰다니 무슨 일이오?"

문을 지키는 장수 반거가 대답했다.

"부인께서는 놀라지 마십시오. 제가 가서 알아보고 오겠습니다.”

반거는 궁노수 수십 명을 이끌고 문 위 다락집으로 올라가 바라보았다. 마침 사마의가 군사를 이끌고 부 앞을 지나가고 있었다. 반거는 궁노수들에게 화살을 마구 쏘도록 했다. 이에 사마의는 지나갈 수가 없었다. 편장 손겸이 뒤에서 말렸다.

“태부께서는 나라의 큰일을 위해 이러시는 거요. 화살을 쏘지 마시오.”

연거푸 세 번이나 말리자 반거는 쏘는 걸 멈추게 했다. 사마소는 아버지 사마의를 보호하며 지나갔다. 마침내 군사를 이끌고 성을 나가 낙하에 머무르며 배다리를 지켰다. 이때 조상의 부하인 사마노지는 성 안에 예사롭지 않은 일이 일어난 걸 보고 참군 신창을 찾아가 의논했다.

“지금 중달이 난리를 일으켰으니 어찌해야 하오?”

신창이 대답했다.

“본부 군사를 이끌고 성을 나가 천자께 가야 합니다.”

노지는 그 말을 좇았다. 신창은 부리나케 뒤채로 들어갔다. 그를 보고 누나인 신헌영이 물었다.

“무슨 일 때문에 그렇게 허둥대나?”

신창이 털어놓았다.

“천자께서 밖에 계시는데 태부가 성 문을 닫았습니다. 틀림없이 뒤집어엎으려고 그럽니다."

신헌영이 손을 내저었다.

"사마공은 절대로 뒤집어엎지 않을 거야. 조장군을 죽이려고 그럴걸."

신창이 놀라며 물었다.

"그럼 앞으로 이 일이 어떻게 될까요?"

신헌영이 대답했다.

"조장군은 사마공을 해볼 만한 사람이 아니야. 지는 게 틀림없겠지."

신창이 물었다.

"지금 사마노지가 나더러 같이 가자고 하는데, 가는 게 좋을까요?"

신헌영이 대답했다.

"자기가 맡은 일을 하는 게 사람으로서 마땅히 지켜야 할 바른길이야. 보통 사람이 어려운 일에 빠져도 도와주어야 할 텐데, 그 일을 맡고 있으면서도 모른 체하면 그보다 몹쓸 일은 없다."

신창은 그 말을 좇아 노지와 함께 말 탄 군사 수십 명을 이끌고 가로막는 이는 베면서 문을 부수고 성에서 빠져나갔다. 누군가가 이 사실을 바로 사마의에게 보고했다. 사마의는 환범도 달아날까 걱정스러워 급히 사람을 보내 그를 불렀다. 환범은 아들을 불러 어찌해야 좋을지 의논했다.

환범의 아들이 말했다.

"임금의 수레가 밖에 있으니 남쪽으로 나가시는 게 좋겠습니다."

환범은 아들의 말대로 하기로 하고 곧장 말을 타고 평창문으로 갔으나 문은 벌써 닫혀 있었다. 문을 지키는 장수는 전에 환범이 데리고 있던 사번이었다. 환범은 소매 속에서 조서를 쓸 때 쓰는 대나무 판 하나를 꺼내 들고 말했다.

"태후의 조서가 여기 있네. 어서 문을 열게."

사번이 말했다.

"그럼 그 조서를 한번 보여주시지요."

환범이 꾸짖었다.

"내 밑에 붙어 있던 네가 어찌 이럴 수 있느냐!"

사번은 어쩔 수 없이 성 문을 열어 내보내주었다. 환범은 밖으로 나가자 사번에게 소리쳤다.

"태부가 배반했다. 너는 빨리 나를 따르라."

사번은 깜짝 놀라 뒤를 쫓았으나 잡지 못했다.

사마의는 이 일을 알게 되자 펄쩍 뛰었다.

"꾀주머니가 빠져나갔으니 이를 어떡한단 말이냐!"

장제가 곁에 있다 말했다.

"느려터져 못난 말이 마구간 바닥에 있는 콩 생각만 하는 꼴일 겁니다. 조상은 틀림없이 자기 집안 걱정만 하느라 환범의 말을 듣지 않을 겁니다.”

사마의는 곧바로 허윤과 진태 두 사람을 불러 일렀다.

“그대 두 사람은 조상한테 가서 태부가 딴 일 때문에 그런 게 아니라 조상 형제들이 쥐고 있는 군사 다스리는 힘을 빼앗으려 그런다고 이르시오.”

허윤과 진태 두 사람은 바로 떠나갔다. 이어 사마의는 장제에게 글을 쓰게 하여 전중교위 윤대목에게 주며 조상한테 가져다주도록 했다.

“그대는 조상과 두터이 지내는 사이라서 이 일을 특별히 맡기는 바요. 조상을 만나면 내가 장제와 더불어 낙수를 두고 다짐하기를, 오로지 군사 다스리는 문제일 뿐이지 다른 뜻은 없다고 이르시오.”

윤대목은 명령대로 하기 위해 떠나갔다.

이때 조상은 매를 날리고 개를 풀어 한창 사냥을 즐기고 있었다. 그런데 느닷없이 성 안에서 일이 터지고 태부의 글이 왔다고 했다. 조상은 소스라치게 놀라 하마터면 말에서 떨어질 뻔했다. 환관이 황제 앞에 무릎을 꿇고 앉아 글을 올렸다. 조상이 글을 받아 뜯은 뒤 가까이 모시는 신하에게 읽도록 했다.

정서대도독 태부 사마의가 두렵고 떨리는 마음으로 머리를 조아리며 삼가 글을 올립니다.

제가 전에 요동에서 돌아오자 돌아가신 황제께서는 폐하와 진왕 및 저희들을 부르시어 자리 가까이 오라 하여 제 팔을 잡으시며 뒷일을 무척 걱정하셨습니다. 지금 대장군 조상은 돌아가신 황제께서 세상을 뜰 때 하신 부탁을 저버린 채 나라의 법을 어지럽히며 안으로는 신하로서 분에 넘치는 짓을 하고 밖으로는 함부로 힘을 휘두르고 있습니다. 환관 장당을 도감으로 삼아 서로 짜고서 폐하를 감시하게 하고 임금의 자리까지 엿보면서 폐하와 태후 두 궁 사이를 벌어지게 하여 부모와 자식의 정을 해치고 있습니다. 이에 천하가 뒤숭숭하고 백성들이 두려워하고 있습니다. 이는 돌아가신 황제께서 폐하께 이르시고 저에게 부탁하신 본디 뜻이 아닙니다. 제가 비록 늙긴 하였지만 어찌 지난날 남기신 말씀을 쉬이 잊었겠습니까?

태위 장제와 상서령 사마부 등은 모두 조상이 임금을 업신여기는 마음을 갖고 있으며, 자기 형제들이 군사를 다스리는 힘까지 쥐고 궁궐을 밤낮으로 지킨다는 것은 마땅치 않다고 여겨 영녕궁 황태후께 아뢰었습니다. 황태후께서는 저에게 아뢴 대로 하라고 하셨습니다. 저는 일을 맡아보는 이와 환관에게 명령하여 군사 다스리는 자리에서 조상·조희·조훈 형제를 쫓아 내 집으로 돌아가 있게 해 그들이 더는 임금 수레를 붙들고 있지 못하도록 했습니다. 섣불리 이를 어기고 계속 붙들고 있다면 군법에 따라 다스리겠습니다.

저는 지금 병에 걸린 몸인데도 군사를 이끌고 낙수의 배다리에 머무르며 뜻하지 않게 일어날지도 모를 일을 살피며 준비하고 있습니다. 삼가 이러한 일들을 아뢰며 들어주시기를 엎드려 빕니다.

위 임금 조방은 글 읽기가 끝나자 조상에게 물었다.

"태부 말이 이런데 그대는 어떻게 할 셈이오?"

조상은 어찌할 바를 몰라 쩔쩔매며 두 아우를 돌아보았다.

"어떻게 하면 좋겠느냐?"

조희가 말했다.

"그래서 제가 일찌감치 형님을 말린 겁니다. 그런데도 듣지 않고 고집만 부리신 까닭에 오늘 이렇게 되고 말았습니다. 사마의의 속임수는 누구도 견줄 수 없을 만큼 뛰어나 공명조차도 해보지 못했는데 하물며 우리 형제가 해볼 수 있겠습니까? 우리 스스로 묶고 찾아가 목숨이나 건지는 게 낫겠습니다."

말을 채 끝맺기도 전에 참군 신창과 사마노지가 왔다.

조상이 묻자 두 사람이 대답했다.

"성 안은 이미 쇠로 만든 통처럼 빠져나갈 틈 하나 없고,

태부는 군사를 이끌고 나수 배다리로 나가 머물고 있습니
다. 다시 돌아가기가 어렵습니다. 서둘러 계획을 세우셔야
합니다."

이런 말을 하고 있는데 사농 환범이 말을 달려와 곧바로
조상에게 말했다.

"태부가 이미 일을 일으켰습니다. 그런데 장군께서는 왜
폐하를 모시고 허도로 가서 바깥 군사들을 불러 사마의를
치려 하지 않으십니까?"

조상이 기어들어가는 목소리로 대답했다.

"우리들 가족이 다 성 안에 있는데 어찌 다른 데로 가서
도와달라고 할 수 있겠소?"

환범이 말했다.

"보잘것없는 보통 사람일지라도 어려움에 빠지면 살려고
애를 씁니다. 지금 주공께서는 폐하를 모시고 천하를 다스
리고 있습니다. 누가 함부로 따르지 않을 수 있겠습니까?
그런데 어쩌자고 스스로 죽을 자리로 들어가려 하십니까?"

조상은 그 말을 듣고도 미적미적한 채 눈물만 주르륵 흘
렸다.

환범이 다시 말했다.

"여기서 허도는 하룻밤도 걸리지 않습니다. 그리고 성 안
에는 먹을거리며 말먹이가 몇 년 먹을 만큼 넉넉합니다. 게

다가 주공이 따로 둔 군사가 궁궐 남쪽 가까이 있으니 부르기만 하면 곧장 옵니다. 대사마의 도장은 제가 가지고 왔습니다. 주공께서는 서둘러 그렇게 하십시오. 늦으면 다 끝장입니다!"

조상이 말했다.

"너무 다그치지 마시오. 나도 찬찬히 생각해보아야겠소."

조금 있자 시중 허윤과 상서 진태가 왔다.

두 사람이 말했다.

"태부께서는 장군의 힘이 너무 세다고 여기시어 군사를 맡아 다스리는 힘만 빼앗고자 할 뿐 다른 뜻은 없다고 하셨습니다. 장군께서는 어서 성으로 돌아가십시오."

조상은 입을 다문 채 아무 말도 하지 않았다.

조금 있자 전중교위 윤대목이 이르러 말했다.

"태부께서는 낙수를 두고 다짐하시기를 다른 뜻은 없다고 하셨습니다. 태위 장제가 쓴 편지도 여기 있습니다. 장군께서는 군사 다스리는 힘을 버리시고 빨리 상부로 돌아가십시오."

조상은 그 말을 옳게 여기며 그렇게 하려고 했다. 이에 환범이 다시 말렸다.

"일이 급하게 돌아갑니다. 저 사람들 말만 듣고 죽을 땅으로 들어가시면 안 됩니다!"

그날 밤 조상은 마음의 갈피를 잡지 못하고 칼을 빼어 든 채 한숨만 푹푹 내쉬었다. 이 생각 저 생각 다 해보았지만 끝내 별 뾰족한 수는 떠오르지 않고, 해 질 무렵부터 새벽에 이르도록 눈물만 쏟아질 뿐이었다.

환범이 막사로 들어가 다시 재촉했다.

"주공께서는 하루 낮과 하루 밤을 꼬박 생각하시고도 어찌하여 마음을 정하지 못하십니까?"

조상은 들고 있던 칼을 내던지며 한숨을 내쉬었다.

"나는 군사를 일으키지 않겠소. 벼슬도 버리고 오로지 부잣집 늙은이로 살다 가면 그만이오!"

환범은 목을 놓아 울며 막사를 나왔다.

"아버지 자단은 슬기와 꾀를 뽐내었건만, 아들 셋은 죄다 돼지 새끼들이구나!"

환범은 계속 슬피 울었다.

허윤과 진태는 조상에게 먼저 도장을 사마의한테 보내라고 했다. 조상이 도장을 보내려 하는데, 주부 양종이 도장을 붙들고 울었다.

"주공께서 오늘 군사 다스리는 힘을 버리시고 스스로 몸을 묶어 항복하시면 동쪽 저잣거리로 끌려가 죽지 않을 수 없으십니다!"

조상이 말했다.

"태부는 내 믿음을 저버리지 않소."

마침내 조상은 허윤과 진태 두 사람에게 도장을 주며 먼저 사마의에게 가져가도록 했다. 많은 군사들이 조상의 손에서 도장이 떠나자 사방으로 뿔뿔이 흩어져 갔다. 이에 조상 아래에는 말을 타고 있는 몇몇 벼슬아치들만이 남아 있을 뿐이었다.

조상의 무리가 배다리에 이르렀을 때 사마의는 명령을 내려 조상의 형제 셋 모두 일단 집으로 돌아가 있도록 했다. 나머지 무리는 모두 가두어놓고 황제의 명령을 기다리도록 했다. 조상 형제들이 성으로 들어갈 때 곁에서 모시는 이는 하나도 없었다.

환범이 배다리 가까이 이르자 사마의가 말 위에서 채찍을 들어 가리키며 혀를 끌끌 찼다.

"환대부는 어찌하다 이렇게 되었소?"

환범은 고개를 들지 못한 채 아무 대꾸 없이 성으로 들어갔다.

마침내 사마의는 영채를 거두고 임금 수레를 앞세우며 낙양으로 들어갔다.

조상 형제 셋이 모두 집으로 돌아가자 사마의는 그들 집의 문에 커다란 자물쇠를 채워놓게 했다. 그런 뒤 마을 백성

8백 명을 시켜 집을 에워싼 채 지키도록 했다. 조상은 마음 속에 걱정이 그득했다.

조희가 조상을 보고 말했다.

"지금 집안에 먹을거리가 다 떨어졌습니다. 형님이 태부한테 편지를 써보내 식량 좀 빌려달라고 해보십시오. 만약 우리한테 식량을 군말 없이 빌려주면 우리를 해칠 마음이 없다고 보면 틀림없습니다."

조상은 편지를 써서 보냈다. 사마의는 편지를 받아본 뒤 바로 사람을 시켜 곡식 1백 섬을 조상의 부중으로 보냈다.

조상은 무척 좋아라 했다.

"사마공이 본디 나를 해칠 마음은 없구먼!"

조상은 마음을 놓고 더는 걱정하지 않았다.

이때 사마의는 환관 장당을 잡아 가두어놓고 죄를 따져 물었다.

장당이 입을 열어 털어놓았다.

"저 혼자만이 아닙니다. 하안·등양·이승·필궤·정밀 등 다섯 사람이 모두 뒤집어엎자고 했습니다."

사마의는 장당을 조사한 것을 정리해놓은 뒤 하안의 무리를 잡아들여 거세게 다그쳤다. 모두들 석 달 안에 뒤집으려 했다고 털어놓았다. 사마의는 그들에게 큰칼을 씌워 가두어두도록 했다.

성 문을 지키는 장수 사번이 일러바쳤다.

"환범이 조서가 있다고 속여 성에서 나가면서 태부께서 배반하셨다고 말했습니다."

사마의가 말했다.

"괜한 사람을 두고 배반했다고 거짓말을 했으니 그 죄는 바로 스스로 받아야겠구먼!"

사마의는 환범의 무리도 모두 가두었다. 이어 조상의 형제 셋을 비롯해 그 사건에 걸려든 사람 모두 잡아다가 저잣거리에 끌어내 목을 베었다. 아울러 그들의 친가는 물론 외가와 아내 쪽 일가붙이까지 모두 죽이고 재산도 다 거두어들여 나라 창고에 넣었다.

이때 조상의 사촌 아우인 문숙의 아내 하후령녀는 일찍 혼자되어 자식도 없이 혼자 살고 있었다. 친정아버지가 다시 시집보내려 했을 때 하후령녀는 스스로 귀를 잘라 시집가지 않겠다고 다짐했다. 조상이 죽자 하후령녀의 아버지는 딸을 또 시집보내려 했다. 그러자 하후령녀는 이번엔 코를 자르며 버텼다. 이에 집안 사람들이 놀라 어쩔 줄 몰라 하며 달랬다.

"사람이 세상에서 산다는 게 그저 가벼운 티끌이 약한 풀잎에 얹혀 있는 거나 마찬가지인데 어째서 스스로를 그렇게 괴롭히느냐? 더군다나 네 시댁은 사마씨가 모조리 짓밟

아버렸는데 누구를 위해 절개를 지킨단 말이냐?"

하후령녀가 울며 대답했다.

"저는 '어진 사람은 기운이 일어나거나 약해지는 것에 따라 꼿꼿함을 바꾸지 않고, 의로운 사람은 살아남거나 없어지는 것에 따라 마음을 바꾸지 않는다'고 들었습니다. 조씨 집안이 잘될 때도 끝까지 지키려 했는데, 하물며 다 망한 지금 어떻게 저버릴 수 있겠습니까? 그건 바로 짐승이나 하는 짓인데 제가 어찌 그럴 수 있겠습니까!"

사마의는 그 말을 듣고 아주 어진 일이라 여겨 아들을 하나 얻어다 기르게 함으로써 조씨 집안의 뒤를 잇도록 했다.

나중에 어떤 사람이 시를 읊었다.

약한 풀잎과 하찮은 먼지 같은 세상 뛰어넘는
산과 같은 의로움 지닌 하후씨 집안의 딸이여
대장부도 치마 두른 여자의 꼿꼿함에 미치지 못하고
스스로 부끄러워 수염과 눈썹에 진땀만 흐르는구려

사마의가 조상을 죽이고 나자 태위 장제가 말했다.

"아직 더 있습니다. 노지와 신창은 가로막는 이를 베면서 문을 부수고 나갔으며, 양종은 도장을 붙들고서 내놓지 못하게 했습니다. 다들 그대로 두어서는 안 됩니다."

사마의가 고개를 저었다.

"그 사람들은 다들 자기 주인을 위해 그랬으므로 의로운 사람들이오."

사마의는 그들을 모두 옛 자리에 다시 앉도록 했다.

신창이 다행스러움에 숨을 길게 내쉬었다.

"내가 누님 말을 듣지 않았다면 마땅히 지켜야 할 커다란 뜻을 놓칠 뻔했구나!"

나중에 어떤 사람이 신헌영을 기리는 시를 읊었다.

신하 되어 그 녹을 먹었으면 마땅히 갚아야 하고
섬기는 주인이 위험에 빠졌으면 마땅히 충성을 다해야 하리
신헌영이 일찌감치 동생에게 권하였던 일
천 년을 두고 오래오래 기리어지네

사마의는 신창 등을 용서해준 뒤 널리 방을 내걸었다. 조상 아래에 있던 사람들을 살려주고, 벼슬 살고 있던 이들은 그대로 옛 자리를 지키도록 했다. 이에 군사와 백성들 모두 자기 일자리를 지킬 수 있어 안팎이 모두 편안해졌다.

하안과 등양 두 사람 다 타고난 목숨을 누리지 못하고 죽고 마니, 과연 관로가 말한 그대로였다.

뒷날 어떤 이가 관로를 기리는 시를 읊었다.

성스러운 이와 어진 이들의 깊은 속내 이어받았나
평원 땅 관로의 사람 보는 눈 귀신같구나
귀신이 뛰는 꼴과 귀신이 갇힌 꼴로 하안과 등양을 가르며
그들이 죽기도 전에 죽은 사람임을 알았다네

한편 위 임금 조방은 사마의를 승상으로 삼은 뒤 구석을 더해 임금이 누리는 것과 비슷한 아홉 가지를 누리도록 했다. 사마의는 애써 빼며 받지 않으려 했다. 그러나 조방은 물러서지 않고 사마의 세 부자가 함께 나랏일을 맡아보도록 했다.

얼마 뒤 사마의는 어떤 생각 하나가 문득 떠올랐다.

'조상의 집안은 싹 쓸어버렸지만, 조상하고 친척 되는 하후현이 옹주를 비롯해 몇 곳을 아직 지키고 있단 말이야. 혹시 난리를 일으키면 어떻게 막지? 반드시 없애버려야겠다.'

사마의는 곧바로 '의논할 일이 있으니 정서장군 하후현은 낙양으로 오라'는 조서를 내려 옹주로 보냈다. 하후현의 아저씨뻘인 하후패는 이 소식을 듣자 깜짝 놀라 바로 본부 군사 3천 명을 거느리고 맞섰다. 옹주 자사 곽회는 하후패가 배반했다는 소식을 듣자 곧장 본부 군사를 이끌고 하후패와 싸우러 왔다.

곽회가 말을 타고 나와 크게 꾸짖었다.

"너는 대 위나라 황실의 친척으로, 천자께서도 너를 서운하게 대한 적이 없으신데 어찌하여 배반했느냐?"

하후패도 같이 꾸짖었다.

"우리 할아버지께서는 나라에 많은 공을 세우셨다. 지금 사마의란 놈 제가 무엇이기에 우리 형 조상의 집안 사람을 다 죽이고 또 나까지 잡으려 한단 말이냐? 머지않아 틀림없이 황제 자리까지 빼앗을 생각을 가지고 있는 게 틀림없다. 내가 의로움으로 역적을 치려 하는데 되레 배반했다고 하느냐?"

곽회는 화가 뻗쳐올라 창을 꼬나들고 말을 몰아 하후패에게 달려들었다. 하후패도 칼을 휘두르며 말을 달려나가 그를 맞았다. 서로 어우러져 싸운 지 10합도 못 되어 곽회가 지고 달아나자 하후패가 그 뒤를 쫓아갔다. 갑자기 뒤쪽 군사들 있는 데서 아우성치는 소리가 일었다. 하후패가 급히 말 머리를 돌리는데 진태가 군사를 이끌고 쳐들어왔다. 곽회도 다시 돌아서서 양쪽에서 몰아치기 시작했다. 하후패는 크게 져 군사를 반도 넘게 잃은 채 달아났다. 아무리 생각을 해보아도 뾰족한 방법이 없었다. 그래서 유선에게 항복하기 위해 한중으로 갔다.

강유는 이러한 사실을 보고받았으나 믿을 수가 없었다. 그래서 사람을 보내 사정을 자세히 알아보게 한 뒤 그를 성으로 들어오라 하였다.

하후패가 절을 한 뒤 울면서 앞뒤 일을 털어놓자 강유가
달래었다.

"옛날에 미자는 주나라로 가서 길이길이 이름을 남겼소.
공께서도 한나라 황실을 바로잡아 세우시면 옛사람에게 부
끄럽지 않은 사람이 될 거요."

강유는 잔치를 베풀어 하후패를 대접했다.

강유가 잔치 자리에서 물었다.

"지금 사마의 부자가 모든 힘을 틀어쥐었는데, 우리나라
를 엿보고 있지나 않소?"

하후패가 대답했다.

"늙은 도적놈이 뒤집어엎을 꾀를 내느라 바깥에는 미처
눈 돌릴 겨를이 없습니다. 그러나 위나라에 새로 젊은 사람
둘이 있는데, 만약에 그 사람들이 군사를 맡아 다스리게 되
면 오와 촉에게는 참으로 큰 골칫거리가 됩니다."

"그 두 사람이 누구요?"

"한 사람은 지금 비서랑으로 있는 종회입니다. 종회는 영
천 장사 사람으로 자는 사계입니다. 태부 종요의 아들로 어
려서부터 배짱이 두둑하고 슬기도 갖추었습니다. 종요가
두 아들을 데리고 문제를 뵌 일이 있습니다. 그때 종회는 일
곱 살이고 형인 종육은 여덟 살이었는데, 종육은 황제를 뵙

하후패가 사마의를 피해 강유에게 항복하다.

자 두렵고 떨려 얼굴 가득 땀을 뻘뻘 흘렸답니다. 그래서 황제께서 '너는 웬 땀을 그렇게 흘리느냐?'라고 물으시자 종육이 '두렵고 떨려서 땀이 국물 넘치듯 합니다'라고 대답했답니다. 황제께서는 다시 종회에게 '너는 어째서 땀을 흘리지 않느냐?'라고 물으셨답니다. 그러자 종회는 '두렵고 떨려서 땀조차 나오지 못합니다'라고 대답하여 황제께서 매우 기특하게 여기셨답니다. 종회는 차츰 자라면서 군사에 관한 책읽기를 좋아하여 군사 다스리는 법에 매우 밝습니다. 그래서 사마의와 장제 모두 그 재주를 높이 치고 있습니다.

또 한 사람은 지금 연리로 있는 등애입니다. 등애는 의양 사람으로 자는 사재입니다. 어려서 아버지를 잃었지만, 일찌감치 큰 뜻을 품고 높은 산이나 큰 연못을 보면 그곳의 생김생김을 잘 살피었답니다. 그때마다 손가락으로 그림을 그려가며 군사가 어디에 머무를 만한지, 식량은 어디에 쌓아둘 만한지, 또 어디에 숨어 있을 만한지 등을 말하면 사람들은 모두 웃었답니다. 오로지 사마의만이 그 재주를 알아보고 비밀스런 군사 일을 함께 보도록 했습니다. 등애는 말을 더듬어서 보고를 할 때마다 '애, 애' 하니 사마의가 놀리느라 '그대는 말할 때마다 애, 애 하니 여기에 등애가 몇이나 되오?'라고 했답니다. 그랬더니 등애가 '봉이여, 봉이여

하더라도 한 마리 봉황을 두고 하는 말입니다'라고 대답했답니다. 그 사람 머리 돌아가는 게 이렇듯 재빠릅니다. 그러니 이 두 사람은 매우 두렵다 할 만합니다.”

강유가 픽 웃었다.

“그깟 어린애들을 걱정할 게 뭐 있겠소!”

강유는 하후패를 데리고 성도로 가 유선을 만났다.

강유가 말했다.

“사마의가 조상을 계획적으로 죽이고 하후패마저 속여 죽이려 하기에 하후패가 항복해왔습니다. 지금 사마의 부자가 나라의 힘을 온통 틀어쥐고 있는데 조방은 약해빠져서 위나라가 흔들거립니다. 제가 한중에 여러 해 있는 동안 군사를 훈련시키고 식량도 넉넉하게 쌓아두었으니 부디 제가 군사를 거느리고 나가게 해주십시오. 하후패를 길라잡이로 삼아 중원을 빼앗고 한나라 황실을 다시 일으켜 폐하의 은혜를 갚고 승상의 뜻을 이루고자 합니다.”

상서령 비의가 나서서 말렸다.

“요즈막에 장완과 동윤이 잇따라 세상을 떠서 나라 안을 다스릴 사람이 없소. 백약은 좀 더 때를 기다리셔야지 가벼이 움직여서는 안 되오.”

강유가 말했다.

“그렇지 않습니다. 인생은 흰 망아지가 달리는 걸 문틈으로 살짝 보는 것처럼 잠깐 사이에 지나갑니다. 이렇게 질질 끌며 시간을 보내다가 어느 세월에 중원을 되찾겠습니까?"

비의가 다시 말렸다.

"손자가 이르기를, '적을 알고 나를 알면 백 번 싸워 백 번 이긴다'고 했소. 우리 모두 승상의 재주에 미치지 못하는 사람들이오. 승상도 중원을 되찾지 못하셨는데 어찌 우리가 할 수 있단 말이오?"

강유가 말했다.

"나는 오랫동안 농상에 살았기 때문에 강족들의 마음을 잘 알고 있습니다. 지금 강족들과 손잡고 도움을 받으면, 비록 중원을 다 되찾을 수는 없다 하더라도 농상 서쪽은 떼어낼 수 있습니다."

유선이 듣고 있다 말했다.

"그대가 이미 위를 치기로 마음먹었으면 충성과 힘을 다 하시오. 날카로운 기운이 꺾이지 않도록 하여 내 명령을 저버리지 않도록 하시오."

강유는 마침내 명령을 받들고 조정에서 물러나와 하후패와 함께 한중으로 가서 군사 일으킬 일을 의논했다.

강유가 말했다.

"먼저 강족에게 사람을 보내 서로 손을 잡기로 한 뒤 서평으로 나가 옹주 가까이 갑시다. 국산 아래에 성을 두 개

쌓고 군사들에게 지키게 한 뒤, 사슴을 잡을 때 뿔과 뒷다리를 한꺼번에 붙잡듯이 적을 앞뒤에서 몰아칠 수 있게 합시다. 우리는 식량과 말먹이를 모두 서천 어귀로 옮겨놓고 승상의 옛 방법에 따라 차례로 군사를 나아가게 합시다.”

그해 가을 8월, 강유는 먼저 촉의 장수 구안·이흠에게 군사 1만 5천 명을 함께 거느리고 국산 앞으로 가 성 두 개를 이어 쌓도록 했다. 그런 뒤 구안은 동쪽 성을 지키고, 이흠은 서쪽 성을 지키도록 하였다.

염탐꾼은 이러한 사실을 재빨리 알아 옹주 자사 곽회에게 보고했다. 곽회는 이 사실을 낙양에 보고하는 한편, 부장 진태에게 군사 1만 명을 이끌고 나가 촉군과 싸우게 했다.

구안과 이흠은 군사 한 무리씩을 거느리고 나가 맞았다. 그러나 군사 수가 너무 적어 싸워보지 못하고 물러나 성으로 들어가버렸다. 진태는 군사들에게 성을 빙 둘러싸고 치도록 하면서 한중으로 이어진 식량 운반길을 끊도록 하였다. 이에 구안과 이흠이 있는 성 안에서는 식량이 달리게 되었다. 곽회가 직접 군사를 이끌고 와 땅 생김새를 살펴보더니 좋아라 했다. 곽회는 영채로 돌아가 진태와 함께 의논했다.

“이 성은 높다란 산 위에 있어 반드시 물이 부족해 성을 나와 물을 길어다 써야 하오. 그러니 물길 위쪽을 막아버리면 촉군은 모두 목이 말라 죽습니다.”

곽회는 군사들을 시켜 흙을 파서 둑을 쌓아 물길 위쪽을 막아버리도록 하였다. 과연 성 안에는 물이 없었다. 이흠이 물을 길어오기 위해 군사를 거느리고 나가려 했다. 그러나 옹주군이 단단히 에워싼 채 더욱 다급히 몰아쳤다. 이흠은 죽기로 싸웠으나 뚫고 나갈 수가 없어 하는 수 없이 다시 성 안으로 들어가버렸다. 구안의 성 안에도 역시 물이 없었다. 그래서 이흠과 함께 성을 나가 군사를 한곳에 모아놓고 위군과 한참을 싸웠으나 또 져서 성 안으로 들어가버렸다. 군사들은 모두 목이 말랐다.

구안이 이흠에게 말했다.

"강도독의 군사가 아직도 오지 않으니 어찌 된 일인지 모르겠소."

이흠이 말했다.

"내가 목숨을 걸고라도 치고 나가 도와줄 군사를 불러와야겠소."

이흠은 말 탄 군사 수십 명을 이끌고 성 문을 열고 나갔다. 그 순간 바로 옹주군이 빙 둘러싸버렸다. 이흠은 죽음을 무릅쓰고 싸워 겨우 빠져나갔으나, 몸을 많이 다친 채 따르는 군사도 없이 혼자뿐이었다. 군사들은 모두 어지러이 싸우는 속에서 죽고 말았다.

그날 밤 북쪽 바람이 크게 일며 검은 구름이 잔뜩 하늘을 덮더니 마침내 큰 눈이 내렸다. 이에 성 안의 촉군들은 식량을 나누어 눈 녹인 물로 밥을 지었다.

한편 여러 겹으로 에워싼 데를 뚫고 나온 이흠은 서산 샛길을 따라 달린 지 이틀 만에 군사를 끌고 오는 강유를 만났다. 이흠은 말에서 내려 땅바닥에 엎드려 절을 하며 말했다.

"국산의 두 성 모두 위군이 둘러싸고 있어 물길이 끊어진 지 오래입니다. 다행히도 하늘에서 큰 눈을 내려주어 눈 녹인 물로 견디고 있으나 몹시 위태롭고 다급합니다."

강유가 말했다.

"나도 늦지 않으려 애썼는데 강족 군사가 오지 않는 바람에 이렇게 잘못되고 말았소."

강유는 사람을 시켜 이흠을 서천으로 보내 치료하게 했다. 그런 뒤 하후패에게 물었다.

"강족 군사는 아직 오지 않고, 위군은 국산을 에워싸고 있어 다급하기 짝이 없소. 장군은 뭐 좋은 생각이 없소?"

하후패가 대답했다.

"강족 군사가 오기만을 마냥 기다리다가는 국산의 두 성은 모두 무너지고 맙니다. 제 생각에 옹주군은 모두 국산을 치러 나왔을 터라 틀림없이 옹주성이 텅 비어 있습니다. 그러니 장군께서 군사를 이끌고 곧바로 우두산으로 가서 옹주의 뒤를 덮치도록 하십시오. 그러면 곽회와 진태는 틀림 없이 옹주를 구하기 위해 국산을 에워싸고 있는 군사를 이 끌고 돌아올 것이니 국산의 위기는 저절로 풀립니다.”

강유가 고개를 끄덕이며 좋아라 했다.

“그 방법이 가장 낫겠소!”

강유는 군사를 거느리고 우두산을 바라고 떠나갔다.

이때 진태는 이흠이 성에서 빠져나가자 곽회에게 말했다.

“이흠이 강유에게 가서 다급한 사정을 말하면, 강유는 우 리의 대군이 모두 국산에 있다고 여겨 틀림없이 우두산으 로 나가 우리 뒤를 칩니다. 장군께서는 군사 한 무리를 이끌 고 가서 조수를 차지하여 촉군의 식량 운반길을 끊으십시 오. 저는 군사 절반을 이끌고 우두산으로 가서 치겠습니다. 적들은 식량 운반길이 끊어진 줄 알면 스스로 달아날 게 틀 림없습니다.”

곽회는 그러기로 하고 군사 한 무리를 이끌고 몰래 조수 를 빼앗으러 갔다. 진태 역시 군사 한 무리를 이끌고 우두산 으로 갔다.

강유는 군사 한 무리를 이끌고 우두산에 다다랐다. 바로 그때 갑자기 앞쪽 군사들 사이에서 아우성치는 소리가 일 며 위군이 길을 막고 있다는 보고가 날아왔다. 강유는 부리 나케 군사들 앞으로 나가 살펴보았다.

이를 본 진태가 호통을 쳤다.

"네까짓 게 겁도 없이 우리 옹주를 덮치러 오다니! 내 이미 기다린 지 오래다!"

강유는 화가 솟구쳐 창을 꼬나들고 말을 몰아 진태에게 달려들었다. 진태는 칼을 휘두르며 나와 맞았다. 미처 3합도 싸우지 못하고 진태가 져서 달아나자 강유는 군사를 몰고 그 뒤를 쫓았다. 옹주군은 물러가 산머리에 눌러앉았다. 강유는 군사를 거두어 우두산에 영채를 세웠다. 강유가 날마다 군사를 시켜 싸움을 걸었지만 이기고 짐이 갈라지지 않았다.

하후패가 강유에게 말했다.

"여기는 오래 머물 만한 곳이 못 됩니다. 날마다 싸우지만 이기고 지는 게 갈라지지 않는데, 그건 적들이 우리를 속여 여기다 눌러놓으려 하기 때문입니다. 아무래도 다른 속셈이 있는 것 같으니 잠깐 군사를 물렸다가 다시 좋은 계획을 세워 꾀해야겠습니다."

이런 의논을 하고 있는데 뜻밖의 보고가 들어왔다. 곽회가 군사 한 무리를 이끌고 조수를 빼앗아 식량 운반길을 끊어버렸다고 했다. 강유는 깜짝 놀라 서둘러 하후패가 먼저 물러가게 하고 자신은 뒤를 끊었다. 그때 진태는 군사를 다섯 갈래로 나누어 쳐들어왔다. 강유는 혼자서 다섯 갈래로 몰려오는 위군을 막아내며 싸워야 했다. 진태는 그사이에 군사를 몰고 산으로 올라가 화살과 돌을 비 오듯이 퍼부어댔다. 강유는 급히 군사를 물려 조수에 이르렀으나 곽회가 군사를 몰고 덮쳐들었다. 강유는 군사를 몰아 이리 치고 저리 쳤다. 그러나 위군이 쇠로 만든 통처럼 조금도 빈틈없이 길을 막고 있어 어찌해볼 수가 없었다. 강유는 죽을힘을 다해 가까스로 빠져나왔으나 군사를 절반이나 잃어야 했다.

강유는 나는 듯이 양평관으로 달려갔다. 그런데 앞에 또 군사 한 무리가 쳐들어오고 있었다. 앞선 대장은 칼을 비껴든 채 말을 달려왔다. 보니 얼굴은 둥그스름하고 귀는 큼직했으며, 입은 네모지고 입술은 두툼했으며, 왼쪽 눈 아래에 검은 혹이 하나 있는데, 혹 위에는 검은 털 수십 개가 나 있었다. 바로 사마의의 맏아들인 표기장군 사마사였다.

강유는 벌컥 화를 내며 소리쳤다.

"어린놈이 겁도 없이 내 돌아갈 길을 막다니!"

강유는 말을 빠르게 몰고 나가 창을 뻗쳐들고서 곧바로 사마사를 찌르려 했다. 사마사도 칼을 휘두르며 맞았다. 단 3합 만에 강유는 사마사를 물리치고 몸을 빼 양평관으로 달려갔다. 성 위에 있던 군사가 문을 열어 강유를 맞아들였다. 사마사가 뒤쫓아와 양평관을 치려고 하자 양쪽에 숨겨두었던 쇠뇌가 한꺼번에 화살을 퍼붓기 시작했다. 쇠뇌 하나에

서 화살 10대씩 쏟아져나왔다. 바로 제갈량이 세상을 뜰 때
그림으로 그려서 남긴 방법에 따라 만든 쇠뇌였다.

　　그날 모든 군사들이 버티지 못하고 졌는데
　　그해에 물려받은 화살 10대 쏘는 쇠뇌로 버티네

과연 사마사의 목숨은 어찌 되는지…….

제갈각의 죽음

정봉은 눈 속에서 짤막한 칼만 들고 싸우고
손준은 잔치 자리에서 몰래 일을 해치우다

강유는 마구 달아나다 군사를 이끌고 나타나 길을 막는 사마사와 딱 마주쳤다. 원래 강유가 옹주를 치러 갔을 때 곽회는 조정에 나는 듯이 보고를 올렸다. 보고를 받은 위 임금과 사마의는 서로 의논한 끝에 사마의의 맏아들인 사마사를 시켜 군사 5만 명을 이끌고 옹주로 가 싸움을 돕게 하였다.

사마사는 곽회가 촉군을 물리쳤다는 소식을 듣자 촉군의 힘이 약해졌으리라 여기고 중간에서 길을 막고 싸우다 곧장 양평관까지 쫓아왔다. 이때 강유는 제갈량한테서 물려받은 방법으로 만든 쇠뇌를 썼다. 양쪽에 한 번에 화살 10

대씩 쏠 수 있는 쇠뇌를 1백 대 넘게 숨겨두었다. 화살촉엔 독까지 발라져 있었다. 양쪽에서 쇠뇌가 한꺼번에 화살을 퍼부어대자 앞장서 달려들던 위군은 사람과 말이 함께 쓰러져 나뒹굴었다. 죽어 나자빠진 수가 얼마나 되는지 헤아릴 수조차 없었다. 사마사는 어지러이 싸우는 틈 속에서 겨우 목숨을 건져 돌아갔다.

한편 국산성 안의 촉군 장수 구안은 기다려도 도우러 오는 군사가 없자 성 문을 열고 위에 항복했다.

강유는 이번 싸움에서 군사를 수만 명이나 잃은 뒤 싸움에 진 군사들을 이끌고 한중으로 돌아가 머물렀다. 사마사도 군사를 거두어 낙양으로 돌아갔다.

가평 3년 가을 8월, 사마의는 병이 나서 병세가 점점 깊어져갔다. 그래서 두 아들을 불러 일렀다.

"내 오랫동안 위나라를 섬겨 태부 벼슬까지 했으니, 신하로서는 더 오를 데 없이 끝까지 올랐다. 사람들은 모두 내가 딴 뜻을 품고 있지 않나 하고 의심하여 나는 늘 두렵고 조심스러웠다. 내 죽은 뒤 너희 둘은 나라를 잘 다스리되, 조심하고 또 조심하여야 한다!"

말을 마치자 사마의는 눈을 감았다.

맏아들 사마사와 둘째 아들 사마소는 위 임금 조방에게 아버지의 죽음을 알렸다. 조방은 장사를 잘 치르도록 하면서 많은 물건과 함께 죽은 뒤 이름을 지어 내렸다. 이어 사마사를 대장군으로 삼아 나라의 중요한 일을 맡고 있는 상서를 모두 거느리게 하고, 사마소는 표기상장군으로 삼았다.

한편 오 임금 손권은 서부인이 낳은 손등을 태자로 세웠으나, 그는 오의 적오 4년에 죽고 말았다. 그래서 둘째 아들 손화를 태자로 다시 세웠다. 그는 낭야 왕부인이 낳았다. 그런데 손화는 손권의 맏딸이자 보부인이 낳은 전공주와 사이가 좋지 않았다. 손화는 전공주가 헐뜯는 바람에 태자 자리에서 쫓겨났다가 화가 치밀어올라 한을 품고 죽었다. 손권은 다시 셋째 아들 손량을 태자로 삼았는데, 반부인이 낳은 아들이었다.

이때는 육손과 제갈근 모두 세상을 떠난 뒤로, 크고 작은 나랏일 모두 제갈근의 아들인 제갈각이 맡아보고 있었다.

태원 첫해 가을 8월 초하룻날, 느닷없이 큰 바람이 일더니 강과 바다가 넘쳐 반반한 땅의 물 깊이가 8자나 되었다. 또 먼저 돌아간 오 임금의 묘에 심어져 있던 소나무와 측백나무들이 죄다 뽑혀 건업성 남문 밖까지 날아와 길바닥에 거꾸로 내리꽂혔다. 이에 손권은 놀라 병이 들고 말았다. 다음 해 4월에 병이 더욱 깊어지자 손권은 태부 제갈각과 대사마 여대를 자리로 불러 뒷일을 부탁했다. 부탁을 마치자

마자 숨을 거두니, 임금 자리에 있은 지 24년이고 나이 71
살이었다. 촉한의 연호로는 연희 15년이었다.

나중에 어떤 사람이 읊은 시가 있다.

붉은 수염 푸른 눈에 영웅으로 불리었지

신하들더러 충성을 다하게 만들고

스물네 해 동안 큰일 일으키며

강동에서 용이 버티듯, 범이 웅크리듯 했네

손권이 세상을 떠나자 제갈각은 손량을 세워 황제로 삼
았다. 이어 온 나라에 죄인들의 죄를 덜어주게 하는 명령을
내렸으며, 연호를 건흥 첫해로 고쳤다. 손권에게는 대황제
라는 이름을 바치고 장릉에 장사 지냈다.

염탐꾼은 일찌감치 이러한 일을 알아다가 낙양에 보고했
다. 사마사는 손권이 죽었다는 소식을 듣자 군사를 일으켜
동오 칠 일을 의논했다.

이에 상서 부하가 말렸다.

"동오에는 험한 장강이 있어 돌아가신 황제께서도 여러
차례 쳐들어갔지만 뜻을 이루지 못하셨습니다. 나라마다
자기 자리를 지키고 있는 게 가장 나은 방법일 듯합니다."

사마사가 말했다.

"하늘의 뜻은 삼십 년에 한 번씩 바뀝니다. 언제까지 지금 처럼 세 나라가 버티며 있어야 한단 말이오? 내 기어이 오 를 쳐야겠소."

사마소가 말했다.

"지금 손권이 막 죽은데다, 손량은 나이가 어리고 약하니 이 틈을 노려 쳐야 합니다."

마침내 사마사는 정남대장군 왕창을 시켜 군사 10만 명을 이끌고 가 남군을 치게 했다. 또 정동장군 호준은 군사 10만 명을 이끌고 가 동흥을 치게 했으며, 진남도독 관구검도 군사 10만 명을 이끌고 가 무창을 치게 했다. 사마사는 이렇듯 세 갈래로 군사를 일으켜 나아가게 하고, 아우 사마소를 대도독으로 삼아 모든 군사를 도맡아 다스리게 했다.

그해 겨울 12월, 사마소는 군사를 이끌고 동오 가까이로 가서 군사를 머물러놓고 왕창·호준·관구검을 막사로 불러 어찌해야 할지를 의논했다.

"동오의 가장 중요한 곳은 동흥군이오. 지금 저쪽은 큰 둑을 쌓고 왼쪽·오른쪽에 성을 쌓아 소호 뒤쪽에서 공격을 할 수 없게 하고 있소. 모두 이 점을 잘 살펴 조심하시오."

이어 사마소는 왕창과 관구검에게 말했다.

"군사 만 명씩을 이끌고 왼쪽·오른쪽으로 나누어 진을 펼치시오. 아직 나아가지는 말고, 동흥군이 무너지는 때를 기다렸다가 그때 한꺼번에 쳐들어가시오."

왕창과 관구검 두 사람은 명령을 받아 떠나갔다. 사마소
는 또 호준더러 앞장서게 한 뒤 말했다.

"세 갈래 군사를 거느리고 앞서가되 먼저 배다리를 놓아
동흥의 큰 둑을 빼앗도록 하시오. 만약에 왼쪽·오른쪽의 두
성까지 빼앗는다면 아주 큰 공을 세우게 되오."

호준은 명령받은 대로 군사를 거느리고 배다리를 놓으러
갔다.

한편 오의 태부 제갈각은 위군이 세 길로 나누어 쳐들어
온다는 소식을 듣자 여러 장수들을 모아놓고 의논했다.

평북장군 정봉이 나서서 말했다.

"동흥은 동오의 가장 중요한 길목입니다. 만약에 거기를
잃는다면 남군과 무창도 위험해집니다."

제갈각이 고개를 끄덕였다.

"내 생각도 말씀하신 대로요. 공은 수군 삼천 명을 이끌고
강을 따라가시오. 여거와 당자·유찬에게 말 탄 군사와 일반
군사 만 명씩을 이끌고 세 길로 나누어 뒤따라가서 돕도록
하겠소. 연주포 소리가 연달아 세 번 쾅 하고 터지면 한꺼번
에 나아가시오. 나도 직접 대군을 이끌고 뒤따라가겠소."

정봉은 명령을 받자 바로 수군 3천 명을 배 30척에 나누

어 태운 뒤 동흥을 바라고 갔다.

한편 호준은 배다리를 건너 둑 위에 군사를 머물러놓았다. 그런 뒤 환가와 한종을 보내 두 성을 치게 하였다. 왼쪽 성은 오의 장수 전단이, 오른쪽 성은 유략이 지키고 있었다. 두 성은 높고 험한 데에 있으며 단단하여 위군이 아무리 무찔러도 쉽게 무너지지 않았다. 전단과 유략 두 장수는 위군의 거센 힘에 눌려 섣불리 나가 싸우지는 못하고 죽기로 성만 지킬 뿐이었다.

호준은 서당에 영채를 세웠다. 때는 마침 한겨울인데다 눈까지 많이 내렸다. 호준은 여러 장수들과 함께 술자리를 베풀고 있었다. 그때 갑자기 강을 따라 군사를 실은 배 30척이 오고 있다는 보고가 들어왔다. 호준이 영채를 나가 살펴보니 배들이 강기슭 가까이 와 있었다. 배마다 1백 명쯤씩 타고 있는 듯싶었다. 호준은 다시 막사로 들어가 뭇 장수들에게 말했다.

"삼천 명밖에 되지 않으니 두려워하지 마시오!"

호준은 부하 장수들더러 지켜보게 한 뒤 계속 술을 마셨다.

정봉은 배를 물 위에 한 줄로 늘어 세워놓고 부하 장수들에게 일렀다.

"대장부로서 공을 세워 이름을 떨치고 귀하게 되느냐, 되지 않느냐가 바로 오늘에 달려 있소!"

정봉은 군사들에게 옷과 갑옷과 투구를 벗고, 또 긴 창이며 두 가닥 진 창도 내던져놓고 오로지 짤막한 칼만 지니도록 했다. 이 모습을 본 위군들은 깔깔거리며 아무런 준비도 하지 않았다. 그때 갑자기 연달아 터지는 연주포 소리가 세 번 쾅 하고 울려퍼졌다. 정봉이 칼을 쥐고 맨 먼저 언덕으로 뛰어올랐다. 그러자 군사들도 모두 짤막한 칼을 쥐고 정봉을 따라 언덕으로 오른 뒤 위군 영채로 쳐들어갔다.

위군들은 미처 손을 쓸 새도 없었다. 한종이 급히 막사 앞에 있던 커다랗게 두 가닥 진 창을 들고 맞았지만 정봉이 재빨리 뛰어와 창 자루를 잡아챈 뒤 칼을 쥔 손을 들어 내리쳤다. 한종은 그 칼을 맞고 땅바닥에 뒤집어졌다. 환가가 왼쪽에서 뛰쳐나오며 재빨리 창으로 정봉을 찔렀으나 정봉이 슬쩍 피한 뒤 창 자루를 잡아채 옆구리에 끼었다. 환가는 창을 버리고 달아났다. 그 순간 정봉이 그에게 칼을 내던졌다. 환가는 왼쪽 어깨에 칼을 맞고 뒤로 넘어져 뒹굴었다. 정봉은 바로 뛰어가 환가를 창으로 찔렀다.

오의 3천 군사들은 위군 영채 안에서 닥치는 대로 마구 치고받았다. 호준은 부리나케 말에 올라 길을 뚫고 달아났다. 위군들은 배다리로 몰려갔으나, 배다리가 이미 끊어져 있어 절반 넘게 물에 빠져 죽었다. 칼에 맞아 눈밭에 거꾸러진 채 죽은 군사 수도 이루 헤아릴 수 없었다. 수레며 말이며 무기는 모두 오군이 차지했다. 사마소와 왕창과 관구검은 동흥에서 진 소식을 듣자 군사를 거두어 물러가고 말았다.

한편 제갈각은 군사를 이끌고 동흥으로 와서 군사를 거둔 다음 상을 내려 군사들을 어루만졌다.

제갈각이 여러 장수들을 모아놓고 말했다.

"사마소가 싸움에 져 북으로 돌아갔으니, 이 틈에 이긴 기운을 몰아 중원을 빼앗으면 좋겠소."

그러면서 바로 편지 한 통을 써 촉으로 보냈다. 강유에게 군사를 일으켜 함께 북쪽을 친 뒤 천하를 반씩 똑같이 나누자고 했다. 그러는 한편 20만 대군을 일으켜 중원을 치기로 했다. 막 떠나려 하는데 느닷없이 땅에서 흰 기운이 한 줄기 일며 모든 군사를 뒤덮어 바로 앞 사람도 보이지 않았다.

장연이 나서서 말했다.

"이건 바로 흰 무지개로, 군사를 잃을 걸 미리 알려주는 겁니다. 태부께서는 조정으로 돌아가십시오. 위를 치기 어렵습니다."

제갈각이 발끈 화를 냈다.

"그대는 어찌 함부로 좋지 않은 말을 하여 우리 군사들 마음을 흐트러지게 하는가!"

제갈각은 무사들더러 장연을 베라고 하였다. 모두들 입을 모아 말리며 빌었다. 이에 제갈각은 장연을 보통 백성으로 만들어버린 뒤 군사를 재촉하여 나아갔다.

정봉이 말했다.

"위나라는 신성을 가장 중요한 곳으로 여기고 있습니다. 만약 이 성을 먼저 빼앗아버리면 사마사는 가슴이 내려앉을 겁니다."

제갈각은 아주 마음에 들어 하며 군사를 다그쳐 곧바로 신성으로 나아갔다. 신성을 지키고 있던 이는 아문장군 장특이었다. 그는 오군이 크게 몰려오자 성 문을 닫아걸고 굳게 지켰다. 제갈각은 군사들에게 성을 빙 둘러 에워싸라고 했다. 염탐꾼이 이러한 사실을 재빨리 낙양에 알렸다.

이에 주부 우송이 사마사에게 말했다.

"지금 제갈각이 신성을 에워싸고 있지만 아직 싸워서는 안 됩니다. 오군은 멀리서 온 데다가 군사는 많고 식량은 적으니 먹을거리가 떨어지면 스스로 물러납니다. 물러나기를 기다렸다가 들이치면 반드시 크게 이길 수 있습니다. 걱정스러운 건 촉군이 쳐들어오면 어쩌나 하는 겁니다. 그건 미리 준비를 해야 합니다."

사마사는 그 말을 좇았다. 바로 사마소더러 군사 한 무리를 거느리고 가서 곽회를 도와 강유를 막도록 하고, 관구검과 호준은 오군을 막도록 하였다.

제갈각은 여러 달 동안 신성을 쳤으나 무너뜨리지 못했

 박상률 완역 삼국지 9

다. 그래서 장수들에게 단단히 일렀다.

"힘을 모아 성을 치시오. 게을리하는 이가 있으면 바로 목을 베겠소."

모든 장수들이 있는 힘을 다해 성을 치자 성 동북쪽이 무너지기 시작했다. 성 안의 장특은 급히 한 방법을 떠올렸다. 말솜씨 좋은 선비 한 사람을 뽑아 고을의 이모저모가 적힌 장부를 가지고 오군 영채로 가서 제갈각을 만나 말하게 했다.

"위나라 법에는 적군이 와서 성을 에워쌌을 때 성을 지키는 장수가 백 일을 굳게 지켰는데도 구해주러 오는 군사가 없을 때는 성을 나가 항복해도 가족들에게는 죄를 묻지 않도록 되어 있습니다. 지금 장군께서 성을 에워싸신 지 구십 일 남짓 되었습니다. 앞으로 며칠만 더 참아주시면 우리 쪽 주된 장수가 모든 군사와 백성을 거느리고 성을 나와 항복할 겁니다. 우선 고을의 장부를 가져와서 바칩니다."

제갈각은 그 말을 곧이곧대로 믿어 성을 치지 않고 군사를 거두어들였다. 장특은 적의 공격을 늦추는 꾀를 써서 오군을 속여 물러가게 한 뒤, 성 안의 집을 헐어다가 성이 무너져 있는 곳 모두 단단히 고쳤다. 그런 다음 성 위로 올라가 큰소리로 욕을 퍼부어댔다.

"우리 성 안에는 아직도 반 년 먹을 식량이 있는데 어찌 오나라 개한테 항복할 수 있겠느냐! 싸울 테면 싸워보자!"

제갈각은 화가 치밀어올라 군사들을 다그쳐 성을 치기 시작했다. 때맞춰 성 위에서 화살이 어지러이 날아오기 시작했다. 제갈각은 이마에 화살 한 대를 맞고 몸을 뒤집으며 말에서 떨어졌다. 여러 장수들이 달려들어 그를 구해 영채로 돌아갔으나 화살 맞은 자리가 몹시 좋지 않았다. 군사들 모두 싸울 마음을 내지 못하는데다 날씨마저 찌는 듯이 무더워서 많은 군사가 병들어 앓기 시작했다.

제갈각은 상처가 좀 아물자 다시 군사를 다그쳐 성을 치게 했다. 이를 보고 싸움터를 따라다니는 낮은 벼슬아치 하나가 말렸다.

"군사들 모두가 병들어 앓고 있는데 어떻게 싸우시겠습니까?"

제갈각이 발끈 성을 냈다.

"다시 또 병 어쩌고저쩌고하는 이는 목을 베리라!"

이 말을 듣고 많은 군사들이 달아나버렸다. 이때 도독 채림이 본부 군사를 이끌고 위로 가서 항복했다는 갑작스런 보고가 들어왔다. 제갈각은 소스라치게 놀라 직접 말을 타고 영채들을 돌아보기 시작했다. 군사들을 보니 과연 얼굴이 누렇게 떠서 얼른 봐도 병든 낯빛이었다. 제갈각은 어쩔 수 없어 군사를 거두어 오로 돌아가기로 했다.

염탐꾼은 이러한 사실을 재빨리 알아다 관구검에게 보고

했다. 관구검은 대군을 모두 일으켜 뒤쫓았다. 이 바람에 오군은 크게 져서 돌아갔다.

제갈각은 너무나 부끄러워 병을 핑계 대고 조정에도 나가지 않았다. 오 임금 손량은 직접 그의 집을 찾아 병문안을 하고 문무 벼슬아치들도 다녀갔다. 제갈각은 사람들이 수군거리는 게 두려웠다. 그래서 먼저 뭇 벼슬아치들의 잘못을 들추어내 죄가 가벼운 이는 멀리 내쫓고, 무거운 이는 목을 베어 머리를 사람들이 볼 수 있게 내다 걸었다. 이에 안팎의 벼슬아치들은 모두 두려움에 벌벌 떨었다. 이어 제갈각은 마음 깊이 믿는 부하인 장약과 주은이 어림군을 거느리게 하여 자신의 손발로 삼았다.

그러자 어림군을 맡고 있던 손준이 단단히 별렀다. 손준은 자가 자원으로, 손견의 아우인 손정의 증손자이자 손공의 아들이다. 손권이 살아 있을 때 그를 매우 사랑하여 어림군을 맡겼다. 그런데 지금 제갈각이 장약과 주은 두 사람에게 어림군을 맡도록 하면서 자기의 힘을 빼앗자 속에서부터 화가 끓어올랐다.

태상경 등윤은 원래 제갈각과 사이가 좋지 않았다. 그래서 기다렸다는 듯이 이런 틈을 타서 손준을 찾아왔다.

"제갈각이 모든 힘을 거머쥐고 함부로 몹쓸 짓을 하며 공경들까지 죽이는 걸 보니 앞으로 신하로서 지낼 마음이 없

어 보이오. 공은 임금의 친척으로서 어찌 일찌감치 없애지

않고 가만히 계시오?"

손준이 대답했다.

"나도 그런 마음을 가진 지 오래요. 지금 바로 천자께 아

뢰어 명령을 받아 죽여야겠소."

손준과 등윤은 오 임금 손량에게 가서 가만히 그 일을 말

했다.

손량이 말했다.

"나도 그 사람 보기가 몹시 두렵소. 늘 없애버리고 싶으면

서도 방법을 찾지 못하고 있었소. 지금 그대들이 그야말로

충성스러운 뜻과 의로운 마음으로 그런다면 비밀스럽게 꾀

하도록 하시오."

등윤이 말했다.

"폐하께서 잔치를 열어 제갈각을 부르십시오. 그러면 벽

을 가린 막 뒤에 무사들을 숨겨두었다가 술잔 던지는 것을

신호 삼아 잔치 자리에서 죽여 뒤탈이 없도록 하겠습니다."

손량이 그렇게 하라고 했다.

한편 제갈각은 싸움에 지고 돌아온 뒤로 병을 핑계 대고

집 안에 틀어박힌 채 조정에도 나가지 않고 있었다. 그런데

날이 갈수록 마음이 어지럽고 머리가 멍해졌다. 어느 날 우

연히 태부 일을 보는 마루 쪽에 나갔다가 웬 사람이 상복 차림으로 들어오는 걸 보았다. 제갈각이 누구냐고 버럭 소리를 지르자 그 사람은 소스라치게 놀라 어찌해야 할 줄 모르고 쩔쩔맸다. 제갈각이 아랫사람들에게 그를 잡아다 혼쭐을 내며 족치라 했다.

마침내 그 사람이 털어놓았다.

"저는 이번에 아버님이 돌아가셔서 아버님의 복을 빌어드릴 스님을 모시기 위해 성 안으로 들어왔습니다. 여기가 절인 줄 알고 들어왔습니다. 태부 부중인 줄은 생각도 못 했습니다. 저 같은 사람이 어찌 여기를 들어올 생각을 하겠습니까?"

제갈각은 크게 성을 내며 문을 지키는 군사들을 불러들여 물었으나 군사들의 대답은 모두 똑같았다.

"저희들 수십 명은 모두 창을 들고 문을 지키며 잠깐이라도 자리를 뜬 적이 없습니다. 한 사람도 들어오는 걸 보지 못했습니다."

제갈각은 화가 풀리지 않아 상복 입은 사람과 군사들을 모두 목 베어버렸다.

그날 밤 제갈각은 자리에 누워서도 편치 않았다. 잠을 못 이루고 있는데 몸채 쪽에서 벼락 치는 소리가 났다. 제갈각이 나가보니 대들보 가운데가 부러져 두 동강이 나 있었다.

제갈각은 놀란 가슴을 누르며 잠자리로 다시 돌아왔다. 난데없이 으스스한 바람 한 줄기가 일며 낮에 죽였던 상복 입은 사람과 문 지키던 군사 수십 명이 나타나 저마다 머리를 쳐든 채 목숨을 돌려달라고 아우성을 쳤다. 제갈각은 정신을 잃고 쓰러졌다가 한참 지나서야 깨어났다.

다음 날 아침 세수를 하는데 물에서 피비린내가 몹시 났다. 제갈각은 시중드는 이를 꾸짖으며 세숫물을 다시 떠오라고 하였다. 몇십 번을 다시 떠와도 마찬가지였다.

놀란 제갈각이 께름칙한 마음을 떨치지 못하고 있는데, 갑작스레 임금이 보낸 사람이 와서 임금이 태부를 잔치에 부른다고 하였다. 제갈각은 곧 수레를 준비하라고 일렀다. 수레를 타고 나가려는데 누런 개가 나타나 옷자락을 입으로 물고 울었다. 마치 사람이 슬피 우는 듯했다.

제갈각이 버럭 소리를 내질렀다.

"이놈의 개가 나를 놀리는구나!"

곁에서 모시는 이들을 시켜 개를 쫓아버리게 한 뒤 다시 수레를 타고 부중을 나섰다. 몇 걸음 가지 않았는데 이번엔 수레 앞 땅바닥에서 흰 무지개 한 줄기가 일었다. 마치 흰 비단이 하늘 높이 펼쳐지는 듯했다. 제갈각은 몹시 놀라고 이상야릇하게 여겼다. 마음 깊이 믿는 장수 장약이 수레 앞으로 와서 가만히 말했다.

누런 개가 제갈각의 옷자락을 입으로 물고 울다.

"오늘 궁중에서 열리는 잔치가 어쩐지 좋지 않은 느낌이 듭니다. 주공께서는 가벼이 들어가지 않으시는 게 좋겠습니다."

제갈각은 그 말을 듣자 바로 수레를 돌리게 하였다. 미처 열 걸음도 가기 전에 손준과 등윤이 말을 달려와 수레 앞에 멈추어 섰다.

"태부께서는 어찌하여 돌아가십니까?"

제갈각이 대답했다.

"내 갑자기 배탈이 나서 천자를 뵙지 못하겠소."

등윤이 말했다.

"태부께서 군사를 거두어 돌아오신 뒤 아직 한 번도 조정에 나오시지 않았기에 폐하께서 특별히 잔치를 베풀어 부르시는 겁니다. 아울러 나라의 큰일도 의논하실 계획이니 태부께서는 몸이 좀 불편하시더라도 참고 가시는 게 마땅한 일입니다."

제갈각은 그 말을 좇아 마침내 손준·등윤과 함께 궁으로 들어갔다. 장약도 따라 들어갔다.

제갈각은 손량을 만나 인사를 마친 뒤 자리에 앉았다. 손량이 술을 따라주라고 일렀다. 제갈각은 께름칙한 마음이 들어 내쳤다.

"몸에 병이 있어 술을 마실 수 없습니다."

그러자 손준이 말했다.

"그럼 태부께서 늘 부중에서 드시는 약주를 가져다 드시는 게 어떻겠습니까?"

제갈각이 고개를 끄덕였다.

"그렇게 합시다."

바로 사람을 부중으로 보내 집에서 빚은 약주를 가져오게 하였다. 제갈각은 그제야 마음 놓고 술을 마셨다. 술잔이 몇 차례 돌자 손량은 일을 핑계 대고 자리에서 먼저 일어났다. 손준은 뜰아래로 가서 거추장스러운 옷을 벗어던지고 짧은 옷 속에 갑옷을 껴입었다. 이어 날카로운 칼을 손에 들고 다시 위로 올라오며 크게 소리쳤다.

"천자께서 역적을 죽이라는 조서를 내리셨다!"

제갈각은 까무러치게 놀라며 술잔을 바닥에 내던지고 칼을 빼어 막으려 했다. 그러나 그 사이에 머리가 벌써 바닥에 떨어지고 말았다.

장약은 손준이 제갈각을 베자 칼을 휘두르며 달려들었다. 손준이 급히 몸을 피했으나 장약의 칼끝에 왼쪽 손가락을 다쳤다. 손준은 재빨리 몸을 돌린 뒤 칼을 번쩍 들어 장약의 오른쪽 팔을 내리쳤다. 이어 숨어 있던 무사들이 한꺼번에 뛰쳐나와 장약을 쳐 넘어뜨린 뒤 마구 칼질을 해 고기 다지듯 해버렸다.

손준은 무사들을 시켜 제갈각의 가족을 잡아들이도록 했다. 그런 뒤 제갈각과 장약의 몸뚱이와 머리를 갈대자리에 둘둘 만 다음 조그마한 수레에 실어 성 남문 밖 석자강 공동묘지 구덩이에 버리도록 했다.

이때 제갈각의 아내는 방 안에 있었는데 어쩐지 마음이 어지럽고 머리가 멍하면서 편치 않아 안절부절못한 채 왔다 갔다 했다. 갑자기 여자 종 하나가 방으로 뛰어들어왔다.

제갈각의 아내가 물었다.

"네 몸에서 웬 피비린내가 나느냐?"

그 여자 종은 느닷없이 눈을 뒤집어 뜨면서 이를 부드득 갈며 펄쩍펄쩍 날뛰더니 머리로 대들보를 들이받으며 큰소리로 외쳤다.

"나는 바로 제갈각이다! 간사스런 역적 손준한테 죽고 말았다!"

제갈각의 가족은 늙은이·어린이 할 것 없이 모두 놀라 허둥대며 울부짖기 시작했다. 얼마 지나지 않아 군사들이 몰려와 집을 에워싼 다음 제갈각의 가족이면 늙은이·어린이 가리지 않고 모두 묶어 저잣거리로 끌고 가서 목 베어 죽였다. 때는 오 건흥 2년 겨울 10월이었다.

옛적에 제갈근이 살아 있을 때 아들 제갈각의 똑똑함이 겉으로 너무 드러나는 걸 보고 한숨지었다.

　　　　　　　　　　　

"이 녀석은 집안을 지킬 주인이 못 되겠구나!"

또 위나라의 광록대부 장집은 사마사에게 이렇게 말한 적이 있다.

"제갈각은 머지않아 죽을 겁니다."

사마사가 그 까닭을 묻자 장집은 이렇게 대구했다.

"힘이 임금을 누를 정도니 어찌 오래 갈 수 있겠습니까?"

지나고 보니 과연 그 말이 맞았다.

손준이 제갈각을 죽이고 나자 오 임금 손량은 손준을 승상 대장군 부춘후로 삼고 안팎의 모든 군사를 도맡아 다스리게 하였다. 이때부터 나라의 모든 힘은 손준이 거머쥐었다.

한편 강유는 성도에서 제갈각의 편지를 받았다. 서로 도와 위를 치자는 내용이었다. 그래서 들어가 유선에게 말하여 허락을 받은 뒤 다시 대군을 일으켜 북쪽 중원을 치러 나섰다.

**한 번 군사 일으켰을 땐 공을 세웠다고 아뢰지 못했으니
다시 역적을 쳐 반드시 공을 이루려 하네**

과연 이기고 짐은 어떻게 갈라질는지…….

박상률 완역 삼국지 9

ⓒ 박상률, 백남원, 2025

초판 1쇄 인쇄 | 2025년 10월 29일
초판 1쇄 발행 | 2025년 11월 6일

옮긴이 | 박상률
책임편집 | 배상현
콘텐츠 그룹 | 배상현, 김다미, 김아영, 박화인, 기소미
표지 디자인 | design R 이보람
본문 디자인 | 스튜디오 보글

펴낸이 | 전승환
펴낸곳 | 책 읽어주는 남자
신고번호 | 제2024-000099호
이메일 | bookpleaser@thebookman.co.kr

ISBN
979-11-93937-86-0 (세트)
979-11-93937-95-2 (04820)

• 북플레저는 '책 읽어주는 남자'의 출판 브랜드입니다
• 이 책의 저작권은 저자에게 있습니다.
• 저작권법에 의해 보호를 받는 저작물이므로 저자와 출판사의 허락 없이 무단 전제와 복제를 금합니다.
• 이 책의 일부 또는 전부를 재사용하려면 반드시 저작권자와 출판사 양측의 동의를 받아야 합니다.
• 책값은 뒤표지에 있습니다.